职场女性经济危机生存记

裁员恐惧

中国青年出版社

目 录

上部 卵民

南海之外……有卵民之国，其民皆生卵。

——《山海经》

第一章
苍蝇在口中盘旋

古希腊传说,苍蝇本是个美丽的女人,做月神的爱人。但她太多嘴,月神睡觉的时候她还不停地说话唱歌,月神便将她变成了苍蝇。

坏事，总是不期而至。

跟以往一样，方浩铭躺在床头看武侠小说，妻子叶素芬在他身边早早睡着。他们很黏糊，她枕在他臂弯里还得握着手。这样，像航船夜泊在港湾，显得格外安宁。与以往略为不同的是，她今天跳健美操跳得太累，打起呼噜来。他讨厌呼噜，起身躲到书房，继续沉醉在那遥远的金戈铁马。

书房有点名不符实，除了一家三口各类学习材料和武侠小说，并没什么像样的书。本意是想专门给女儿方妮读书，可又放了牌桌，打牌时要她回自己房间。如此几回，她不爱来了，书房成闲房。不过也不太闲，还放张小床，原来给保姆睡。现在，方浩铭常躲到这儿来看书。是啊，看书最理想是在夜里，要独自躺在床上，窗外最好还飘着大雪。

现在的窗外与书房不大协调。不远处是大街，汽车疾驶而过的声音不时地传来。更糟的是，对面一幢楼有OK厅，那令人不敢恭维的声音直刺耳膜。方浩铭果断地关紧窗，拉上窗帘，似乎隔断了今古。

看书得有本钱。现在书价很贵，但这在方浩铭来说算不了什么。再一种成本是时间，他也有的是。他大学本科毕业，中级职称早拿到手。至于高级职称，那似乎跟官衔一样，懒得去花那份心思。不想当官，用不着特别卖命，用不着串门送礼搞关系，每天晚上早早吃了饭干什么？很多人迷电视，他可不喜欢。除了打牌，他还是喜欢看书，一看进去可以整夜地神游在一个新奇的世界。

方浩铭不喜欢官场的书，也不喜欢言情小说。他认为那太虚假，让人想入非非，而现实生活根本没有那种可以爱得死去活来的女人。武侠小说当然更假，更远离现实，但是让人分得清书是书，现实是现实，是现实生活很好的补充。他从初中时代就开始喜欢，连高考那几天都少不了翻翻。

稍有点名气的武侠小说方浩铭几乎都看过。什么司马翎、卧龙生、诸葛青云等等，像亲戚朋友一样，金庸、古龙则像老夫老妻。可惜人心不古，写武侠的比写言情的少，没看几年就看差不多了。现在，方浩铭在寻找武侠小说新秀。这天晚上，方浩铭看司马嘶风的《妖妻磨刀》：王小乙捏泥人的手艺很出名，疼老婆也出名，没想到老婆却是个武林高手，每天半夜要偷偷溜出去。挺吸引人的。可惜这是个中篇，没看过瘾就没了。时间不迟，可也不早，再看一个中篇要看到下半夜，影响明天上班，方浩铭忍了。明天是星期一，要上班。他当会计科长，活儿不脏不累，但是要认真，错一个小数点就可能错千元、万元，而且是美元，没几个人错得起。虽然不想升官，可也不能下岗吧！

还是看看自己的老婆有没有半夜溜走吧！方浩铭自嘲地笑笑，关灯摸着回卧室。

叶素芬仍然打着鼾，方浩铭一开书房的门就听到了。

即使没这呼噜，他也不担心她真会跑了。她虽然眉清目秀，肤色不错，但现在偏胖，谈不上漂亮。只有那双手美丽极了，但现在露筋也不漂亮。也许正因为如此，她显得特别安分，很可能暗恋的人迄今都没有。有时，他心里还会为她抱不平，因为他在大学时就谈过，而且有过实质性的关系。

天气越来越凉，床上的被子还没更换。当然，如果夫妻相拥而眠，这被子是不算薄的。现在叶素芬一个人，缩着身子，卷了整床被子。方浩铭扯扯被子，费了好大的劲，连同她一块儿扯了过来。

方浩铭抱着叶素芬，心里却回味着《妖妻磨刀》。这小说最后一个句子是，王小乙亲了亲柳氏，嘻嘻笑道："我的亲亲宝贝妖老婆，来来来，我们生个小妖怪吧！"

方浩铭胡思乱想着。忍了一会儿忍不住，悄然吻睡得正香的叶素芬……

叶素芬不再打呼噜，并有了反应。方浩铭却不想真的折腾，翻侧身子，夸张地打呼噜。

"再亲一下！"叶素芬轻轻说，但是命令地。

方浩铭不做任何反应。叶素芬将他扳过身。他顺势翻转过来，但是说："我不，茹茹会骂！"

方浩铭的梦中情人本来净是些武林女子，几乎所有好一点儿的女侠都要给意淫一番，简直想叫金庸老岳父。对那些女人，他还要肉麻地叫什么蓉蓉、芷芷、嫣嫣之类，故意叫给叶素芬听，惹她骂了才过瘾。当然，他只敢在她面前叫。习以为常，她不吃醋，他又会变着些花样。那一个又一个女侠，让他"爱"了一年又一年，直到有天不小心发现某电视台著名女主持人林小茹，觉得她很漂亮很可爱，就大言不惭说不要那些子虚乌有的女侠了，要找这个实实在在的大美人做情人。当然，这仍然只是玩笑，也仍然只是在她面前说说。现在这时候，两人拥着，叶素芬还附和着他说："没关系，我们偷偷亲一下，你的茹茹不会知道。"

"那好吧！"方浩铭撒个娇，蜻蜓点水一下，然后转过身，一动不动。

"我是茹茹！"

于是，方浩铭淡淡地再吻一下，嗲嗲地说："不是。没有茹茹香，三分之一都没有！"

"你真的想她呀？"叶素芬生气了，狠狠地旋转他一下，"告诉你，林小茹得了宫颈炎、尿道炎、乳腺癌，死掉了！"

所谓"旋转"是捏人——叶素芬打人的拿手好戏。她的手美丽可爱，但旋转起人来生疼。她不仅要用拇指和食指死掐你一小块儿肉，还要旋转一下，格外疼痛。恋爱之时，红酥手一捏，疼中有酥，酥中有疼，百味横生，妙不可言。他痛得忍受不住，也只是口头抗议。她抱歉说她以前不乖时，妈妈就是这样打她的。难怪俚语说："烧火看锅肚，相亲看岳母。"有了女儿，她又经常旋转方妮。方妮在幼儿园时就抗议过："那么漂亮的手手，那么多好看的洞洞，就是会打人！"现在，方浩铭忍着疼痛，抗议叶素芬咒茹茹咒得太过分了："你怎么这么恶毒啊！"

"谁叫她抢我老公啊！"

"我如果真有那本事就好喽！"

"我不要你有那本事！"

方浩铭无奈地笑了，觉得女人不可思议。他直愣愣躺着，努力回忆林小茹的笑颜，居然清晰不起来。

叶素芬追过来："你吵醒了人家，要赔！"

方浩铭终于爆发起来："来来来，我们生个小妖怪吧！"

"什么——"

"没有，开玩笑。我刚看个小说，他老婆是妖怪。"

"你说我像妖怪？"

"你如果是妖怪，那我们就可以生个小妖怪了！"

这话无意中提醒了叶素芬。她推开方浩铭，到床头柜里取避孕药。她上过环，但老是掉。医生说是太松了，只好每次临时采取措施，有时稍激动就会忘记。生什么小妖怪那是笑话，他和她宁愿断子绝孙，也不可能为再生一个孩子把工作丢掉。要流产也麻烦，要请假，要疼痛，要遭女伴们笑话。这么想着，性趣大减。她抱怨说："这星期又要超标了！"

方浩铭和叶素芬定的指标是每周两次。他们看过报纸杂志，像他们这种年纪每周两次是正常的，过度了会损害健康。

"超就超吧！"方浩铭疯起来，"别到老了，想超都没法超。"

就在方浩铭和叶素芬正要高潮的时候，床头柜上的电话铃骤然响起来。

"别理它！"方浩铭说，该停的没有停。

家里电话深更半夜从来没响过。可今天，电话铃响了又响，看样子非要他马上接听不可。当然，如果知道他们此时此刻正忙乎着，也许会等几分钟。

莫不是父亲……叶素芬突然想到父亲，猛然将方浩铭推下，抓起电话就喊："喂，喂喂喂——"

"爸爸……看样子……快不行了！"大哥在电话里呜咽着说。

叶素芬父亲叶首沛已经七十多岁，身体一年比一年差，前几年就开始生病，去年以来多次住院，可她似乎没有想过他会死这种事。在她的潜意识里，父亲跟死是无缘的。她怔怔然说："不会吧！"

"他不会说了。"大哥说。

父亲不会说不奇怪。在别人来说，不会说话意味着离大限很近。死是残酷的，死神不能让濒死的秘密泄露出去，因此在死之前首先要剥夺人的话语权。而他——她的父亲，绰号"好好先生"，近乎哑巴，几十年来只会说一个字："好。"

原来，叶首沛当教师，而且优秀，很快给提拔到地区教育局。遇上"反右"运动，给打成右派，服毒自杀被救，留下言语障碍，从此只说一个"好"字。人们批判他，要他深挖反动思想的根源，他说"好"，可是等了半天没下文。人们催促，他再说一个"好"，然后又半天没下文。没日没夜地折腾了几天，仍然不能让他多说一个字。要他写，也只写一个"好"字。后来搞"文化大革命"更糟，拳打脚踢不算，还要给反剪了双手，吊到屋梁上。可是，要他坦白交代反动罪行，威胁"再不坦白，死路一条"，他还只是一个"好"字，惹得人们又好气又好笑。也罢，以后就不批斗他了，免得会场气氛不严肃。

有人说，那是因为当时政治压抑，百姓噤若寒蝉。可是改革开放了，他渐渐恢复写，会帮着左邻右舍抄写红白喜事对联，他依然只说一个"好"字。

那年，叶素芬母亲被毒蛇咬死。按风俗，娘家人追来一大堆，像刑警一样查找蛛丝马迹，要看看是不是被害，或者生前有没有受虐待。应该说，母亲改嫁父亲并不亏。母亲原来是国民党一个小军官的二房，没来得及一起逃去台湾，守活寡守十几年守不下去了才改嫁，大父亲十来岁。当时，父亲当右派被遣送回乡，还是"白米男儿"（俚语：处男），又是在到处饿死人的困难之时。如果没有父亲，她很可能要被饿死。也因父亲落实政策，母亲才被安排工作，拿一份工资。日常生活中，他们也是恩爱的。有一回，他们一起上街并牵了一下手，被全镇传为笑话。被蛇咬死，那有人证物证。对此，父亲也是悲痛的，可他嘴巴还是左一个"好"右一个"好"。妻子死了你还敢叫好？父亲说这"好"并非学庄子妻死盆鼓而歌，娘家一个叔公不能接受，火冒三丈，当场给他一巴掌。

虽然只是一个"好"字，但父亲善于运用。利用语调高低，语音长短，肯定否定，陈述、疑问或反问，一个"好"字便衍生出很多意思。何况还有表情，喜怒哀乐一揉和，语义就更生动更丰富了。再说，他接触的都是些熟人，人家也配合着，使这个"好"字的内涵更为拓展。语言学家很可能没有研究过：一个"好"字究竟能有多大的表现力？他们如果知道叶首沛几十年如一日地实践，一定会惊奇不已。

叶素芬今年十几天公休假差不多都用在看望父亲上。她所在这个城市叫川州，父亲在川州属下丹岩县一个镇，相距两百来公里，虽然不近，但也不算远，不能享受探亲假，只能请公休假和事假。去一趟不容易，头尾要套着两个双休日。母亲去世得早，她把对母亲的爱一并给了父亲。本来她要接他到市里来住来治病，可他怎么也不肯。自从那年被遣送回去之后，他再没有回过这个城市。最近一次去看望他是国庆长假，她让方浩铭带方妮出去旅游，自己专心陪在他身边，看着他病情大为好转。

"你一定要好好休养，不要挂念什么。除了吃药，早晚还要喝点参汤，不要忘了。"临别时，叶素芬再三交代，"接下来，到年底，我工作会更忙，可能没法经常来了。等过年，我把耗子和妮仔带来，我们好好团圆，好不好？"

"好！"叶首沛一脸讪笑，看不出病态。

"再见。"

"好……"

听得出也看得出，父亲说这"好"字时充满信心。他一定在盼着春节的到来。才差几个月，哪想恶化这么快？

父亲本来就只说一个字，现在一个字不会说，差别不大，不一定意味着质变。

怕大哥没说清楚，大姐又接过电话，泣不成声。

叶素芬不能不信了，鼻子一酸，声泪俱下："爸——"

叶素芬和方浩铭商定，她先赶回去。如果父亲真会过世，他再去送葬。

方妮就算了。她对农村人没有感情。说来也难怪，大舅窝囊得裤子拉链经常不扣，小舅穿着清楚些可是满身烟味。她还小，不愿意应酬，不要弄得大人难堪。再说，她是外孙女又不是孙子。按规矩，届时女儿、媳妇、孙女之类先哭灵堂，然后到村口等着，等儿子、孙子们送出来，途中让女人们做最后告别，只有儿子、孙子们才有资格送到墓地。

父亲对外孙女如同孙子，甚至指望她比孙子们更有出息，抱起她来会接连一遍遍说"好"。小的时候，方妮嘴也甜，一遍遍叫外公。父亲乐得大叫"好——"，像唱京戏一样韵味悠长。生前敬重过就行。那毕竟不是好事，不是好看的，别让方妮吓着了。

第二天一早，叶素芬早早到办公室，在电梯门口碰上郭三妹。

郭三妹是个漂亮的小姑娘，在行长办公室门口负责迎宾，每天要早点儿到。她跟叶素芬的主任郭章楠是老乡，她们算最要好。今天见叶素芬哭丧着脸，连忙拔下耳朵上的MP3，关切地问："谁惹你啦？"

"我父亲……"又是声泪俱下。

郭三妹不忍心丢下叶素芬，帮她打开水，并倒了一杯给她，默默地坐在她身边，不免也悲兮兮的。

上班前两三分钟，郭章楠到了。叶素芬一见他又哭起来。

郭三妹替她说："她爸爸去世了。"

郭章楠点点头，顿了顿说："那你回去吧！这种事，谁家也免不了。"

叶素芬这才扬起头来，擦了一把泪，捋了捋头发，从文件夹里取出昨天下午打印好今天要报送市文明委的材料，然后从包里取出在家写好的两张请假条，一并递给郭章楠。她咬着嘴唇，以免失声哭出来。

叶素芬的公休假早用完了，现在只能请丧假和事假。丧假只有三天，再请两天事假，后面还有两天双休日，总共七天，应该够了。现在不是古代，要守孝多少天，甚至守墓多少年。

"今天就算了，明天开始吧！"郭章楠从叶素芬办公桌上抓起笔，改了事假的日期，利索地签上自己的大名，"等会儿我帮你送到人事部去。"

郭章楠只有批一天事假的权力，主动批给叶素芬，仁至义尽。

"爸——"叶素芬呼天抢地地扑进门，扑到床边，但没有扑到父亲的身上。

万万没想到，没多久不见，父亲就变成这样：直挺挺躺在床上，瘦得只剩一层皮包着骨头，一头白发黯然无色，两眼深深地陷落，直愣愣瞪着天花板，嘴巴大张着但是一动不动；连一只苍蝇在他口中飞来飞去也不管，只是一下一下地抽搐，唯有这证明他与尸体尚有着质的区别。

猛然间，她瞥见这一切，判断出这区别，一阵恐惧由衷袭来。要不然，她一定会扑进父亲怀里。不过，这恐惧还不足以把她挡得更开。她双掌拍打着床沿，疾声嘶喊："爸——"

父亲没有任何反应。

苍蝇是非常敏感的，稍有动静便飞逃。但现在，它不怕，一点儿也不怕。它相信他的嘴唇不再会动，牙齿不再会动，舌头不再会动，别人也不再会替他驱赶，安全得很。像鏖战刚结束，尽管坦克、大炮的炮筒还冒着缕缕青烟，伤残的官兵还在地上呻吟，但不再会有还击，直升机便在敌人的阵地上溜达，耀武扬威地盘旋了一圈又一圈。

爸——你不能就这样走啊！你不能——不能——我要告诉你！全告诉你……

叶素芬心灵深处有一个秘密。当年，她还很小的时候，由于父亲的牵连，她备受打击和孤立，自己躲一边去哭，边哭边诅咒父亲早点儿死了算了。这恶念像个幽灵，到现在还时常浮现。她想摆脱它，让它曝光，向父亲坦白，下决心要在他最后关头忏悔。她心里想，总有一天他会说话。可现在，他不等了，生气了，死都不说了，要不告而别了。她好悔啊！好恨啊！好伤心啊！

房间里挤满了人。这时，有一位老女人走近父亲，伏到他耳边说："沛仍哥，你瞅一下哩，你芬仔归来了！"

为了证明叶素芬确实回到父亲身边，她更大声地呼喊："爸——"

父亲仍然没有任何反应。

苦命的父亲就这样撒手人间？叶素芬绝望了，不再呼唤，一个劲号啕大哭。自从母亲去世以来，她几乎没有哭过，不想现在像水库决堤一样有流不完的泪。

人们让叶素芬撕心裂肺地哭。

"现在是快了！"刚才那热心的老女人发表意见，"人是奇怪唄，亲人没有到齐，就是不肯断气。儿子、女儿没到，再远他都会等。唉——受难噢——"

父亲没有意识到叶素芬的到来，可也没断气，照旧挺着，好像满房间的人都不存在一样。

房间里的人越来越多，以至将小孩赶出去，腾出空间站大人。有的人是来告别的，叫了几声叫不应，便劝说："你现在走哩，没什么好挂念的。小儿远，赶不回，他在那边好好的，没什么好挂念。你现在只要思量自己。这个世界受苦了，下世界是会有好日子哩！"说着，将一点钱硬塞进他手里，说是让他"路上"好用。

父亲手里塞满了钱，好些掉在手边。然而，他还不肯断气。

叶素芬再给远在俄罗斯打工的小哥打电话，说父亲咽不下气，催他快回来。可他说，老板不肯发工资，也不肯借钱，再说买飞机票要几天，赶回家再怎么也得十天半个月。她断不定真假，将信将疑。

那么，父亲能好转吗？叶素芬这样想，并跑到镇卫生院，请求医生再救一救。医生坦率说不可能有救了，顶多再拖一天两天，但那样于亲属于他本人都没有任何实际意义。

这样，水也不喂了，纯粹让他消耗自己最后一点能源。老人们看了，直叹"受难"，前世造孽。叶素芬看了，则感到自己简直是参与谋杀。

父亲突然微笑！他的两眼仍然直愣愣瞪着天花板，嘴巴却显然是在说，嘴角显然绽着笑容，而且还用两手在空中不停地比画。

叶素芬连忙又呼唤起来："爸——"

旁人也叫唤起来，辈分大的直呼其名，辈分小的加以尊称。但不论谁叫谁唤，多么大声，多么真切，他全然不觉。

父亲所谓的"说"，是因为他上颚和下颚有些颤动，而唇与舌依然未动，那讨厌的苍蝇依然在他口中盘旋。

"他是在'路'上，碰到了阴间的呢，问路。"有人看懂了父亲的话，解释出来。

有的人说，这是"回光返照"，有什么事要做最后交代了，快去把家里人叫齐来。可是，父亲根本没回人间，义无返顾地赶他自己的"路"。

久病无孝子。像父亲这样该走而不走，亲友们开始失去耐心，守夜只好轮流。

　　跟大姐比起来，叶素芬简直怀疑自己对父亲的爱是不是作秀。其实，这大姐跟叶家没有任何血缘关系。她是个孤儿，自小给卖到母亲前夫家当婢女。她没有亲人，把叶家夫妇当亲生父母。她嫁到一个二十多里外的偏远山村，迄今穷得很。尽管母亲早过世了，她对叶首沛仍然敬如生身之父。父亲病了，她常出来看望和护理。她不可能送上什么名贵药石，却有一颗孝女的心。在卫生院住院的那些日子，她陪着父亲住，喂饭喂药，端屎端尿。叶素芬来了，跟她一起陪，发现她还要给父亲把尿。叶素芬看呆了，连忙扭过头去。

　　"自己的父亲呗，没什么好羞的。"大姐说。

　　叶素芬几乎是第一次正视这个看上去更像自己母亲的大姐，感动得说不出话来。叶素芬掏了一张钱给她，说是给外甥买点烟酒。她不肯接，推让了好一会儿才收进口袋。第二天一早，大姐慌忙把钱送还："妹仔，昨晚暗暗的没看清，今朝才看清楚。这么大的钱怎么敢收呢，不敢哟，你自己要用哩！"

　　叶素芬差点发笑。现在一百元算什么大钱啊！昨天，付完医药费，又预留了日后的医药费和营养费，总共只剩一百多元。要不然，肯定会给两张三张。

　　现在，见父亲一时还断不了气的样子，大姐说要回家一下。家里要收晚稻了，还要挖地瓜之类，因此姐夫没空出来。家里衣服好几天没洗了，回去一晚，洗一下衣服也好。

　　"哎呀大姐，家里那些事你雇个人吧！"叶素芬连忙拖住她的胳膊，"像我们家里搞卫生，都是雇人。"

　　"我们农村呗，怎么跟你们城里比！"

　　这倒是真的。叶素芬连忙掏钱，硬让她留下。

　　这天晚上，大哥都说几天没睡好，想好好睡一觉。叶素芬气得想骂，一想自己也太困了，没敢吭声。只有大姐说："又没有上山又没有下田，累什么？我来守，你们都去睡，有事我叫你们。"

　　然而，等到大姐叫时，天已经亮了，父亲已经冰冷如铁。她说，她只是打了个盹。

父亲虽然最终吃"皇粮",至死领着退休金,但他恢复工作之后这二十来年都跟乡亲们在一起。他在那里重新找到了生活的意义。他学了书法和风俗礼仪,还头一回当了官——村老年协会的副理事长,整天忙得团团转。现在,父亲得到最高待遇,近百个会员,加上亲朋好友,送葬队伍排了镇上半条街。

叶素芬所在的中国教育银行川州市分行工会送了花圈。原行长郑兴哲——"白眉大侠",是邻乡人,父亲的老同事,前些年退休了,昨天一早到江滨公园跳舞的时候在路上碰到方浩铭前来奔丧,马上说也要来送送。更显赫的是李玉良——本县县长、不久前升邻县清溪县县委书记,居然也开着小车来,以个人的名义送了花圈,对着父亲的骨灰盒三鞠躬。

大哥捧着父亲的遗像,叶素芬端着父亲的骨灰盒,领着浩浩荡荡的送葬队伍穿街而过,逶迤地向山边缓缓移去。这葬礼算是本镇最隆重的了。

葬礼结束,郑兴哲当天下午赶回市里,说车子不能多留,问叶素芬夫妇要不要一起走。

原来请的假用完了,打电话补请三天事假也用完了,女儿一人在家,叶素芬归心似箭,可她又觉得"走"字说不出口。一则父亲尸骨未寒,二则葬礼的账还没结。她叫方浩铭先回去,最后帮她补请一天事假。

家里开始安静,几个主要人物坐下来。这种时候,如果分遗产分债不公平,兄弟可能大闹一场。因此,要有德高望重的人物做裁判。今天,这人物是堂叔。

结账之前,堂叔征求叶素芬的意见:"按规矩呗,女儿没什么财得也没什么债分,可你两个哥哥都比较困难……"

"我晓得哩!"叶素芬爽快地说,"父母嘛,只有这一回。他们生了我养了我就够,我不想再得他什么。这几天开支的,算我一份吧,该出多少我一分不少。"

"现在呗,儿子女儿都一样,"小嫂笑道,"爷爷保佑孙子孙女,也会保佑外孙女!"

　　说实话，一想到两位兄长，叶素芬就烦。父亲是那样个怪人，兄长又
那样不争气。政治劫难过去，家庭烦恼接踵而来。先是大哥，怨父亲没让
他多读书，不然也到城里工作了。人们解释说，不是为父的不让儿子读，
是当时搞"贫下中农管理学校"，不让地富反坏右的子女读，没办法。大
哥又怨，那么母亲死了补员，该让儿子补而不应该让女儿补啊！父亲理不
直气不壮了。为此，几乎所有家产都给了他，退休工资还按月给他一半。
要是没有父亲的资助，大哥根本盖不起新房。可是女人家心眼小，大嫂三
天两头还要冷嘲热讽："女儿好哩，咋不跟女儿住大城市！咋不叫外孙女
姓叶？"父亲有气没地方出，十个指头塞一嘴。他要了一间房，自己一个
人起炉灶，每天吃完饭就跑老年协会。

　　小哥招工在县合成氨厂，找个本厂的妻子，生个儿子，日子本来不错，
但这些年小型化肥厂每况愈下，小哥小嫂双双下岗，困难补助金没领多久
就没分文了。小嫂整天泡彩票站和麻将馆，虽然财运欠佳中不了大奖，但
麻技不错，经常能赢点小钱带点小菜回家。小哥在街上踩三轮车，没什么
生意，经常去赌，而且大赌，欠下一屁股债。他找父亲要钱还赌债，父亲
不给，父子关系自然好不成。他一气去出国。

　　如今，这一切终于全都过去了！

　　这么多年来，叶素芬总是花钱买安宁。今天，她准备好花最后一笔钱，
要买到永久的安宁！

　　三兄妹早就各自为家，没什么遗产好分。父亲还有一千多元存款，单
位有发丧葬费，堂叔提议不要分了，抵消葬礼开支。还有，父亲断气前手
里接了一些红包，总共二百五十一元，也作开支充账。

　　大嫂连忙插话："那是不敢哟！这些是礼钱，要归我们！"

　　"男人的事，女人家吵什么！"堂叔立刻训道。

　　"是呗！礼尚往来，不要还啊！小弟到县城去了，小妹到大城市去了，
家里这些人情世故他们还会理啊？还不都要我们出？"说着，大嫂从桌上
抓起那把钱就走。

　　似乎说得有理，堂叔拿眼看叶素芬。

　　叶素芬强笑一下，没有吭声。二百五十多元，分摊只有八十多元，那

算什么钱！不过，她对大嫂的恶感陡然升到了极点。她觉得她如果对这个家庭有欠债的话，那么现在连利息也还清了！老家的烦恼，连同父亲一起埋葬了。从今以后，她可以好好享受自己的小家了！

算完账，叶素芬马上要走。她跟大姐告别，大姐却要留她再住两天，说做女儿的不守七七四十九天，一个"七"是省不得。叶素芬说她不一样，拿工资的，没有自由，自古忠孝难全。

"你不想再见见爸吗？"大姐问。

叶素芬懵了："再见见爸？"

"是啊！请仙姑来，叫爸出来对个嘴。"

"这……"叶素芬不大相信这类事。

"我们村的，很灵呢！我已经捎信去请了。"

"那你请她今天来吧！"

"不行！爸今天还在奈何桥，还没到阎王那，要等七天。"

"真的叫得来？"

"到时候看呗，你以为会骗你呀！"

叶素芬动心了。父亲至死是个谜，现在也许能知道个究竟。

父亲去世的第七天，就是明天。今天回去也只能明天上班，后天又是星期六，相差一天。反正已经叫方浩铭回去补假了，再多补一天吧，让它多扣点工资，反正这是最后一次。她马上掏出手机给郭主任挂电话，却发现没电。来得匆忙，忘了带充电器。她只好去找大嫂。

大哥家的电话本来放在厅上，可是怕这几天人多乱用，锁到卧室去了，每次用得找大嫂开门。当然，找到她她也不好拒绝，只是让人感到不愉快。偏偏，郭主任不在办公室，手机无法接通。挂几次都如此，大嫂不烦叶素芬自己烦。晚上硬着头皮挂他家，他妻子说他在外面吃饭还没有回来，只好再叫方浩铭代为补假。

"这种事，最好还是你亲自讲。"方浩铭说，"老是我讲，好像对人不大尊重。"

叶素芬叹道："有什么办法呢？他不好找，我手机没电，大哥的电话又像锁什么样的……"

第二天一早，果然来一个仙姑。这是个四十开外的妇女，眉清目秀，但是看不出什么仙气。进门寒暄，她有说有笑，拉些家常，也听不出什么特别。

叶素芬看了一会儿，听了一会儿，忽然觉得见过这妇女。稍稍想了想，想起来了，她跟大姐上下屋，为人非常热情。小时候，到大姐家拜年，她也会煮一碗粉干蛋来，硬要贵客们吃……对了，还有鸡腿，她硬要叶素芬吃，用手将那鸡腿撕了再放进叶素芬碗里。她指甲黑黑的，叶素芬更不敢吃……

喝了碗茶，大嫂请仙姑进房间，四五个人跟进。点上香，仙姑坐当中。她持香拜了拜，咪咪么么说起什么来，谁也听不懂。忽然，仙姑变了一种声音，阴森森说："我是三路仙，你唤我来做什么？"

大嫂说："麻烦你大仙，帮我叫个人出来一下。"

"报上姓名。"

"叶首沛。"

仙姑不停地抖动着身子，不时说一两句谁也听不懂的话。看样子，好像是找人去了，在向人打听什么。过了一会儿，她用异样的声音说："没这人。"

大姐说："有哩，麻烦你多问几个地方。"

仙姑又去找了。不久，用异声笑了："唉——你叫我怎么找哩，刚刚来的呗，刚铺好床啦！"

大嫂央求说："是哟是哟，刚去的刚去的，麻烦你喊一下！"

叶素芬有点毛骨悚然，急于听到下一个声音，又有点怕。

"叶首沛！你家里人来看你了！"仙姑用异声喊道。

才过几秒钟，又一种异声从仙姑嘴里出来，居然非常像父亲的声音："好——"

大家的心都提到了喉咙口。

略停一会儿，"父亲"看到这房间的人了，笑道："嗳呀嘞——你们都在这里呀！"

大家吓了一跳。

"你不是不会说话吗？"大嫂问。

"是人呗，怎么不要说话？"

"那你生前怎么不说话？"

"还没想好呗，怎么说？"

"你想什么？想了几十年还没想清楚？"

"你说想得清楚吗，那么冤的事。"

"什么冤？"

"我怎么想得清楚哩？我现在是不想了！"

"现在不要想什么了！前世界吃了苦，下世界要享福。初一、十五，我们会给你点香灯；清明、七月半，我们会给你烧纸钱。你在祖宗神龛上，要多保佑孙子孙女。"

"好哩好哩！"

"你那'床'好眠吗？"

"好哟好哟！风景也好，就是松树枝子挡了一些，不然更好看。"

再一两句，"父亲"说要集合点名了，要走了，留也留不住。

仙姑恢复了常态，问："说得来吗？"

"说得些来哟！"大嫂说，"声音完全没有变。"

这时，一直没开口的小嫂说："奇怪哩，他会说话了，说起来一串一串。"

"到了阴间呗，总有点变。"大姐说。

叶素芬一句话也没说。她觉得不可思议。下午，本来准备回去，现在临时叫大哥带她到父亲坟上去看一看。

这天阴沉沉的，下着毛毛细雨。大哥望了望天，皱了皱眉说："算了吧，男人去了就行。三朝扫了，清明又早。"

叶素芬坚持说："清明我可能没空回来，你还是带我去再磕个头吧！"

父亲的墓在离镇子不远的虎头山。

这一带是丹霞地貌，奇峰孤兀，天为山欺，水求石放。这山有人说像锅底，因名"釜头山"；也有人说像斧头，叫"斧头山"；还有人说像虎头，也因为这更通俗，所以偶然要书写更多人写作"虎头山"。过去这里山高林密，真有老虎，直到三十来年前还有发生老虎进村吃人的事。刚改革开放那阵子，号召"农村要致富，上山找门路"，虎头山没几年就光了，只剩稀稀拉拉一些不成材的树。不过，风水先生说这山灵异蓄而不泻。

叶素芬站在父亲的坟前，一览众山小。尽管阴云低垂，流岚漂浮，浩瀚的蛟湖尽收眼底。前方十几米，果然有一棵松树，长在下方坡上。站在父亲坟上看，那树梢在脚下，可如果躺着看，那树梢就……她果断地说："大哥，快把那棵树砍了！"

"不敢哦，要罚款！"大哥叼着烟，说话时烟都没取下。

"大不了罚个三五百吧，让他罚！"

"让他罚啊……让他罚也没办法。那棵树有点大呢！你这里看着尾巴小，你下去看看哩！"大哥扔下烟蒂，又用脚踩灭，"没带斧头，就这么一把茅草刀……"

"人家铁杵要磨成针，滴水穿石，有了刀还怕砍不了一棵树？"叶素芬自语着，从大哥手上夺过刀，径直朝坡下走去。她不能容忍它遮挡父亲的风景，不能容忍它影响她和丈夫、女儿的安宁！

第二章
恼人的虱子

王安石上朝时，有只虱子从衣领爬上胡须，皇帝看了直笑。事后，同僚以八字相赠："屡游相须，曾经御览。"

为迎接叶素芬回来，方浩铭早早上街买了菜。时间还早，他便打开电脑，上网搜索"华山论剑"的最新信息。谁知，一进去就像进了迷宫，乐不思蜀，忘了今夕何年，直到叶素芬开门进来，惊叫道："嗯——一个都不见啦？"

方浩铭这才回到现实，连奔带跑出来，弯下腰抓起叶素芬的左手行了个标准吻手礼："哎呀——老婆同志，有失远迎！有失远迎！"

叶素芬两只眼睛则在找方妮："女儿呢？"

"补课去了！"方浩铭帮叶素芬接过提包，"我又没有五个老婆，不然派一个到路口去迎接你，再派一个到楼梯口，再派两个到家门口……"

"少啰唆，快倒杯水给我喝。"

方浩铭立马行动，倒来一大杯："这是今天早上刚提的，一口都没喝过——处女杯。"

现在很多市里人说喝自来水不好，要吃的水到山里去提。方浩铭也信了，每星期六带妻子、女儿去爬山，顺便带两大桶山泉回来，专供饮用。这不是头一回，叶素芬并不领情，只顾说："累死我了！"

方浩铭心疼了，习惯地抓起叶素芬一只手，拍了拍，又吻了吻，但两眼直盯着她的脸："你瘦了！"

叶素芬苦笑了一下。

"瘦点也好，省得花钱跳健美操。"

"也好？也好——"叶素芬生气了，"你只心疼你的钱，不想我死了爹……"

看叶素芬想发火又想掉泪的样子，方浩铭不敢吭声了。尴尬地坐了一会儿，换个话题："今天坐什么车？"

"我还能坐什么车！"叶素芬两眼又冒出火花。

今天那车太糟了，背垫罩着雪白的布，印着某广告，但油污得很，令人恶心。她的边座，途中上一个窝囊的老头，更让她不舒服。还没到川州，她就感到背上有点痒。说实话，她背上的皮肤不好，这种年纪了还不时要长几个瘊疙瘩，经常发痒，经常要求方浩铭帮她搔一搔。可今天这痒不一样，会变来变去，甚至变到胸前，难堪死了。她怀疑是那窝囊老头传了虱子给她，但不便责问，得忍痒还得忍气吞声，实在忍不住也只能狠狠地白他几眼。下车一走动，似乎忘了。现在经方浩铭一提，她又觉得痒。正要发泄几句时，方妮回来。她迫不及待叫道："过来，给妈看看有没有瘦掉。"

方妮放下书包，奔到叶素芬身旁。瞥见她左手臂上的黑纱，连忙闪到她右边。

"你外公去世了。"叶素芬注意到方妮的反应，突然想起方妮小时候看到父亲一头白发喜欢得不得了，偷偷问她能不能摸一下。父亲知道了，呵呵大笑，弯下腰来让方妮抚摸。可现在……她叹了口气，"外公以前对你多好啊，现在你再也见不到了……"没说两句，泣不成声，但很快强忍住，"好了，我要冲个澡。"

"我要做饭了！"方浩铭说，"我买了好多好菜，给你好好洗尘。"

方浩铭做事很讲究，像会计账目一样事先设计好科目，按部就班，有条不紊。做饭，他喜欢一边用高压锅压饭，一边把所有菜整理好，等饭压好散气时煮。

今天为了慰劳妻子，他买了一只新鲜的鸭子。本来想先压好鸭子再压饭，可现在已经十一点多，煮鸭子显然来不及，只好等晚上。中午的中等菜是土豆炒牛肉、清蒸鲤鱼和花蛤汤，青菜是刚上市的菠菜。炒菜和汤都很快，蒸鱼要等压好饭，先洗菠菜。洗菠菜要剪蔸须、清黄叶，要一棵一棵洗。菜没洗完，内急上卫生间。叶素芬在厅边的大卫生间洗澡，他跑卧室里头的小卫生间。听到脚步声，她在里头大喊："妮啊，帮我拿一下浴巾。"

方妮没有应声，叶素芬提高了音量："帮我拿浴巾，听到没有！"

"等一下，我在洗头！"方妮在卧室外的阳台应声，叶素芬听不到。

方浩铭只好帮叶素芬拿。她洗澡经常只是虚掩一下门，带得女儿洗澡关门也常不认真，为此他表示过反感，但没用。男人多了女人吃亏，女人多了男人吃亏，在家也一样。忘记拿浴巾不是偶然，他忍不住埋怨一句：

"老是丢三落四！"

如果是以前，方浩铭肯定要趁机亲热一番。可现在，早没了那种激情。他将浴巾往门边的架子上一塞，望也没望里头一眼。

刚关高压锅的火，准备蒸鱼的时候，叶素芬出来了，边擦头发边进厨房视察。一看菜还没一个下锅，就嚷开："你们方家人呀，真格是洗晚了'三朝'！做什么都是磨呀磨，再给你半天都没饭吃！"

叶素芬不擦头发了，将毛巾搭在肩上，挤开方浩铭，抓起锅到水龙头刷，顺便装上水，打开煤气开始烧，然后端起装花蛤的盆子，接了水，洗了洗，哗哗哗地抖了抖，再冲洗一下，倒进锅里。手从小锅盖上离开，顺势移到高压锅……

"等等，还没好！"方浩铭推开她的手。

叶素芬坚持抓起了高压锅，放到池子水龙头下冲水："你把鸭子砍一下。"

"来不及了，晚上吃。"

"就是贪新鲜呗，还等晚上！"

方浩铭不想拗叶素芬的脾气，操起刀来。叶素芬拔了高压锅的帽子，旋开盖子，将饭用盆子全部装起来，用钢丝刷了几下，接了水，放回另一个炉上，点着火，顺手从砧板上抓起砍好的鸭肉扔进高压锅，直到他来不及砍这才转而洗手，继续擦头发。

"这个'奸老虎的'呀！"方浩铭用俚语骂道。

叶素芬家乡习俗，"三朝"有三种：出生第三天给孩子洗澡，叫"洗三朝"；结婚第三天新娘回娘家，叫"归三朝"；入葬第三天扫一次墓，叫"扫三朝"。"洗三朝"要请客，分红蛋，还说"三朝"如果洗晚了，孩子将来做事不利索。她老嫌方浩铭"三朝"洗晚了，并抱怨方妮像他，做作业慢慢吞吞，不然成绩肯定名列前茅。

结婚之后方浩铭才发现，叶素芬跟他刚好相反，做什么都风风火火，粗是粗了点，效率很高。原来，他只发现她的手非常漂亮，点钞非常快捷，没想到这样一双手做家务也特别利索。不雅地联想一下，奸老虎能温柔能细心到哪去呢？那些农村人啊，虽然没什么文化，可这话再漂亮不过了。

他一听就觉得很深刻，很形象，很生动，常常用来攻击她。当然，骂这话时，多半是带着赞赏。

出于平息叶素芬的抱怨，方浩铭转移话题："你猜，我这几天有什么伟大成果？"

"彩票中大奖啦？"

"对——啦——但还差几个号！"

"那你还有什么狗屁伟大？"

"你看——"方浩铭指煤气灶上方的排气扇。

厨房排气扇非常重要。科学研究表明，炉火、煤烟等有害气体经呼吸道吸入肺部，渗透到血液中，会给人带来极大危害。为此，方浩铭花了很多精力。广告上说买个什么牌的排油烟机有多好多好，狗屁！中看不中用，还不如简简单单的排气扇。可这排气扇也不是好东西，没用多久，叶片就积满油渍，像刚做完爱样的。前面还好说，经常擦一擦，积不到哪去。后面就够呛了，拆一次很不方便。那么，能不能用另一种东西替代？他是大学本科生，其他麻木了，这点探索精神还残存。他想找一种东西替代那铁片，一年多来，做过十几次试验，昨天终于找到最佳方案：用两张报纸，外加一层薄薄的塑料，既能遮风挡雨，又容易飘起来排污，更重要的是能吸油，吸多了揭下来扔了就是。光用塑料不行，用挂历纸也不行，只能用报纸。用一张不行，用三张也不行，只能用两张。这否定之否定，花费了多少心血，别人是不可想象的。

"我老公虽然不会当官，不会发财，这些方面还真行！"叶素芬由衷地赞道，并吻了方浩铭一下。

吃饭的时候，方浩铭说："下个月，我们到华山去旅游，怎么样？"

叶素芬莫名其妙："下个月？"

"下个月，上旬……"

"我什么假都用光了。"

"再请嘛，无非是扣点钱。"

"干吗一定要这种时候呢？要去……你自己去！"

"你不去？"

"我不去。"

"那我带茹茹去！我先去接她，然后坐飞机，直接到西安，先在西安住一夜，住最高级的宾馆，开总统套房……"

"有那个本事，你就去吧！"

"真的哟！"

"我知道你还迷着'华山论剑'，你爱去就去吧！不要说我不肯让你去，给你唠叨一辈子。"

"那你真的不去？"

"你想想，我今年什么假都用光了……"

"唔……那也是……"

"你自己去吧，我又管不了你！"

"老婆真好！"方浩铭说着吻叶素芬。

叶素芬应付了一下："我没有茹茹香。"

"不，茹茹没你香！"

结婚十几年，方浩铭和叶素芬从来没有分别这么久过。他们的工作像工厂流水作业，固定化，程式化。偶然出个差，顶多到县里两三天。一出差就会有"一日不见，如隔三秋"的效果。可今天，尽管两人拥着，方浩铭连一点反应都没有。

叶素芬上床，第一个反应是想：终于回到自己床上了。于是，倒叙地想到昨天晚上睡在丹岩支行招待所，前天以及以前几个夜晚睡在大哥家，那是因为父亲去世。如今，再也不用牵挂父亲——他已经变成一撮灰死寂地埋在那座山上……已经埋葬了，别去想了！从今以后，可以全心全意想自己的事了，还有孩子，还有老公……她随即要求说："老公哎，抱我。"

"不是在抱吗？"

"两只手。"

他们的标准睡姿，一种方浩铭躺在她身边，上面吻着她的脸，中间一手给她枕着并与她抬起的一只手相握着，另一手压住并抓住她的胸；或者，她整个地钻进他的怀里，让他两手拍着她的背。以往，这样睡是很容易"出事"的。可今天，他们都很平静。她忽然问："这几天，你有没有想我？"

"没有。"

"那你想谁了？"

"茹茹。"

"还有呢？"

"赵茹茹。"

"还有呢？"

"钱茹茹。"

"还有呢？"

"孙茹茹。"

"可是她们都不要你，只有我要你，我比她们好。"

这倒是真的。世界上的女人，比叶素芬漂亮的，比叶素芬可爱的，肯定像天上的星星一样多，可是会爱而且正在爱方浩铭的，只有她一个。好比银行金库里的钞票，那是天文数字，可除了所能得的工资，其余对他个人来说并没有实际意义。结婚以来，他几乎不再说爱她之类肉麻的话了，相反还要三天两天制造醋意，可他心里是越来越爱她的。跟以前相比，爱得更深沉。只是奇怪，今天怎么毫无性欲？

叶素芬的心又走调了。她想起上班的事，想到这几天请假的事，便问："郭主任那里，你帮我请假了吧？"

"跟他说了。他说没事。"

上午上班，方浩铭忙完手头的事，给旅行社挂电话，咨询到西安的车次、价格、时间等等，然后编制经费预算。

川州到西安、华山双卧七日游，包括车票、门票、住宿费，共一千八百五十元。七天一百六十八个小时，扣除来回火车上七十二个小时，剩九十六个小时，也就是三天多时间。跟团队玩西安一天，留两天在华山，其中大部分时间单独行动。这样，应另外预算市内交通费一百元、住宿费八十元、伙食费（含火车上，及矿泉水）二百元。此外还应预算照相费一百五十元、纪念品（妻、女各一件）一千元、电话费（手机）一百元，不可预见开支二百元，总共是三千六百八十元。

方浩铭算得非常细致，比如手机话费具体算到区内话费、区外漫游费以及购卡折扣，再是平均每天挂一次电话回家跟妻子、女儿通话几分钟以及不可预见接电话多少，列了满满一张A4纸。回家吃午饭时，他递给叶素芬审核，强调说："不算太多吧！"

"才一个月工资啦，多当然不多，"叶素芬说，"只是——我说你啊……真是……我真不知道怎么说你。"

"我怎么啦？有话直说，别那么吞吞吐吐。要不是机会难得，你自己走不开，我决不会落下你们……"

"我不是那个意思。我是说——我说你呀——你再当这个会计……"

"当会计怎么啦？"

"不瞒你说，我这两天突然想，男人不能当幼儿园老师，也不能当会计。男人当了会计，整天只懂得算账——算家里的账——只会管家——只会守业……"

"会计可是行里的要害岗位，谁也知道比你那狗屁工会重要得多，哼——也不撒泡尿自己照照，还看不起我们会计哩！"

"不是我看不起。你去看看，几个行长是从会计提拔的？我现在才想，还有道理呢！"

"你别只看那些小行长！那些人，严格来说，哪称得上行长啊！你看人家银行家，多——多有水平啊！我们这些行长，哼，狗屁，跟生产队长、包工头差不多！那种行长，给我都不当！"

"阿Q！"

"真的！要当，我早就当喽！无非是多巴结一下当官的，多拍几句，多送点儿，多……嗨——就那么几招，谁不知道！"

"你知道……你知道怎么还当这不入品的会计科长？"

"人各有志，我才不稀罕什么官哩！"

"不要官嫌小，不要钱嫌少。给你加工资你不要，给你中彩你不要……"

"我没说不要钱。"

"那是给你官你不当？"

"话不能这么说！我是说，君子爱财，取之有道，君子爱官，取之也……你今天怎么啦？突然嫌我不会当官？难道你看上哪个当官的了？"

"那是哦，你要有危机感啰！你可以有茹茹，我就不可以有……我就不可以有啊！"

叶素芬上班了，等下午，过了许久，郭章楠这才找她，传达人事部一个决定：她最后一天请假没办书面手续算旷工。他无奈地说："就算倒霉吧！我们那边老话说，父亲死了，要倒三年霉呢，这算是点小事。以后，注意点！"

父亲死了要倒三年霉的说法，叶素芬也听说过，但没在意。现在想来，一切变得比父亲之死本身更可怕起来。

一个下午，叶素芬心神不宁。好在单独一个办公室，手头又没什么要紧事。她想转移注意力，看报纸，翻了半天没一篇看得下去。上网，登录一些花花绿绿的网页，居然也摆不脱心中的阴霾。下班时，她突发奇想，到河边散散心。她关了手机，想躲开这世界的任何熟人。

川州是一座新兴的工业城市，规模小，人口少。一条大河总称川溪，上游叫龙江，下游叫凤江，独独这一段只叫川溪，可见这座城市缺乏文化底蕴。两岸高山对峙，城区沿河分布，像一条排骨稍带点肉而已。不过近年来市政建设发展很快，沿河建筑都拆了，植树种草，建亭筑台，成为没有围墙的公园。现在天黑了，气温更低，也只是让人感到凉爽，而不是寒冷。江滨有不少人散步。叶素芬找了灌木丛中的小草地坐下，心烦意乱。

一轮圆月当空高悬，叶素芬视而不见。像以往多少夜晚一样，她没去注意月亮的存在。河堤上有人钓鱼。如今钓者姜太公多，多半不在乎吃鱼。谁都知道，这条河污染严重，从上游就开始浑浊，经过这城市变得发黑。河里的鱼臭煤油味，有些人钓到鱼随手就放了。河中，有几条豪华游船不时地来回。对岸林立着广告，个个巨幅广告都装有霓虹灯，赤橙黄绿青蓝紫，闪烁着，变幻着，令人眼花缭乱。城市的生命是电，月亮是多余的。广告牌后面是铁路，不时有一列火车经过。在那些匆匆而过的旅客心里，这座城市跟她此时此刻头上的月亮一样。

在这里，叶素芬并没能躲开烦恼。对于旷工，处罚是双倍扣工资，但这是小事。要命的是，旷工的性质很恶劣，说明你根本无视行里的纪律。一年能抓几个旷工者？这么多年来，好像只抓到你叶素芬一个啊！等通报出来……过些天就要进行年终考核。有了这一条，离"不称职"或"基本称职"就很近了。而有了一次"不称职"或"基本称职"，离下岗就很近了。

那么，这能怪谁呢？怪人事部？怪郭章楠？怪方浩铭？都很难怪。要怪只能怪自己的父亲，死得不是时候，死得那么拖拉，而且真要给子女带来倒霉。可是，父亲已经那么苦命了，生前我已经对不起他，我怎么还能怪他呢？叶素芬心里头很烦，很乱。

"你才没良心哩！我一直在等你的电话，害得我打牌分心，输了两毛多……"有个男人走到草丛边，边走边打电话。话声不大，但足以让叶素芬听出他是郭章楠，并断定他是在跟女人通话。她感到尴尬，生怕他再往前走。

在叶素芬紧张地思索应急的时候，一件更糟的事发生了：他居然掏出家伙对着她撒野尿。那尿离她只有一尺来远，撒在叶子上，溅到她左手上，热烘烘地熏到她的鼻子。她难堪极了，愤怒极了，恨不能拿把剪刀把他那臭东西剪了！可她马上又想，只要她干咳一声，他就知道这儿有人，就会立即停下来。而如果知道是她，他肯定更尴尬。这么一想，她决定忍让一下。他如果再尿过来一些直接撒到她身上，那么只好对不起了。他这泡尿够长的，但没像小孩边撒边玩着乱撒。他的心思更多在电话上，边说边撒，然后又边说边走，根本没想到这里会有人。

这个臭蟑螂！叶素芬轻轻地但是狠恶恶地骂了一句，起身逃离。

清溪县支行行长突然被他的客户挖走，市分行决定将这职位拿出来公开竞聘。只要是股级以上干部，有大学文凭，不论在哪个支行或者市分行哪个部室，都可以参加。今天开始，三天内报名，月底笔试，下月面试、考核并到位。

叶素芬鼓励方浩铭说："你可以去试试。"

"我才不当那傻瓜呢！"方浩铭说，"当官的作秀，哄一哄老百姓啦，我才不上那个当！"

方浩铭真不想去试。想当年，他也雄心勃勃，高中各科成绩总在前三名。填高考志愿，清华、北大都给排在第二第三，而首选东北财经学院国际金融专业。他想，他现在就要走得比北京更远，将来要在满世界飞来飞去。

没想到，这是省教育银行委培班，毕业后得回本省工作。更没想到，他们八名同学回来，省行面试，以形象欠佳为由，唯独将他安排到二级分行。原来，他小时候不小心将左手小指头削掉了大约半厘米。平时，他多半握着拳，好些人多年还不知道他有这"残疾"，叶素芬也是过好久才发现，可是省行人事处的领导及时发现。当时，操作英文打字机，他的小指头偏偏差那么半厘米，一打到较远的字母就得移一点。就因为这，定性为形象欠佳，改变了他的一生。

川州这个二级分行地处山区，能有多少国际金融业务呢？他很愤怒，很悲哀。人家维纳斯缺整条手臂都没人嫌，他少这么半厘米就被挑剔，有什么公平可言？他死心了，认命了，为区区一个会计科长知足了。如果说还有什么理想的话，那就是坚持买彩票，梦想有朝一日一不小心中它个五百万元大奖。当然，如果真的提拔他，他也绝不会客气。问题是，现在所谓竞聘多半是个幌子，实际上还是暗箱操作。再说，清溪虽然被称为新侨区，但仍然是省定贫困县，给个官当也没意思。方浩铭想也没多想，决定不予理睬。可是，第四天下午，他还是接到人事部的通知：资格审查已通过，请准备参加笔试。他马上明白：肯定是叶素芬替他报了名。

叶素芬接到方浩铭的电话，直言不讳地说："当然是我，难道会是你的茹茹吗？"

"他妈的，你什么都敢干！"方浩铭怒不可遏。要不是在办公室，他一定……他自己也不知道怎样才能够发泄这一腔愤怒，"你以为……你以为这是开玩笑吗！"

　　有个笑话，说是池子对岸放了一堆金条，站了一堆美女，谁如果能够
游过去，就可以抱走那堆黄金，并任意挑走一个美女，但这池子里有鳄鱼。
等了半天，没一个男人敢下水。突然，一个男人下水了，拼命地往对岸游
去，居然活着上岸。人们纷纷向他表示祝贺，他却气愤地骂道："他妈的，
谁踢我下水？"

　　如今，叶素芬一脚将方浩铭踢下水了！

第三章
蕨菜与虾米

中国素有"虾荒蟹乱"之说，指虾和蟹多了会引起兵荒马乱、天灾人祸。

　　如果说父亲之死搅乱了叶素芬，那么竞聘之事则搅乱了方浩铭。现在，这一家子像沸腾的锅。

　　有九人报名参加清溪县支行行长竞聘，大都是本支行的突出人物，也有其他支行和市分行机关的业务骨干。有道是："来者不善，善者不来。"方浩铭将自己跟他们一个个比较过去，居然觉得没什么优势。

　　最大的优势，清溪算是新兴的侨区，有大量外汇汇进来，人们戏说"坐台小姐"、"坐台先生"都可以赚欧元，而他是学国际金融的。然而，那些外汇存款只是国际金融业务很简单的一小部分，并不需要多少专业。

　　参加这样的竞聘，明显是陪衬，纯粹是出洋相。一想象到结果，想象到将被人嘲笑的情形，他就不安，就恐惧，就气愤，就会抓起书来往桌子上狠狠一摔……

　　"别生气嘛，亲爱的老公！"叶素芬安慰方浩铭。本来，每天晚上煮点心只给女儿吃，现在多煮一份给他。

　　方浩铭怒气未消："都是你干的好事！"

　　"要有信心嘛！"叶素芬说，"我老公配得上茹茹呢，他们配得上吗？"

　　"哪天等我真找到了茹茹，第一个就休掉你！"

　　"好啊！叫她拿一百万转让费来！"

　　"你想卖我一百万？"

　　"还是优惠价呢！"

　　方浩铭有点感动了，将叶素芬揽到怀里："全世界只有你这个傻瓜把我当宝贝！"

　　"我老公会当行长啊，当然宝贝！"

　　"行长个屁！"方浩铭一把推开叶素芬，"我明天就找人事部说，我不干了！"

　　"那么没信心？"

　　"明明做得来的事，你会不做吗？明明做不来的事，你会做吗？"

　　"随你，不干就不干呗！又没人强迫你，又不收违约金。"

为了应付竞聘，方浩铭把华山旅程取消，交的订金被扣一半作违约金，白白丢了四百多元。而退出这场竞聘，损失的仅仅是钱吗？

"你呀，你们女人家就是爱臭激动。"方浩铭冷笑道，"一会儿要报名，一会儿又要退。你以为单位跟家里一样，你爱怎么样就怎么样？"

整整一个星期，方浩铭埋头苦读。一下班就一个人关在书房，没日没夜。

叶素芬简直成了丫环，做好饭——饭都装好端上桌了，这才请他步出。她端茶端水进书房，还不时会拧了毛巾进去帮他擦一把脸。结果，方浩铭笔试成绩名列第二。九名中取四名进入演讲阶段，他闯入第二关。

"我现在要退出是可以啦！"方浩铭对叶素芬说，"第二名，说明我有水平，没丢脸。后来不参加，或者说参加了最后没聘上，那是其他原因。比如说我这人不会巴结领导，不会请客送礼，那是不丢人的。"

方浩铭一连两个晚上打牌，而且都打很迟，把前几天读书的损失补回来。至于演讲，他几乎忘了。

叶素芬提醒说："演讲不好，那可是当场丢脸啊！"

这倒是真的。演讲要公开进行，分行领导和有关部室主任当评委，当场打分，当场亮分。如果演讲不好，光笔试好，会给人说书呆子，那也是不光彩的。这么一想，方浩铭又开始忙乎。

该讲些什么呢？方浩铭专门向人事部主任穆云请教。

"文件上写得很清楚嘛。"穆云说，"第一说说你对这次公开竞聘的认识，第二说说你竞聘这个行长的优势，第三说说你如果竞聘上这行长打算怎么干。主要就这么三点，你讲清楚就行了。"

方浩铭分析：关于第一点，无非是称赞一番"赛马"比"相马"好，分行领导决策正确英明，这样的漂亮话谁都会说，谁也占不了优势。关于自己的实力，没有什么突出的业绩，先进没当过，相对来说是劣势。这劣势属于历史，已经定格，没有努力的余地。能立竿见影补救的，只有第三部分，把对将来怎么干想好，说得比人家好，也许容易让人认可。而有的人，认为自己资本厚，比如当过多少回省、市先进，在某某方面取得过什么突出业绩，注重吃老本，可能会忽略将来怎么干好。如果是这样，那我就成一匹"黑马"了！

方浩铭决定到清溪去实地调研一番，但不能大张旗鼓。要是那样，日后当不上行长，会让人笑话。他想悄然而行，带上老婆孩子，说是过周末，与竞聘无关。怕女人嘴不牢，他对叶素芬也没说真实目的，只是说这些天太累了，双休日到清溪滴水岩走走，顺便看看老同学池子林。

叶素芬这个"奸老虎"的，果然肚里藏不住话，一上班就给郭三妹说了。

郭三妹是清溪人，而且离滴水岩很近。她父亲是独子，偏偏一连生三个女孩，所以叫她三妹。她奶奶一肚子气，整天冷言冷语骂她妈妈，硬是将她妈给气走，另娶媳妇，没想这新媳妇又一个接一个生女孩。因为违反计划生育政策，家里给罚款罚得精光。可是在奶奶的逼迫下，父亲仍然想生男孩，带着新媳妇远逃他乡，丢下一堆女孩像野生的鸡鸭一样没人管。

幸运的是，她长得漂亮。她读小学五年级那年，郭章楠当时在清溪支行当行长，他老婆生孩子，回家找保姆，找到了她。孩子带大了，他觉得她挺不错，不忍心送回穷山沟，将她安排在本行内部招待所当服务员。随着年岁增长她越发漂亮，还挺聪明，在山村姑娘与城市女郎的角色间结合得恰到好处，人见人爱。今年年初，市分行在行长室门口设个迎宾岗，找临时工，很自然把她要了来。

这几年，教育银行搞"减员增效"，小姐们都成阿姨了。郭三妹到来，让整个教育银行大楼都亮起来。她的岗位是那么显赫，大老男人像追星族样，争着看上她一眼跟她说上一句话。行长们是那样宠爱她。她又会喝酒，凡是接待重要客人都要带上她。多么令人羡慕啊！有人感慨说：读书有什么用？身为女人，只要漂亮，比什么文凭都值钱。

郭三妹也爱漂亮。她穿什么衣服都好看，但她不爱穿行服。说起来，教育银行的行服不是一般的工作服，男男女女名牌西装，一千多元一套，没几个人穿得起。可是，好些人身在福中不知福，嫌大家穿一样不好看，并不爱穿，一下班就要换掉。她也跟风，每天要穿自己花花绿绿的衣服来，到了行里才换上，下班时又换下。行长室在八楼，女厕所都没有，她换衣服只好跑九楼，叶素芬的办公室成了她的更衣室。

可以说，郭三妹跟叶素芬接触最多，对叶素芬来说也是。女人亲热起来跟男人不一样，什么话都要一起说，厕所也要拉个手一起上。拉上她的手，叶素芬好像年轻了二十岁。她们一起谈吃谈穿，谈昨晚看的电视，也谈男人女人。郭三妹很多电脑功能不会用，叶素芬教她。叶素芬的工作有时忙不完，郭三妹会帮她。两人像是姐妹。现在去滴水岩，叶素芬忍不住要告诉郭三妹。

方妮一听方浩铭要带她到外面玩，欢呼雀跃，手都拍红了。

叶素芬则沉了脸："你不能去！你不要读书是吗？"

"讨厌！"方妮的脸立刻蔫下来。

"让她去吧！"方浩铭说，"你不让她去，她一个人在这里不读书，你也不知道。她去了，精神好，读书效率高，不是更好吗？"

叶素芬理论不过方浩铭。方妮不计较母亲的态度，高高兴兴，连夜收拾好小行囊。第二天，她像往常一样比父母还早起床，背一会儿英语单词，三包牛奶一起热了。等他们起来，她已经背上行囊。等他们背上行囊，她已经在门外催促："快点啊！"

穿鞋出门时，叶素芬突然想起："你要带一本书。没事的时候，就看书。"

"好吧，你帮我拿一下。就拿英语，我背单词。"方妮欣欣然。

方浩铭和叶素芬各背了一个包。方妮争着要帮叶素芬背，被谢绝。她便走在他们当中，一手拉一个，一阶一阶跳着下楼梯，欢欢喜喜。

一下楼，碰上捡垃圾的妇女。她在院子里用手给一家一户的垃圾分类。又黑又大的苍蝇纷纷扬扬，像蝶恋花一样围绕垃圾和分捡垃圾的女人。方妮掩鼻而过。叶素芬追上几步，抓住方妮的手说："你看这种女人命苦不命苦？可是没办法啊，要生活，再脏再累也得干！谁叫她不好好读书呢？要是读好了书，就会有好的工作，哪要干这种又脏又臭的活？"

方妮头往左边一歪，没吭声。

出大门进小街，有一堆农民工坐在街边东张西望，男男女女，带着锤子、钢钎、土箕之类，等着搞新房装修的人家前来雇用。迟迟没人来雇，百无聊赖，有的席地而坐，有的伸展四肢仰躺路边，最讲究的一个是捡了两个空易拉罐当小凳子坐。叶素芬适时解释说："他们也是没有好好读书。要是读好了书就会有好的工作，高楼大厦，窗明几净，四季如春……"

方妮头往右边一歪，仍没吭声。

这时，有一个穿得非常时尚的女郎迎面而来。她的双肩全都裸露，仅着的一点小衣薄如蝉翼，黑色的胸罩明显透出，肚脐和腰身肉乎乎地若隐若现。叶素芬第一个感觉是这女孩真青春，第二个感觉是她的身材真好，第三个感觉是她的职业一定很贱。她从他们身边走过，飘出一阵香风。叶素芬用巴掌扇了扇鼻子，不失时机地引导女儿说："这是坏女人！没有正经工作，晚上搞'三陪'，跟男人鬼混，不要脸。她也是没有读好书。要是读好了书，就会有好的工作，有钱有地位，活得有脸有面……"

"注意：今天的指标用完啦！"方妮奔到前面，转过身来提醒叶素芬。

"就三次啦？"

"哇噻，你想耍赖啊！刚才碰到收垃圾的讲一次，碰到农民工讲一次，现在碰到'三陪女'又讲一次，不是三次啊？"

原来，方妮早就厌烦叶素芬的"思想教育"了，要求每天讲学习的事最多三次，一超过就要强烈抗议。她也体谅孩子，现在十来岁的孩子都懂得自杀，不能逼过分，同意事不过三。现在，方妮伸了三根指头伸到她鼻子上不停地晃着，逼她认可。她认为有失尊严，拉下脸来："拿开！再不拿开我旋转你！"

"你也真是！"方浩铭出面干涉，"你凭什么说人家是'三陪女'？给人听到了，甩你的嘴！"

叶素芬很不高兴："人家教育孩子呗，你插什么嘴！"

正吵着，车子来了，三个人鱼贯而上。

这是一种面的，可以坐六七个人，像公共汽车一样随处停。途中上客时，刚停车，就有个奶子大得让叶素芬羡慕的中年妇女挑着新出的橘子跑到车边叫卖，但车上的人根本不想买。

面的正要开走的时候，有一辆客货车嘎的一声在边上停下，从车上下来四五个穿灰制服的人，其中两个径直奔到那妇女面前，说她无照经营，要没收，不由分说把那挑橘子往客货车上抬。那挑橘子总值不过一二十元钱，但那是她生活的全部希望，怎么能轻易让他们拉走？她两手紧紧抓住筐不放。

一个灰制服气得一脚把筐踢翻，橘子便撒到街上。有几辆车过去，把很多橘子碾成烂浆。灰制服走后，她边哭边捡几个逃过车轮的橘子，两个硕大的奶子快要拖到地上。

面的继续前行。叶素芬忍不住回望那呴哭着满街捡橘子的妇女，同情得很。她觉得这又是很好的反面教材，想开口对方妮说，又想今天的指标已经用完，决定明天补说。现在，她转而想那妇女很可能是下岗的，哪天自己要是下岗了，说不定也像她那样。

不想，方妮也回头远望那疯子样哭着捡橘子的妇女，模仿叶素芬的口吻说："那女的也是没有读好书。要是读好了书……"

"好了好了，知道就好！知道就要好好读！"叶素芬有点难堪，但不生气，"她们有的不是不肯读，不会读，而是因为家里穷，没钱读书，国家还要求我们给贫困大学生发放贷款……"

到汽车站，方浩铭一家三口下车。郭三妹还没到，他一起买了她的车票，在门口等待。

开车前两三分钟，郭三妹跑来，喘着粗气道歉："实在不好意思！闹钟响了，就是不会醒。迷迷糊糊的，好像听到又好像没听到。我随便洗一把脸就跑，下楼才想起忘了带 MP3。怕你们等，没回去拿。"

方妮说："我爸爸妈妈也爱睡懒觉。"

"去去去，大人说话，小孩子插什么嘴？"叶素芬训道，"快叫姐姐好！"

郭三妹甜甜地笑笑："叫阿姨！"

"叫姐姐！"方浩铭也要求说。

"姐姐好！"

"哎——小妹妹真漂亮！"郭三妹牵了方妮的手，一起上车。

郭三妹和方妮欢快地走在前头。郭三妹今天穿一身牛仔服，更显得窈窕玲珑，婀娜多姿，方浩铭看了不免想入非非。叶素芬在身边，他的目光不敢在那多停留。忍不住再看了一眼，移到女儿身上。这下更糟：女儿跟郭三妹一般高了，而且背上看去也差不多像她那样一个成年女子。

他突然想：我怎么有这么大的女儿了？那么，我该算"老"了？我应该有点"老"样，不该再看妙龄女郎了？可是，他觉得比以前更欣赏女人了！以前，被炙人的性欲驱使着，饥不择食，没多少心思欣赏女性美。穷人家出不了好厨师，性饥渴时出不了如诗如画的爱情。只有如今，口不渴了才能好好品茶，不急于上床了才能好好欣赏女人。当然，现在漂亮女人也多。随着物质生活的改善，女人肌肤、身材普遍好起来，加上思想解放，打扮趋于开放，越来越抢眼。相比之下，妻子则似开后之花日趋枯萎。他近来常常发现自己越来越"花心"……

女人开放了，男人没救了！这世界，要是没有法律，没有道德，那将多可怕啊！方浩铭由衷地感慨，并像以前被性欲折磨得难以自持之时一样暗暗告诫自己：千万不能让女人毁了！

大自然造化很奇怪。才一县之隔，隔河相望，丹岩为丹霞地貌即假喀斯特地貌，清溪却是喀斯特地貌，景观迥异。清溪这一带有几个石灰岩溶洞，有的还小有名气。相比来看，滴水岩太小家子气了。在古代，大小地方喜欢列八景十景什么的，滴水岩为本县之首。但如今交通便利，随便一走也到邻县，滴水岩越发像一个弃妇。

滴水岩在通往清溪的公路附近，离县城尚有十几里，方浩铭一行下车步行。

大路两边，种满了红豆杉。方浩铭早听说，红豆杉本来属国家一级保护珍稀树种，但清溪有个林业专家，解决了红豆杉种子发芽率低的关键问题，在育苗、种植技术等方面取得了重大的突破。而美国发明一种天然抗癌新药，对治疗晚期卵巢癌、乳癌、非小细胞肺癌和卡波络氏肉瘤等恶性肺瘤疾病有良好的疗效，是近二十年来药物研究领域的重大发现，被世界卫生组织认定为"未来十年最有希望的抗癌药"。这种药叫紫杉醇，主要来源于红豆杉。于是，清溪县大规模发展，成为全国最大的人工红豆杉种植区。人们渴望它能快快长大，成为甩掉贫困县帽子的主力。那么，银行能沾它点什么光？方浩铭想，但一时想不透。

叶素芬和方妮则注意到红豆杉漂亮。在这越来越多草木转黄转枯的时节，它像柏树依然翠绿，而且像春夏时节的稻田一样绿了一片又一片。认真一看，茂密的绿叶间，点缀着许多红红的豆豆。这种红豆像灯笼，但是很小，显得非常精致，玲珑可爱。方妮忍不住上前摘，叶素芬则问："有首诗说，红豆生南国，此物最相思，是不是就是这种红豆？"

"不知道。"方浩铭如实说。他自小生在山里，见过无数花草树木，但很多都跟书本上读的对不上号。

在郭家坪村口，有一条小路通往滴水岩，路面用鹅卵石砌过，现在看来像徐娘半老脸上残留的风韵。这条路已经好久没人走了，要不然路心的小草不会葱郁。高一些的草争着往路心长，草中有些星点儿但很灿烂的野花，挺漂亮的。

石拱桥不知何时塌了一角，没人修补。附近山上树木不成林，唯有岩洞前留了一片茂密的碧绿——那是苗苗条条的柏树和凤尾竹，其间有几棵硕大的枫树，赤条条的，像北方的冬一样显得荒凉。林间若隐若现着一个亭子，又使这变活起来，很像武侠小说里头的插图。现在中国热闹的景点多的是，但像这样充满古意的景致，难得一见。

岩洞里头就不敢恭维了，无非是些岩泉从石中雨样滴下。但郭三妹介绍说，有人做了试验，往洞里的泉水中撒下谷壳，两天后会在几里地外的小溪漂出来。方妮听了很感兴趣，要折纸船漂下去，但几个人身上只有餐巾纸，一下水就糊。她不死心，突发奇想，竟然想到用纸币折。方浩铭随即骂道："你疯了！"

"算了！算是买门票吧！"叶素芬也宠方妮，说着马上掏出几张簇新的一元钞，"让那些农民捡了，算是扶贫吧！"方妮把她在幼儿园时候学的折纸技术全都回忆起来，不仅折船，还要折小鸟、飞机，各种各样。

39

叶素芬钱包里几张较新的小钞很快折光了，方妮掏方浩铭的口袋，甚至要折一张十元钞。他又想生气，转念一想有些开心是用钱买不来的，而她的笑好像不知什么时候弄丢了，难得开心一次，花它一两百元算不了什么。

他还想起"红叶题诗"的典故：有个宫女寂寞难耐，在一片红叶上写情诗，通过小水渠漂出深宫。这类浪漫的事，只有女人做得出。现在，女儿还小，但她已经是女人了！这么想着，他不再反对，反而为自己刚才的态度惭愧，踱步出洞。

方浩铭驻足洞外残桥，欣赏洞口的古木和古亭，赞叹不已："漂亮！真是漂亮！这么漂亮的地方，拍个武打片，那该多漂亮啊！"

中午要赶到池子林家吃饭，可是方妮在滴水岩玩太久，本来还想到郭三妹家和那后头一个庙去看看，显然来不及了。

方浩铭大学同学在本省总共才八个，在清溪倒有一个，这就是池子林。

池子林挺活泼的，班里有活动还会表演诗朗诵。毕业后，分配在省行国际业务部。可他太单纯了，对一些账目老是疑神疑鬼，并说领导乱开支什么的，向有关部门举报，又一级一级告到总行。上面一次一次要求查，一次也没查出什么问题，倒是把他自己的名声搞臭了。气起来，索性辞职回家。但他名声臭到了县里，不论国企还是私人企业，都没人敢再用他，他只好和妻子两人开一间地方风味小吃店。方浩铭到清溪出差，有空时到他小店里坐坐，喝喝酒吹吹牛。

"卖虾米的，我现在收入比你差不到哪儿去，你信吗？"几瓶啤酒下肚，话也多了。池子林说这话时，两眼直盯着方浩铭，显得很自豪。

现在机关青年很多人白天先报到上班后溜上街吃早饭，晚上聚几个朋友说是喝茶实际上也是喝酒。池子林主要针对这类顾客，特色是当地传统风味小吃"碧玉卷"，还有一些卤味和汤菜，薄利多销，挺受欢迎。但要说多赚，像银行职员一样月收入几千，方浩铭不信。以往想起这位老兄，他心里总很同情。现在才发现，池子林根本不需要同情。每个人都需要一个活下去的理由，穷人自有穷人笑的理由。要是简单用一两个价值标准衡量，岂不是大多数人都得自杀？他笑了笑，附和说："会发财就好啊！"

"我只是负担重。老婆身体不好，又养三个孩子，现在都上学了，学费一年比一年贵。"

"那是那是。"这么一说，方浩铭信了，"说实话，要是我养三个孩子，真不知道怎么办。"

池子林的小店就开在自己家。这房屋是高大的青砖大瓦房，有一两百年的历史。门前小街的历史也许更久，不过近年铺上了水泥。半个多世纪前，工农红军进驻清溪，一个师部就设在池家大院。大院临巷的高墙上，留有红军的标语，前不久又临写过，醒目得很。这条巷本来叫"池半巷"——意思是说以前池姓人家占了半条巷，后来改名为"红军巷"，作为县级保护文物，每年开展一些政治活动，对那条标语顶礼膜拜。多亏了这光环，其他地方旧城改造改差不多了，这里还没人敢动一指头。

然而，隔几个月没来，这里还是变了：前后左右都拆完，只剩用石灰水写着大大"拆"字的池家大院孤兀在那儿。

叶素芬狐疑地问："应该没人住了吧？"

"应该不会吧！"方浩铭底气不足。

"你昨天晚上不是挂过电话吗？"

"是啊！我挂手机……他又在 OK 厅，吵吵的，没说搬家，应该还在吧！咦——那房子，那小吃店……没错！"

方浩铭牵着叶素芬，叶素芬牵着方妮，三个人小心翼翼穿越乱七八糟的残垣断壁。池子林远远望见他们，跑出来迎接。

池子林早见过叶素芬，但在家里请她吃饭这还是第一次。为显示特别友情，他今天煮了一碗特别的菜：虾米炒蕨菜。这可不容易。蕨菜春天才有，本来一过季节就没有，现在有些人会春天采好，冰冻起来，四季分着吃，有贵客才拿出来。她知道这还有个"典故"，大笑起来："孩子啊，你猜这碗菜值多少钱？"

方妮伸出一个巴掌，手心手背翻了翻："十元。"

叶素芬摇头。

"五元！"

"错，——往上猜！"

"十五元？"

"错！翻倍——十倍——百倍地翻！"

"哇——比麦当劳还贵？"

方浩铭和池子林给笑得有点不好意思。原来，有个笑话说海边人到山区卖虾米，说那虾米是一只一只地从大海里抓起来的，又一只一只地拗弯压扁，描红点黑，所以要卖非常高的价钱。有个山区人针锋相对，说蕨菜一个山头才长一根，要爬几十座山才能找一碗蕨菜，所以也要天价。刚好他们一个来自山区一个来自沿海，蕨菜和虾米便成了他们的外号。

主食是池子林的品牌——碧玉卷。这是用韭菜汁拌米浆煎成碧绿的薄饼，然后卷上油黑的香菇、金黄的笋干、雪白的豆芽和瘦肉，既漂亮又美味。方妮是头一回吃，胃口大开。本来，她把吃饭当任务应付，经常嫌为她盛多了饭，以致叶素芬威胁要好好饿她几天。今天，看她吃个没完的样子，叶素芬忍不住说："好了，不敢一下吃太饱！去，跟弟弟妹妹去玩一下。"

池子林第一个孩子是儿子，比方妮小月份而已，第二、三个是女的双胞胎。几个孩子不大会读书，挺调皮的。趁着有客来，拼命啃鸡爪，一个个吃得满嘴黑不溜秋。方妮不喜欢他们，自己坐到一边，拿出书来看。

话题很快触及拆迁。

房子外面，到处是陈旧木料和破碎的瓦砾，再就是清理旧料的人员。为了迫使池子林等几户"钉子户"就范，昨天已经切断了这里的水和电。今天，他只好到远处挑水，生意则停了。

池子林怒不可遏地骂道："李玉良这个王八蛋……"

"你说谁？"叶素芬吓了一跳。

"李玉良，现在的县委书记……哦，对了！"池子林这才想起，响亮地拍了一下大腿，"是前一段时间从丹岩调过来的，听说他就是丹岩人，不会是你什么亲戚吧？"

"没……没……不是，不是哩！"叶素芬连忙否认。

方浩铭想起来了，李玉良参加过岳父的葬礼，当时就有很多人议论过，但叶素芬至今也不知道他跟"好好先生"有什么交情。他没有点破，只是笑问："县太爷怎么你啦？"

池子林有所意识了，话语变得谨慎起来："应该承认，李书记水平是有的。一个小小县城，翻来覆去'改造'，油水早被人家捞光了。只剩一条'红军巷'，涉及政治，没人敢动。他李玉良就敢。号召大家解放思想，也说得头头是道。他说，革命前辈打江山，目的就是为了我们后人能过上幸福生活，而不是为了霸占一块风水宝地，永永远远霸占下去，妨碍子子孙孙的生活。我们把这条巷改造成一条新街，让人民群众安居乐业，革命前辈在九泉有知，只会露出欣喜的微笑，欣慰地说：我们革命的目标终于实现了！"

"说得也真是在理。"方浩铭说。

池子林说："我没说他说得不在理。问题是，说了要让人民群众安居乐业，要做到啊！他们做不到，做的是另一套！"

"怎么啦？"

"你算算看，要我们拆迁，补偿费每平方不到五百元，卖给我们地皮却要每平方一千多元，你说有多黑！"

"这当中肯定有差价。人家还要通水、通电基本建设，要不少投入。"

"谁也知道那要投入，谁也不指望政府贴我。要住新房，肯定要有付出。问题是，你不能成倍成倍地涨啊！拿了刀，把我们当猪杀！"

看来，池子林积怨太深，方浩铭当不了他的牧师。转念一想，觉得也没必要多费什么口舌，——没水、没电又没生意，他能坚守几天？

这天下午，方浩铭要到清溪支行去竞聘演讲。

上午，偏偏事情很多，叶素芬想早点儿走也走不开。直忙到下班整点，她几乎是连走带跑。路上，顺便到市场买点菜。都是买最简单的：花蛤豆腐，直接煮汤；长豆清清楚楚，漂漂亮亮，没一点虫眼，洗一下切了就可以炒；再就是小鲤鱼，买的时候就破好了，直接清蒸。三下五除二，风风火火一阵子就上桌。

吃饭的时候，为了诱导方妮多吃青菜，叶素芬和方浩铭一个夸长豆，一个说本来现在早过了吃长豆的季节，多亏现代科学技术，四季如春，冬天可以吃春季的菜，春天可以吃冬天的菜；一个说棚栽蔬菜多漂亮啊，又肥又长又嫩，一个虫眼儿也没有，要不然得一根一根拣，一段一段择，哪能这么快上桌？可方妮还只是为完成某种任务吃了点儿，叶素芬因为吃昨天晚餐剩下的粉干几乎没吃菜，方浩铭则怕青菜剩了倒掉也可惜拼命吃。人还没下桌，事情就出了，跑卫生间不停。怀疑是长豆残留的农药过多，而今天中午太匆忙没有浸泡洗净，吃了中毒。马上跑上街看医生，果然是这样。大问题没有，只是泄个不止。

"唉呀——都怪我！"叶素芬叫苦不迭。卖长豆的那是个跟方妮一样大小的女孩，肯定是刚放学来顶父母回家吃午饭，在那吵吵闹闹而又浊气熏熏的菜铺上做作业。她看了很感动，一看那菜又好，价也没讲就买一把，谁想会买到害人的菜！真是心不能太软！现在，看丈夫在那里上吐下泻，她自责不已："都怪我！"

"没事！一个大男人，这点毛病算什么！"方浩铭不以为然。甚至，他心里想：怎么不再严重点？索性弄得趴下，躺到医院，不参加演讲也说得过去。这样……这点小毛病，看上去好好的，人家还以为你装哩！装病不参加了，临场逃脱，狗熊了……不，我不仅要参加，而且要争取再赢一局！

方浩铭买了一盒洋参丸跟医生开的药一起吃，按时出发。

市分行伊行长、上官副行长带着人事部、监察室、个人银行业务部、公司业务部、会计部、计财部等有关部室主任十来个人，开了大小两辆车。

方浩铭坐后头一部面包车，中途上了一次厕所还要上，惹得同伙们取笑，说他肾功能有问题，轻易跟男女问题挂上钩，你一句他一句，热热闹闹，开开心心。他不想扫大家的兴，没说明是肠胃问题。没想这司机张达成大大咧咧，说了粗话不过瘾，还要捉弄他，听到喊停车还要再开一段路又一段路。

"他妈的，你再不停老子把你狗屁车子都踢了！"方浩铭怒火中烧。

大家一看不对头，连忙帮着叫老张快停。方浩铭连滚带爬下车，顾不上跑远，就在路边三五米的草丛边蹲下。有人看不过意，叫张达成往前开几步。

裤子还没穿起来，方浩铭就感到懊悔：刚才太粗鲁了，跟车夫计较什么呢？车上坐的，除了三个竞聘者，都是评委啊！光是这印象，人家就不会给你打高分了！这么一想，一回车上，屁股还没坐定，他就解释说："实在对不起啊！今天中午吃的菜有点问题，还好马上拿了药，现在还算好多了……"

演讲在清溪支行会议室进行。除了市分行来的评委，还有支行全体员工。发表演讲先后顺序，抽签决定。演讲评分，当场统计并公布。

第一个演讲的是安乐支行信贷科长罗流成，得九十六点三分。方浩铭觉得这分够高了，高得他望而……反正他觉得自己得不了这么高的分，不"望"了。

第二个是清溪支行的办公室主任陈一平。应该说他讲的内容是更好，但他的口齿有点不清，结果得九十四点八分，比第一位低。方浩铭觉得这不是个好兆头。

第三个就是方浩铭了。尽管准备很充分，他还是有点慌张。眼前一大排领导，他不敢正视，只能把目光投向黑糊糊的后排。

方浩铭觉得自己没什么优势可言，便把重点放在奋斗目标上。他说要用三年左右的时间实现业务显著发展，经营效益显著提高，员工收入显著增加。为此，他说："清溪地处偏远，基础设施落后，经济总量小，金融资源有限。但近两年，固定资产增长较快，今年增幅达一点六倍。国有企业改制率达百分之八十五，这标志着该县经济已向私有化快速发展，我行业务可以少受或者免受地方政府的干预。"

话音未落，方浩铭突然觉得这句话欠妥：显得太被动了！这篇演讲稿再三斟酌过。当时考虑政府与银行的关系，只是从避害角度着想，而没有从趋利的角度着想。此时此刻，鬼使神差，豁然开朗。他略为顿了顿，接下来谈旧城改造商机时，离开原稿，临时发挥说："当然，我不是说要摆脱地方政府。前些年，金融部门的党组织关系也脱离了地方，可地方党政领导依然关心我们，特别是对清溪支行。大家知道，由于种种原因，县领导对清溪行很不满意，大会小会经常批评我行。说批评，算客气了，实际上是谩骂。今年年初，县委黄书记在大会上还说，要评选服务地方经济最好的部门，也要评选最差的部门。这话一出，很多人马上就推测到，如果真要评最差，非落到我们行头上不可。那样一来，我们的经营环境必然更糟。所幸的是，黄书记调走，来了李书记。李书记很快给清溪带来了新的商机，比如'红军巷'旧城改造。如果能抓住这个项目，从拆迁补助资金存款、建设资金贷款到商品房按揭，可以给清溪行带来一系列大笔的业务。光抓好这一个项目，就可以帮助清溪支行打一个翻身仗。这是一个历史性的机遇，一定要牢牢抓住，决不能错过。刚好，李书记是我岳父的老朋友。我如果上任清溪支行行长，我首要抓的工作就是县委、县政府公关，确保抓到'红军巷'旧城改造项目……"

结果，方浩铭得分九十六点二，最后以零点一之差名列第二。

这样的结果，既在意料之中，又在意料之外。方浩铭之所以把演讲看得很重，只是怕丢面子。这一点，如愿了。他没料想的是，不知怎么突然会提到李书记，而且是炫耀地。

演讲结束，清溪支行请评委和竞聘人员吃夜点。人数不少，摆了两大桌。行长们坐主宾桌，加上主人，还差几个位子。大众场合，大家都装得很清高，争着躲到另一桌。市分行行长伊之冠笑了笑，招呼说："方浩铭——你过来！"

伊行长是个烟鬼，牙齿给熏得像刷了一层黑漆，但从他嘴里出来的话语，让人们心头一亮。人们一边劝方浩铭快过去，一边在心里嘀咕：这小子有希望了！

"还有你们……参加竞聘的，一起过来，今天晚上，你们是主角嘛！"伊之冠目光犀利得很，马上意识到了什么，很快补充说。

方浩铭觉得受宠若惊，但他心里又叫苦不迭：糟了！

第四章
白斩河田鸡

　　《子不语》记："忽鸡叫一声，两鬼缩短一尺，灯为一亮。鸡三四声，鬼三四缩，愈缩愈短，渐渐纱帽两翅擦地而没。"

　　方浩铭演讲结果叶素芬当晚就知道了。

　　估计演讲结束时，她打他的手机。当时他在吃夜点，大家忙着敬酒，满是吵吵嚷嚷。他走到外面，简单报告得分情况。她听了非常高兴，马上转告正埋头做作业的女儿，然后挂电话告诉郭三妹。

　　第二天上班，她很想将这捷报告诉郭章楠，又怕他会有看法，只好强咽着。没想这消息已经传开。上班不久，郭章楠踱步到她办公室来，开门见山说："小叶，你要准备请客了！"

　　"我请客？"叶素芬装傻，"我请什么客？中奖了？"

　　"比中奖还重要。"

　　"不可能吧，你有没有搞错啊！"

　　"小方还没回来？"

　　"说是上午回来，好像还没到。"

　　"到了你就知道。"

　　"知道什么呀？"

　　"知道你该请客。"

　　"你不说我怎么知道？"

　　"反正……你准备好就是了！"

　　郭章楠说着踱回自己办公室。叶素芬感到余兴未尽，真希望他能多绕几句，但他没再过来，气得她心里骂了一句：这个臭蟑螂！

　　快下班时，叶素芬找个借口到臭蟑螂办公室请示工作。他打几句官腔，并没有谈及方浩铭演讲或者要她请客的事，她感到很扫兴。男人就是粗心。想当年，欲说还休之时，方浩铭可把她气得够戗。

　　下班时，挤了满满一电梯，个个憋得难受。

　　郭章楠的手机短信响了，磕磕碰碰拿出来看，觉得有趣，就念出来："我在犹豫，要不要告诉你。我近期要留学去美国，手续都办好了，这可能是我给你的最后一个短信。我也没办法，真的！布什说，没有我他对付不了拉登。"

不少人发笑。

"那有什么好笑？"监察室老胡说，"我上午收一条更精彩。上联：风在刮，雨在下，我在等你的电话；下联：为你生，为你死，为你守候一辈子。横批：说着玩的。"

大家大笑起来。当然，女同胞们的笑是克制的，忍不住了才爆发出来，爆发完又收敛住。叶素芬失控了，开怀大笑，男同胞们不笑了她还在笑。

一出电梯，人们的目光习惯地往经常张贴通知之类的墙上扫去，发现新贴了一张红纸，赫然公示罗流成和方浩铭的演讲成绩，宣布他们进入组织考核程序，谁如果对这两位有意见，可在七天之内向人事部或者监察室反映。马上有人嚷道："难怪叶素芬这么开心！"

"我说了你要请客吧！"郭章楠说。

叶素芬说："那有什么好请的，八字还没一撇呢！"

"谁说还没一撇？"于雨鸿说，"一捺都快写到底了！"

从办公楼出来，穿过两条小街，叶素芬到菜市场特地多买了点好菜，要好好慰劳一下方浩铭。回到家，却发现他已经煮好饭菜。她将手上的菜往门边一搁，马上奔过去给他一吻："老公哎，我老公真行！"

早上吃完饭，市分行一行人打道回府，十点多一些就到川州。方浩铭直接回家，想好好休息一下。这一段时间忙考试忙演讲够累了，昨天食物中毒拉得浑身疲软，昨晚喝酒喝得八九分醉，今天又坐车坐一百多公里，真快顶不住。他想马上上床，睡他三天三夜。接下来结果怎么样，能不能当上行长，他本来就没放在心上，现在更可以不管它。然而，他清醒地意识到，昨晚演讲临时发挥那几句，肯定像钉子一样钉到行长们的心里头去了。

现在，他面临一场更严峻的考验：是不是真的能把清溪县委书记李玉良的屁股拉到教育银行的椅子上来？想到这个问题，他昨晚就睡不好，今天在车上睡不着，回到家里仍然睡不了。心虚和焦虑，令他坐卧不安。他不再怨叶素芬将他踢下水，只恨自己多嘴，还真抢起巴掌掴了自己的嘴。为了逃避内心的折磨，他索性不睡了，跑上街买菜，回来又煮好。

叶素芬拉着方浩铭的手到餐桌边："我们先吃吧！"

"等一下我宝贝女儿吧！"

"没关系，先喝点酒，庆贺一下。"叶素芬取来两听啤酒和杯子，并开了帮他倒。

方浩铭看着橙黄色的啤酒在杯子里随着白沫迅速满起，一种诗情油然而起："红酥手，黄藤酒，满城春色宫墙柳……"

"错，现在是冬天了，只差漫天飞雪。"叶素芬端起杯，递给方浩铭。

"可我今天春风得意，不是吗？"

"那是！不过也错，我可不是什么红酥手了……"叶素芬淡淡地笑了笑，看了看自己端着杯子的手，伤感起来，"你看……青筋暴跳……鸡爪样的……"

"在我心目中，依然是红酥的！"方浩铭抓着叶素芬的手喝了那杯酒，又吻了吻那指头与手掌相接的骨肉，"永远是红酥的！"

"但愿吧！"叶素芬自己饮了一杯。

"哎，问你个事。"方浩铭换个话题，"清溪那个李书记跟你家究竟什么关系？"

"不知道……我真不知道。"

"你想一下！"

"那……好，我慢慢想想。"

"什么慢慢，要快点！"

"想事情还能快吗？"

"那也不能慢吞吞啊！还天天骂我洗迟了'三朝'，我看你才是！"

"你真要去当行长了？"

"那倒不一定，说不定还只是陪选、陪示众。"

"谁说你是陪的？你比第一名才差零点一分。"

"人家短跑亚军才差零点一秒呢！"

"所以，你想找找那个李书记，请他出面帮忙说一说？"

"那倒不是，那不是！"方浩铭竭力掩饰，"是我那同学，你那天没看见吗？他家给拆得那样子。"

叶素芬一整天都沉浸在喜悦当中，好像方浩铭最终成功了一样。

喜事是需要有人分享的，否则结婚生子没必要请客。女人的喜事多，买一件新衣裳、换一个新发型都得找几个人赞赏一番。但很可惜，他们部室一共才两个人，又每人单独一间办公室。更遗憾的是，不比业务部室，他们没有小金库，不能像方浩铭他们那样经常聚一聚。

郭章楠说要她请客，她很想顺水推舟请一下，可这粗心的男人没有再说，他要是再提一下她爽快就请。方浩铭还没有上任，她不能主动请，其他又找不出什么理由，只好作罢，只能呆呆地坐在那懊气。

叶素芬关电脑准备下班的时候，郭三妹跑上来更衣。叶素芬说："我以为你今天不换了。"

"要哦！"郭三妹边脱边说，"行长来了几个老乡，突然来的，等安排吃饭，我不好走开。"

这话提醒了叶素芬，连忙说："我们也去吃饭算了，我请客！"

"你请客？真的？"

"我老公有饭吃，我懒得做饭，想随便吃点快餐。"

"好啊！我们来锤子剪刀布，谁输了谁买单！"

"锤什么啊，我请你就是！"

"今天你怎么……哦，我知道了！"郭三妹看了看门外没人，伏到叶素芬耳边说，"是不是因为你老公要升官了？"

"你胡说什么呀！他升不升官跟我有什么关系！"叶素芬也看了看门外没人，伏到郭三妹耳边，"哎，你是不是听行长们说什么了？"

郭三妹连连摇头。

"如果听到什么，悄悄给我说一下。"

川溪本来没有船。前几年，在下游市郊建一座水电站，市区河面给抬高。精明的老板马上发现商机，建了大型游船，往返于乐野、苗芜两个区之间，供人边观赏城市夜景边饮食作乐。这样的游船有三艘，对教育银行来说最方便的是"蛟湖号"。

川州教育银行办公大楼坐落在河滨的大桥头，蛟湖号游船的码头就在桥下。这游船造型别致，仿效蛟湖风景区最出众的景点——江滨那只金猫。天一暗，金灿灿的彩灯就把一只蹲着的猫的轮廓勾画出来。那两只眼睛，还有贼亮的光随着音乐变幻，像探照灯样的直射天幕，让这只"猫"像叫春一样活了起来，强烈地吸引着四面八方的男男女女。

蛟湖号游船有三层，底层饮食，中层卡拉OK，顶层露天喝茶、赏夜。这船的老板是闽西人，特色菜是河田鸡。这鸡可谓久负盛名，据说早在唐朝的时候因为斗鸡夺冠，大名鼎鼎的李白还为它写过诗。后来，就以味美扬名，曾经在广州交易会评比中列为国际第二名鸡。现在，许多地方有专以这种鸡为主菜开的馆店，规模不大，价位不高，因此教育银行的职员私下也常到这儿来，当是高档快餐。

今天，叶素芬和郭三妹要了个单间，点了一只鸡和一两个素菜，然后打电话到家里找方妮，并站到船头等她。

没多久，"白眉大侠"郑兴哲和一个中年男人到这游船上来。当他得知叶素芬她们只有三个人时，执意要请她们一起吃。

方妮放学迟，又先回家，等到天黑才来。叶素芬带了郭三妹和女儿到郑兴哲那间，发现他们还有三个年轻女子。

郑兴哲先介绍那位男子："这是我最要好的朋友，文澜轩茶庄的老板，姓余……"

"你叫我小余好了！"这男子叫余明玄，四十余岁，身材魁梧，肤色黝红，但牙齿很白，笑起来很纯真的样子，难怪很有女人缘，依红偎翠。他迫不及待地站立起来，手伸过圆桌到叶素芬面前来握，"本人现年二十二点五，未婚！"

"他是二十二点五公岁，尚未二婚！"余明玄左边一个漂亮的女郎补充说，引得大家发笑，气氛一下活跃起来。

笑声稍息，余明玄介绍这女郎："这是老江，我的表妹，在市地税局工作！"

被称为"老江"的是个三十来岁的少妇。她说:"我姓江,是他干妈。"

"什么干妈,二妈。"郑兴哲说。

小江说:"我才不做二妈哩,要做就做他老妈!"

余明玄说:"行行行,你说几妈就几妈。反正,我晚上是要跟妈睡觉,要吃奶……"

"行啊,我先揍一顿我儿子再说!"小江抓起筷子就打。

另外两个女郎年纪跟小江相仿,是她的朋友,被戏称"小姨子"、"小香波"。

郑兴哲介绍叶素芬说:"这是我们行的,是我老乡,姓叶……"

"哦——我知道!"余明玄叫道,"他爸爸我知道。"

叶素芬大吃一惊。郑兴哲也不敢相信:"不可能吧?"

余明玄正色地说:"真的嘛!她爸是老叶,就是那个老叶嘛!"

余明玄的目光早开始悄悄在郭三妹脸上逡巡,即使跟叶素芬说着话也不例外。现在,铺垫得差不多了,他将目光公然移向郭三妹:"这位小妹太漂亮了,害得我刚才一直偷看你!"

叶素芬早发现余明玄的心思,但没想到他会这么坦然。她笑道:"人还不都是一样的,眼睛、鼻子、嘴巴!"

"那不一样,差多了!你看这位小妹……笑起来……那两个酒窝……起码值五百万一个!"

女人们哄起来,抱怨余明玄为了讨好一个打击一片。叶素芬听了大笑,笑得非常开怀,因为她突然想起当年,方浩铭对她说"你一只手值五百元———一个指头一百"——当年他们工资每个月不到五十元,他给她家"聘金"也不过六百六十元。她想,这些男人啊,在心仪的女人面前,个个都是艺术家!再疯下去,不知道会说出什么话来。她连忙正色地介绍说:"这是我们行长办公室的,姓郭……"

"她我更知道。"余明玄抢话。

"你当然知道,她爸爸是老郭!""小香波"笑道。

余明玄却说:"她妈妈是……岳母娘嘛!"

郭三妹听得脸色发白。大家知道余明玄又在画符,但不知道他葫芦里究竟卖什么药，笑不出来，也插不上话。余明玄自己喝一口酒，吊一下大家的胃口，这才说："她妈妈是岳母娘，她是岳母娘的女儿。"

按理说，今晚的主宾该叶素芬。可是郭三妹来了，整个中心转向她。因为她年轻漂亮，而且会喝酒会耍点小赖皮。

她绰号叫"郭三杯""郭三点"，那是说她敬你酒喜欢一口气来大组、中组或小组，大组十二杯，中组六杯，小组三杯，不论啤酒红酒白酒，也不论大杯中杯小杯，首先在气势上压倒人。而你敬她的酒她则每每要少倒一点，荡出一点儿，又剩掉一点儿。男人大都很贱，往往会依她，每餐都要醉倒几个。

今天，连头发全白的郑兴哲也不知天高地厚起来，跟着叫"岳母娘的女儿"，喝了一杯又一杯。叶素芬只是听说她会喝酒，不免替她担心："你还敢喝啊？你喝醉了，我是背不动哟！"

"这不用你操心啦！她喝醉了我背，保证不收小费！"余明玄马上接话。

小江吃醋了："你想得倒美啊！"

"谁背谁啊！"郭三妹从纸箱里两手一口气拎出六瓶啤酒，"来，我们先吹一小组！不够，再吹一中组！"

"不会吧？"余明玄拿眼瞪郭三妹，看她是不是开玩笑。

叶素芬说："她原来在我们一个支行招待所，专门培训了几年……"

"何止几年！"郭三妹说，"我妈说，我不到一岁的时候，天天生病，总是拉肚子，吃了很多药都不会好。有次听说一个偏方：用老酒、冰糖炖小红菇脚，就弄给我吃，病也真的好了，可我染上酒瘾。从那以后，我再哭闹，只要喂几滴酒，我就会乖下来。"

听郭三妹这么一说，再一看她的脸色，喝了那么多居然一点儿不变，余明玄怕了，不再跟她斗酒，转而说黄色段子。男人会说，小江和她的女友也不太逊色。叶素芬很不习惯，又不便发作，只能催方妮："你快吃！吃饱回家做作业！"

这时，一个中年男人过来敬酒。他是蛟湖号的老板，跟余明玄老熟了，在门口挤一个位子坐下，一个一杯敬过去。

服务小姐端上主菜白斩河田鸡，只好转到里头一些的郑兴哲身边。一不小心，碗滑了，鸡肉倒出大半。老板大怒："怎么搞的！端不来不要端嘛，世界上三条腿的找不到，两条腿的还怕找不到？快端出去，端过！"

郑兴哲连忙起身，边扶好那半碗鸡边劝慰说："算了算了，是我的错，我不小心碰了一下。"

其他人也纷纷替那女孩说情。余明玄说："算我们吃了，你别为难那小姐了！这碗鸡，五十多元，对我来说根本不算什么，对她可是一两天的工资！"

"一两天？"老板纠正说，"四五天！"

那老板走后，小江笑郑兴哲："没想到，你还很会怜香惜玉啊！"

"什么怜香惜玉！"余明玄说，"肯定是他不老实，想吃豆腐，害人家小姑娘端菜没端好！"

"他妈的，真是好心没好报！"郑兴哲要他两边的人作证，"你问她们，我刚才的手是怎么放的！"

"那真是冤枉好人了！"叶素芬说，"刚才他这只手端着杯子要跟我喝酒，另一只手在那一边……"

"那说不定哦！"余明玄说，"他明修栈道，暗度陈仓，另一只手偷偷地从后头这样悄悄地抄过去……"

余明玄边说边示范，滑稽得很，把大家逗笑。在笑声中，似醉非醉的郑兴哲时不时把手驮到叶素芬肩上。她以为他是无意的，可又发现他两眼色迷迷。以前跟他单独相处过，可从没觉得他好色。看来，酒真不是好东西！

女儿走了，叶素芬安定下来，也想开开心心地喝几杯，开开心心地笑几句。可是，他们的注意力始终在郭三妹身上。她被老一声"岳母娘的女儿"少一声"岳母娘的女儿"叫得飘飘然，兵来将挡，水来土掩，疯疯癫癫，几乎忘了还有叶素芬在身边。她心里很不是滋味。她年龄大了，而且不够漂亮，不奢望与这些小美女争什么风光，但她受不了这样的刺激："你们慢慢喝，我先走，家里还有事。"

　　叶素芬边说边起身，没留商量的余地。郭三妹要一起走，男男女女不
饶。叶素芬帮她说情，说是行长还有事找她，磨了好一阵嘴皮，又每人敬
了一杯酒，这才放行。余明玄带了车，而且是他自己开，要送她们，叶素
芬谢绝。

　　下了蛟湖号，叶素芬说家里真有点事，匆匆甩了郭三妹。她心里骂
道："这种狐狸精，再也不带她出来了！"
　　喝了几杯酒，叶素芬有点飘忽，便到江滨散步。时令已凉，河边已经
没有人消暑，但还是有不少人。有一堆中老年人在跳舞，有些年轻人在谈
恋爱。有一对站在路灯稍暗处，男的双手紧搂着女人的屁股……她不好意
思往下想象，绕开这对狗男女，心烦意乱。她烦郭三妹，烦这对狗男女。
她对郑兴哲没有多烦，突然想起方浩铭想了解李玉良的事。
　　郑兴哲不仅是叶素芬父亲的老同事，还是她的恩人。最早知道，那是
二十年前，母亲意外去世，他像参加父亲的葬礼一样参加母亲的葬礼。更
重要的是，那次葬礼结束之后，尽管他要职在身，却没有匆匆返回，而留
两天，建议并几乎是代办了一件大事：让年仅十四岁、正读初二的叶素芬
"补员"母亲的职位。那有一系列手续，而且要公开作假，没有他这样一
个人物鼎力相助是根本不可能的。为此，她非常敬重他。虽然没什么重礼，
每个大年初一她都要上他家拜年。
　　随着时代的变迁，她越来越为自己过早参加工作而没有好好读书感到
后悔，但仍然由衷地感激他。那么，他跟父亲究竟有着什么样的关系？难
道仅仅是老乡和同事吗？显然不止。他们一定有着特殊的交情，他一定非
常了解父亲。父亲那已经被彻底焚灭并加以埋葬了的心，一定还像幽灵般
躲藏在他的心灵深处。该向他了解父亲！还有他的朋友——老板，该向他
拉点存款！

　　叶素芬立即返回蛟湖号，郑兴哲他们果然还在闹酒。
　　"我刚刚丢了一张发票，不知道有没有丢在这里。"叶素芬说，并当真
在餐桌下寻找。

其他人连忙俯身寻看自己的脚下，谁也没发现什么。

郑兴哲努力回忆着说："你刚才……刚才好像……没动钱包……什么的吧？"

"我忘了！"叶素芬抱歉地笑笑，"没关系，蛮找一下。才十几元钱，又不是正式发票，明天随便补一张，没关系！你们喝，打搅了，真不好意思！"

郑兴哲和余明玄等人热情地请叶素芬坐下来，再喝几杯。她客气几句，便领情了。没喝多久，转到中层唱歌。

一进OK厅，小姐泡上茶，余明玄却叫她倒掉，泡自己带的茶叶。几个口袋掏来掏去，最后确定一包。他说："给小妹喝，要泡最好的！"

叶素芬问："哪包不一样？"

"当然不一样！"余明玄掏给叶素芬看，"刚才拿给你们看拿乱了。你看——这一小包是二十元的，这一小包是五十元的。"

原来，闽南人有个新习俗：口袋里像带香烟一样随时带着几小包茶叶，招待不同层次的人掏不同的茶叶。

郑兴哲可以说是看着叶素芬长大的，又共事多年，但从来没跟她这么亲近过。她不够漂亮，年龄又不小，根本吊不起余明玄的胃口，但对他来说感觉还是相当不错的。她很少到这类场合，唱歌跳舞都不在行。他仍然高兴，就坐在她身边，只围着她一个人转。他一杯又一杯敬酒，她只能喝一点点，他不在乎。他邀她一起唱《心雨》、《在雨中》等流行情歌，她居然不会，真有点狼狈。他不介意，自个唱得很投入。他独唱悲悲戚戚的男女声《难诉相思》，有一句"看暮凄凄似残秋，说不尽许多愁"，她觉得看不懂。不久，又唱一句"花白飘零水白流，肠断人倚楼"，她想该是"花自飘零水自流"吧？这些盗版东西真是粗制滥造！

"郑行长，我想问个事。"叶素芬可是清醒的。

郑兴哲显得豪爽："没问题，你说吧！"

"清溪那个李书记，他怎么跟我爸会熟？"

"哪个李书记？"

"就是那个……那天，我父亲出葬，他也来了，还带了小车……"

"哦，我想起来了！想起来了！你看我这记性，年纪大了，就是容易忘事。要是以前啊，前个五年八年，我的记性还很好哩！什么事，只要我一过目……"

"你跟李书记熟吗？"

"不熟……不熟……一点儿也不熟！"

"那我爸怎么会认识他……肯定不只是认识，肯定关系不一般，不然他不会去参加我父亲的葬礼。你说是吗？"

"应该是的。怎么认识……这倒是……我倒是不知道。"

"奇怪……"

"也没什么奇怪。你父亲那个人，虽然……可是……可是做人很好，做人实在是厚道，待人真诚……你知道他有个什么特点吗？"

"不说话，只说一个字。"

"那是谁都知道的，我是说吃的方面。"

"嗯……我不知道。"

"你看，你们子女都不知道，我就知道：他从来不敢吃田螺！"

"好像是，好像是！"

"你知道为什么吗？"

"不知道。"

"他说，他妈教导他：田螺是最笨——世界上最可怜的，不敢吃。你看，你父亲多……多么善良啊！"

"既然那么善良，怎么会当右派？"

"唉，那个时候……那个时候怎么说得清楚呢？"

"那别人都不会，就他会？"

"那……那也是。那个时候啊，唉，抓右派也是有任务啊，有指标，你一个单位非要抓一个两个不可！"

"那时候，你跟我爸是同事？"

"嗯，是哟。"

"那他是怎么当右派的，你应该知道。"

"知道知道，都一起嘛！可是具体怎么样，这么多年了，我好像忘记了。"

"哪天想起了,给我说说好吗?"

"你想知道?"

"我一直都想知道,可我爸不会说话。他去世了,问仙姑,他还一直叫冤。一到阴间,他就会说话了,会说一串一串,不是一个字了,真奇怪!"

"那是迷信!"

"不是!那声音很像我父亲。我是他女儿,我还听不出来吗?他还说,他的坟上有松树枝挡了他的风景。我特地去看了,果然……"

"不会吧!"

"真的哩,你以为我骗你呀?"

郑兴哲听得怔怔然,半晌说不出话来。

公示后第八天上午,分行党委决定聘任方浩铭为清溪支行行长,试用期一年。分行党委委员、副行长上官闽和人事部主任穆云找方浩铭谈话,告知这一决定,要求尽快办好工作移交,早日到位。

"非常感谢组织的信任,我一定不辜负领导的厚爱!"方浩铭表态说,"我没有多少事情好移交,明天就可以去。"

上官闽笑了:"那倒不一定这么匆忙,后天去也可以。"

"既然已经定了,迟去不如早去。说实话,从刚才您通知的那一分钟开始,我的心已经转移到考虑一年后如何向党委交账上。那毕竟是一个陌生的地方,担子也够重,我待在这里也不安心。"

晚上,国际业务部在大饭店设宴欢送方浩铭,请了叶素芬,还请了分管副行长上官闽。上官闽是省城人,早年插队在清溪。清溪支行储蓄专柜主任夏雪的父亲跟他在一起过,两家人很友好。这天夏雪到市里报社参加一个笔会,他便将她也拉来。

上官闽坐主人位,方浩铭坐主宾位,叶素芬坐次主宾位。方浩铭和叶素芬一起推让要让国业部主任李建新坐,可上官闽坚持要叶素芬坐。他发音虽然不够清晰,但是嗓门很大:"我们国家主席出访也带夫人啊!你今天也提拔了,'航母'——括弧:享受行长待遇!"

老师的老婆叫"师母",行长的老婆就叫"行母"——"航母"——

"航空母舰"。叶素芬这些天本来就兴奋，现在听上官闽称她"航母"，没开始喝就陶醉了。

主题自然是方浩铭。首先是上官闽带头一人敬他一杯，然后是他回敬每人一杯。

第二轮，逐个敬方浩铭和叶素芬。叶素芬不会喝酒，一再求情，被准予每次喝四分之一。然后，他们夫妇一个个回敬过去。

第三轮，重点交流，从大领导开始。上官闽要单独敬方浩铭一中组，他开始怕了。照这样的标准显然喝不下去。他不得不求饶说："行长，先休息一下吧！这一轮过来，一下就二十杯；一轮过去，又二十杯，扣除没倒满的也有三瓶多。我不会喝急酒，又是空肚子……"

大家唧唧喳喳反驳起来。上官闽说："听到没有？我敬不下去，别人也没酒喝啦！"

"那……"方浩铭说，"我跟行长喝一中组可以，其他人……"

"可以可以！"李建新说，"我们敢跟行长平起平坐吗？"

大家纷纷许诺可以跟方浩铭少喝点，他这才跟上官闽一口气干了六杯。

东道主李建新要喝五杯，方浩铭不好讨价还价。紧接着，国业部两位副主任要敬，上官闽连忙说情："等一下等一下，大家先吃一下菜。方浩铭一下喝了十一杯，该休息一下。"

没几分钟，两个副主任又站起来，要求每人四杯。方浩铭干脆利索地喝了。不等其他人举杯，他连忙提出："现在只能每人一杯了！"

马上有人表示抗议："那不行，应当每人三杯！"

但也有人表示同意："算了，谁叫我们不会当官呢？跟我们，不喝也没关系！"

"我看算了，做人做名气！"上官闽劝道，"不就是三杯酒吗，宁肯伤身体不可伤感情啊！"

叶素芬出面求情没用，要求代几杯也没被准允。方浩铭算了算，除了妻子，还剩六个人，三六一十八杯，确实艰难。可其中五个跟自己共事这么多年，一个是清溪支行的——最新部下，不喝面子上说不过去。他想了想，觉得不宜多讲价，只要求先"解放"一下。大家同意。到卫生间，方浩铭吐了半肚子，回来二话不说，一个一小组过去。

"方行长，我们就少点吧！"轮到夏雪时，她主动提出。

夏雪是位颇有风情的少妇，面色白嫩，点缀着好多个红艳艳的痘痘，挺抢眼的。男人的两眼左溜溜右溜溜总要溜到她脸上停一停，但对此立即表示反对："那不行，要一视同仁！"

上官闽说："我看也不是不可以。只要他们两个人同意，不会少太多，过得去，也是可以的。"

既然领导定调了，大家不再反对。于是，方浩铭问夏雪喝几杯。她说："你是领导，你说！"

"领导在上我在下，你说几下就几下。"马上有人插了一句酒桌上常听的暧昧话，引起一番哄笑。

方浩铭彻底醉了，被同事抬回家，像死猪一样扔到床上。

叶素芬替他擦洗，脱鞋脱衣。给这样一折腾，他又吐，吐得床上床下一片狼藉。她重新帮他擦洗，换被子换床单拖地板，又忙乎了半天，但她毫无怨言。她仍然陶醉在从未有过的荣耀里。如果不是他，谁提拔她当"航母"？如果不是他，她怎么能在那样的酒宴上坐副主宾席位？如果不是他，她怎么能享受那些大领导一遍遍"敬酒"？

这一夜，轮到叶素芬失眠。她开灯看杂志，看不下去，抱着方浩铭的脑袋发呆。她想到了做爱。要是以前，出差前的晚上，哪怕再迟，非要来一次不可。听说男人出门前碰了女人不吉利，可他一点儿也不忌讳。好像没做一次，出门便无法安心一样。而回来，又好像是为这吸引着，能早一天绝不迟一天，能上午绝不拖到下午，一进家门就行吻手礼，随手抱上床。如果没喝太醉，今天晚上肯定少不了。

不过叶素芬马上又想，今天方浩铭即使不醉也不一定会做爱。好像……自从父亲去世前……前几天那次……还没做完……从那以后好像再没有过，真奇怪！当然，这一段时间心情都不好，要么陷于丧父之悲，要么忙于行长竞聘，哪有心思想那些？

方浩铭确实太忙了！

哎——白头发怎么变多了？叶素芬突然发现,用手拨开方浩铭的黑发查找白发。以前只是偶然发现几根,今天发现好多根。她两指甲捏住一根,用力一拔拔下来,但是连着几根黑发一起,把他拔痛了。他晃了晃脑袋,没有醒来,继续沉睡。她吻了吻他被拔痛的地方,不忍心再拔,心想:如果我的吻能够使他的白发变黑,我就一根根吻遍!

叶素芬用两手搂孩子一样搂着方浩铭,一手还轻轻地给他拍背。突然,她想起以前常听的歌《军港之夜》,立即哼起来,不过她把歌词改了——

我家的夜啊静悄悄,
海浪把"航母"轻轻地摇。
年轻的老公头枕着老婆,
睡梦中露出幸福的微笑。
海风你轻轻地吹,海浪你轻轻地摇,
让我家的老公好好睡觉。
待到朝霞映红了海面,
我家的老公就要起早……

叶素芬一遍遍地哼着、篡改着歌词,居然真的来到了海边。

那是方妮留学的地方,设有中国教育银行的分行。方浩铭带着叶素芬到这家海外分行视察工作,顺便看望女儿。一家三口驱车穿行在崇山峻岭之中,皓月当空,山雾云起。在明月的照彻之下,山雾缥缈,群山、松涛时隐时现。

夜色愈行愈深。不久来到海边,只见白银色的云波与海涛共舞,汹涌翻腾,但是静谧无声。叶素芬和方浩铭一起牵携着方妮,赤着脚,踏着浪花,欢笑着,嬉戏着……

"该起来了!"方浩铭说。

"不,我不起来!"叶素芬撒娇,拖着女儿坐下来冲浪,"我们不回去!

我们要等朝霞映红了海面！"

方浩铭拍一下她的屁股，没想很响亮："太阳都快晒屁股了——我要走了！"

第五章
带血的生鱼片

《尔雅翼》载:"唐律:
民间取鲤鱼即放,卖者杖
六十。"乃因唐朝皇族姓
李,与"鲤"同音。

　　本来，方浩铭到清溪支行上任这天要带叶素芬一起去，因为他急于拜访县委书记李玉良。这是她父亲的什么关系，有她在场更容易沟通。但他没把这层意图告诉她，只说请她去帮忙收拾一下住宿什么的，她非常乐意。可是不巧，这天要开始机关普通职工年终考核。

　　市分行机关普通职员年终考核分五个小组，大的部室独立成组，小的部室几个合并。叶素芬所在的工会，本身是大杂烩，虽然总共才两个人，还挂了党委宣传部、文明办的牌子，人均一个官衔还有剩，只是剩不到她头上。行长办公室、监察室和行政部也是官多兵少，工作性质又相近，就合并为一，组长由行长办公室主任郑吾华担任。

　　与此同时，还要进行员工行为排查活动，即将大家召集起来，像高考一样一个人一张桌子，先是领导动员，然后发给每人一张排查表，要求无记名揭发任何员工的不良行为。不要求确凿，能提供线索就行。不要求正确，仅供参考，而且保密。这种排查活动，每年上半年、下半年各进行一次，下半年的与年终考评结合在一起进行。

　　年终考评与行为排查不一样，有硬性指标，你死我活，逼得你很难独善其身。单独成一个考核小组而同事又很团结的储蓄所、科（部）室还好说，商量一下，皇帝轮流做，今年你当不称职，明年再评你一个优秀补偿，抽个签，好商量。那种虽是同一个小团体但内部不够团结或是像叶素芬他们这样的大杂烩那就糟了，那真是一场不见硝烟的战争！给自己没满分也九十分以上，给朋友八十八分——发发，给看不顺眼的人打四十四分——死死，给有私仇者则只打一个四分——死定了！一个人就能把你的总分拉低一大截。如果找上两三个狐朋狗党，很容易置你于死地。

　　对于叶素芬来说，做的事有目共睹，又没有得罪人，不敢指望高分，可也不至于被打太低，以平常心对待就是了。

　　总结德、能、勤、绩四方面的内容，在全国各地各行业各部门早形成这样一个公式：思想政治＋工作态度＋工作实绩。现在人们都比较务实，前两部分实际上是走走形式，重在后一部分。叶素芬的工作岗位不理想，一不是业务部门，可以用数字表现，而数字像小女孩的脸可以任人打扮，有时用绝对数，有时用百分比，有时纵比，有时横比，七比八比一下，巨大成绩就凸显出来；二不是当官的，可以把大家的成绩集中起来算我的，业绩也容易像堆砖堆柴样地堆出来。

以家庭来比方，业务部门好比男人，一年挣了多少钱，账上一看就知。即使亏了，也可以找出十条八条理由来，突出减亏多少。而家庭妇女的总结就不好写了。一年抱了多少趟孩子，洗了多少只碗，扫了多少次地，怎么说？有好些工作还是可做不可说的。比如党委中心组学习，按理说叶素芬不是中心组成员，党员都不是，不关她的事，可实际上，因为在这个部门，她的党务工作比别人还多。又比如精神文明建设工作，层层强调"一把手"亲自抓，从市文明委到区文明委、街道文明委、居委会、"文明共建片"、"三优街"创建办之类部门经常开会，通知直接发给分管行领导，可行领导业务工作忙，要求文明办派人代开；文明办领导自然不闲，也没空去开那种"务虚"的会，只好由她去代。一年到头代会多少次，也是不好说的。三块工作她一个兵，领导说东就东，说西就西，整天忙得晕头转向，到头来还很难总结出几条像样的。好在人心都是肉长的，其他部门的人想象过去也知道她工作不轻松。

思想政治这一部分可以全国通用，即认真学习什么什么，尽管闭着眼睛从报纸上抄就是（现在更省事，从网上直接下载），而且基本可以一年抄来几年用。当然只能说"基本可以"。如果要求高些，就得"与时俱进"。比如说去年中国足球队首次冲出亚洲，完全可以借用，说现在足球走向世界——中华民族腾飞的鼓舞下，我如何如何进一步提高了思想觉悟。今年，中国球队败得一塌糊涂，当然不能再跟它联系，得把去年这一段删掉。如果能有点个人特色当然更好。总体来说，这一部分不用花什么心思。

工作态度这一部分本来更可以走江湖。什么敬业精神啦，遵守本行规章制度啦，肯定没有大变化，完全可以年年照抄。但今年叶素芬不能抄。因为父亲病重、去世，她请了好多假，各种假几乎请遍，当然这不算问题。还旷工一天，全行通报过，这就是问题，回避不了。不过她又想，应该算不了什么大问题。犹豫再三，她决定写一句"基本能遵守本行规章制度"。

她想"基本"两个字可进可退。你不能说我没有承认问题。而这样程度的问题，应该不大。不奢望得优秀，得个称职应该跟往年一样没问题。

但叶素芬觉得还是不能掉以轻心。没有经历过反右派运动，可是听说过无数次。几乎人人听说过，当时评右派也很"民主"，大家坐在一块评。碍于面子，谁也不说谁的不是。有个人上厕所一下，马上给评为右派。如今，一到行为排查或者年终考评的时候，同事们就会开玩笑："少喝点茶，不然等下要上厕所可麻烦。"

对此，行领导公开批驳过，指出这种考核方式是非常科学的。不仅川州分行这样考评，省分行、总行也这样考评；不仅教育银行这样考评，其他银行甚至党政部门也这样考评。它脱胎于美国通用电气公司曾经引进的"360度评估法"，即在对一个人的业绩进行评估时，要考虑上上下下、前前后后和左左右右的评价，从而准确地反映一个人的业绩，准确地找出优秀分子和较差分子。后来，通用公司有所改进，不叫"360度评估法"，叫"活力曲线"，要求下属各部门每年都要分类排出百分之二十最好的，百分之七十中间的，百分之十最差的，然后进行奖励与惩罚。我们现在这种考核制度，可以说与国际最先进的现代企业管理制度接轨了！一听美国通用电气，人们肃然起敬。其总裁杰克·韦尔奇被誉为"全球第一CEO"，全世界到处去作报告，他的书在中国企业界像当年的红宝书一样风靡。但在这一方面，人们还是更相信它属于"国粹"。

人家上厕所都不敢，她叶素芬还敢跑清溪去吗？

七点三十分，闹钟响。这是方浩铭每天起床的时间，今天让叶素芬用上了。她被骤然响起的钟声吵醒，立即想到方浩铭今天要赴任，可是找不到他的踪影。她打他的手机，没有信号。她不停地拨，拨了好久才联系上，说他已经到五十公里外。

平时，方浩铭虽然早醒，总要睡懒觉，睡到快上班，像猫一样抓几把脸就出门，早饭也不吃。今天，要事在身，早早醒来。他觉得头重脚轻，喝了一杯糖水，吃一个苹果，又喝一袋牛奶。叶素芬平时都早睡早起，今天偏偏迟迟不醒。他想，她昨天晚上一定也醉了，让她多睡一会儿吧！只

是时间差不多了，不能让领导久等。他匆匆出门，下楼梯时才想刚才没给
她留个吻或者字条。

电话中，叶素芬自责不已："我昨天就想好，要煮一碗太平蛋给你吃，
可今天睡太死了！"

"没关系，我会太平的！你快去上班吧！"领导坐在身边，方浩铭不
便多说，匆匆关了手机。

叶素芬连奔带跑上班，迟到两分二十八秒，还好没超过三分钟。行
里去年开始实行两卡制，一是考勤卡，二是卫生卡。考勤卡上下班都要
刷一下，电脑记录你是否迟到早退。迟到或早退三分钟以内，累计到年
终算账；超过三分钟，那就要加倍计算；超过半小时按旷工处理。她今
天迟到没超三分钟，庆幸得很，好像捡了钱一样。

一上班，叶素芬跟往常一样，用昨天剩的开水洗抹布，例行公事地擦
擦电脑、桌椅、门窗之类，然后到水池倒污水。在过道上，碰到人事部正
科级调研员卢正辉。他关切地问："方行长走马上任啦？"

"去了。"叶素芬灿烂地笑笑，"上官副行长带去。"

"恭喜啊！"

"那有什么好恭喜？都是你老人家当剩的啦！"

洗抹布的时候，叶素芬突然从壁镜上发现：脸色太憔悴！平时，她
素面朝天，很少抹口红之类。今天这样的好日子应当上点淡妆，可是太匆
忙，脸都没洗清楚，太糟了！而她不像时尚女人化妆品随身带，办公室也
没备，只好找郭三妹："你今天不更衣啦？"

"我正找你哩，急得要死！要是现在查一下，那就死定了！"郭三妹
叫道，"你现在在哪儿？"

"我还能在哪儿，办公室呀！哎——我昨晚没睡好，脸像老太婆样的，
顺便带点东西给我抹一下！"

郭三妹来了，关了门，更换工作服。叶素芬洗了把脸，抹了口红，又
用了点粉脂，顿时光亮起来。郭三妹笑道："哇噻——十八岁啦！"

"你这死丫头，笑我老太婆哩！"叶素芬在郭三妹脸上轻轻旋转了
一把。

叶素芬把方浩铭已经赴任的事告诉郭三妹，说笑了好一阵。郭三妹发现时针过九点，惊慌起来，叫声"该死"，转身跑下楼。

叶素芬去打开水。按理说，这义务该男人干，可是本部室除了她没有兵，只有她干。她没来上班，郭章楠也要喝水，但只要她在，再迟也要等她去打，好像哪有明文规定一样。她委屈过，生气过，甚至暗中抵抗过——上班就埋头做其他事，有意不去打水。其实她没心思做事，在伤心，在愤恨，暗暗骂臭蟑螂一点儿怜香惜玉的心也没有，渴死他去。女人是水做的，她不怕渴。可是，恨不了多久，她转而自责：谁叫你不会当官呢？你如果会当官，卫生纸都有人给你买。算了吧，得罪了当官的，叫你下岗——打开水的资格都没有。这么一想，她只好又去打。到他办公室去提开水壶，还要赔笑脸："哎呀——今开一上班就忙，水都忘了！"今天不一样。她想：也有人给我老公打开水，扯平了！她变得欣欣然，走进他办公室，边提水壶边相告："今天早上，小方去清溪上班了！"

"那好啊！"郭章楠正在电脑上忙，还是抬起头来，在转椅上仰坐，"你也上任'航母'啦，恭喜啊！"

川州到清溪一百六十多公里，小车要跑两小时多一些。方浩铭是早上七点出发的，九点多十点来钟即可抵达。等到十点半，叶素芬给他挂电话，他的手机没有应答。此后每隔十分钟挂一次，五分钟挂一次，一分钟挂一次，挂了十几次一次也不通。她坐立不安，不由骂道："这死鬼！放出去的狗也知道回个音讯啊！"

中午，就剩叶素芬和方妮两个人吃饭，冷清了许多。以前，方浩铭出差或者到外面吃饭，她们都没这种感觉。叶素芬心里怨着方浩铭，有意找点好话题："你爸爸真的去当行长了！"

方妮反应并不热烈，只是点了点头。

"早上，你看到他吗？"

方妮又点了点头。

"他跟你说什么没有？"

方妮摇了摇头。

"什么都没说？"

"说了：再见！"方妮音调突然提高八度，"问那么清楚干吗，烦不烦啊！"

"这死女孩子越大越不好！你以为我是谁啊，我是你老妈！问问你也不行啊？"叶素芬生气了，抓起筷子就想打但没打下。方妮低着头，撅着嘴，几粒几粒吃饭，菜一口不吃。叶素芬心软了，夹一把菜到她碗里。"快吃！现在你爸不在家了，你要更听话，要更好好读书。考试不好，人家说行长女儿不会读书，多丢人！"

叶素芬见方妮有眼泪掉进碗里，连忙住嘴。她想起女儿以前多可爱啊，多爱笑啊，照相馆要了她的照片陈列着招揽生意。可现在，真像耗子说的笑弄丢了，不知道什么时候丢的。她想起方浩铭，起身坐到沙发上挂他的手机，结果还是不通。她怔怔然坐在那儿，感到某种恐惧，心想一定有什么意外事发生……

奇怪！方浩铭以前出差，叶素芬从来没有这样关心过，计算着他什么时间到达，追着问平安，难道是某种……

"爸爸，你在天之灵如果有知，请保佑你的女婿吧！"叶素芬闭上两眼祈祷说。

忘了去给他抽张签，忘了到庙上为他许个愿，——怪自己心不诚，不大信神。只要今天平安过去了，一定要去补烧香，补磕头。

对了，还有更大的行长在车上！叶素芬突然想起，马上问114，给上官闽家里挂电话。他妻子说，应该没事，但还是说马上问一下清溪方面。不一会儿，回话说那条路最近在修，今天上午堵得特别厉害，不过刚刚通了，他们已经快到清溪。

叶素芬随即给方浩铭挂电话，果然是这样，一颗悬着的心这才落下。她不无生气地说："电话也不挂个回来，让人……实在没良心啊！"

"唉，开始是堵在那儿，手机没信号。后来吃饭，忘了。"

"你已经吃过？"

"你还怕我饿啊？已经快中午，刚好那里有个店，生鱼片全县做得最好，人家特地都会跑那里去吃，我们顺便在那儿吃了。那生鱼片确实不错，名不虚传。"

"那有什么好吃，我从来不吃！"

"那是你没到这里，一看这正宗的，保证你会想吃。那鱼特新鲜，刚从池塘捞上来，活蹦乱跳，杀完，切完，端上桌了，有的鱼片还会抽搐，血丝还会收缩着——蠕动着……"

"吓死人哦，还敢吃！"

"那有什么好怕，你也真是！多少人吃啊，这是客家人最有名的一道菜。"

"你爱吃就吃吧！"叶素芬诚恳地说，"耗子，现在开始，你要经常给我挂挂电话，好吗？"

"查岗是吗？"

"就算是吧！"

"怕我和茹茹私奔？"

"私奔不私奔我不管，你要告诉我你在干什么。"

"我干工作也要向你汇报？"

"我不要你汇报工作，只要你告诉我在工作就行了。"

"如果跟茹茹在一起呢？"

"林小茹早跟别人私奔了，流产了，难产了，死掉了——死了那条心吧！再见，节约我的电话费！"叶素芬果断地搁了电话。

下午两点半上班，三点半开始考评和排查活动。叶素芬算好提前三分钟进场，没想还是迟了一些。本来在开会之前也会说笑，今天似乎故作放松，说笑特别多些，她便成众矢之的。首先发难的是坐她身边的老刘："你们有没有发现，小叶今天特别漂亮？"

郭三妹朝叶素芬扮个鬼脸，祝贺她得到赞扬。别的同事就不一样了。好听点的说"老公高升了，老婆自然漂亮"，难听的则说"再不漂亮点，老公去赚欧元"。

说方浩铭去赚欧元，这在当地有"典故"。人们将川州各县美女排队，清溪榜上有名，评语是"清溪少妇最风流"。因为近些年清溪男人出国到

欧洲打工，一个带一个，出去了很多，也就造成很多"留守女士"。人们
开玩笑，说这些"留守女士"耐不住寂寞，常上 OK 厅，付的都是欧元。
所以，男人去清溪也就被笑是去赚欧元。

叶素芬给取笑了好一阵，会议才开始。首先给每人发一堆无记名的表
格，然后由行长办公室主任暨本考核小组组长郑吾华作动员讲话，强调考
评一定要公开、公平、公正，行为排查一定要对教育银行事业负责和对同
事负责，表可以当场填，也可以会后填，明天上午会议结束时直接塞进投
票箱。

这种会的秩序很好，与刚才放肆的说笑形成极大反差。科级领导的考
核在另外，但他们要一起参加排查和被排查，因此也格外收敛。手机基本
上自觉关了，也没那么多跑洗手间的。会场很安静，发言很容易入耳入脑。
与会者大都是呆呆地听别人念，听累了思想开开小差。

叶素芬第六个念述职报告。平时她不善于抛头露面，几乎没有当众发
表讲话的锻炼机会，显得很拘谨。她好像又回到学生时代，脸涨红起来，
勾下头，声音好像发不出，但又像机关枪样地扫射，结果比预先练习还短
分把钟。念完，自我感觉一下，觉得写得不比别人差，念得也不错——有
些人明显念错别字，顿时觉得这一年随之结束，所有的不安属于死神，如
释重负。她的心情迅速平静下来，耐心地听别人念。

下一个是总务部驾驶员江上平。他去年有次到省里出差，车停在省行
大院，倒车时竟然将省行副行长的车给撞了，崭新的车给破相。事后，保
险公司又查明，那天中午他和几个朋友在一起喝了酒，虽然没醉也属于违
规，因此拒绝理赔，上千元修理费由行里报销。这算一大差错，去年考评
那不称职指标很自然落到他头上。今年，他述职说各方面表现很好，个人
还给灾区捐了一千元。这一招真高明！每次捐款，行领导都不敢太高，只
能一百元，让部室主任五十元，普通员工三十元。他一家伙一千元，红榜
出来，令人目瞪口呆。不过，想想他刚得过不称职，也就没非议。在今年
的考评中，优秀不要想，称职肯定没问题。听完，叶素芬这样想，并为他
感到欣慰。

然而，转念一想，叶素芬心里突然出现一个可怕的问题：他江上平好

了，别人也没什么明显的问题了，我那旷工问题不是变得水落石出？

叶素芬的心急剧地不安起来。她抬起头，眼角余光一张张脸扫描过去，没发现哪双眼睛正在注视自己。她想，应该没人在琢磨我，没人在算计我，没人会跟我过意不去。回头想想，平心而论，这一年来，我没有得罪他们中任何一个人，相反有几个人应该对我有好印象。比如科级领导郑吾华，算是老乡，他老爹跟我爸交情不薄，他对我肯定不至于糟。比如普通员工伍松，他父亲是本行退休干部，今年春天去世，领导都很忙，是我代表工会代表行里帮助料理丧事，冒雨跑上跑下，让他亲友们感动不已，当场一句句称赞，他肯定也不至于给我打低分。何况，我家方浩铭刚竞聘上行长，全行上下无人不晓，不看僧面看佛面，我应该能沾点光。优秀不敢想，评个称职应该照样没问题。这样一想，她又心安理得起来。

这天，叶素芬不时地想象方浩铭此时此刻在干什么。她想，下午，肯定是支行班子几个人交接。

现在，应该是一场酒宴，欢迎新到的行长。这宴的档次肯定很高，气氛肯定很热烈，但一定不会多喝酒。一则对新来的行长大家肯定不敢多敬酒，二则晚上肯定还要开全行职工大会，由上官副行长公开宣读市分行党委给方浩铭的聘任书。会后，肯定要请大行长喝点晚茶。叶素芬不断地推测着，等待着他忙完挂电话来。迟迟没有等到，她想挂过去，又怕被他埋怨，一忍再忍。

晚上，叶素芬要填考评表和排查表。下午考评会推迟一小时开始，目的就为了留一点到明天早上——留出时空方便大家填表。原则上，这些表要求当场填写当场收回。实际上，大堆人坐在一起，稍不小心就看到你一举一动，怎么放心填？因此，让大家带回办公室或者家里填。

其实，在叶素芬来说无所谓。她总认为，一个女人家，不想当官，与世无争，与人为善，只要对得起工资、能平平安安过日子就行。当然，能当先进，她也当仁不让，以前还当过省行先进。如今在后勤部门，没什么优势可言，优秀的彩球不可能会落到她头上，可人家也不会跟她抢位子，不会跟她过意不去。所以，她给自己总是评称职就行，打个八十五分。对别人，也都打个八十五分左右，姓名都不看，只是为了表示认真才稍微注意这里变动个一两分那里变动个一两分。今天，她又如此，连要等明天上午才轮到述职的分数都打上。

至于行为排查表，叶素芬一律填个"无"字。那次在江滨挨臭蟑螂野尿，想起来都觉得晦气，觉得生气。他在电话中骂那女人（肯定是）没良心，说一直在等她的电话，还说打牌分心输了两毛（百）多，这说明他很可能找了情人，肯定有赌博（虽然数额不大），无疑在排查之列。但她不想深究，更不想举报。举报这种事，当年对父亲那一个邪念已经折磨得她够痛苦了，她不想再找那种罪受，何况郭主任确实待她不错。

叶素芬很快填好表，心思回到丈夫身上。十一点多一些，还没有等到他的电话，只好挂过去。他还没应酬完，躲到卫生间接。她抱歉说："我以为你早忙完，不然我会再等一下。"

"没关系！"方浩铭打一个啤酒嗝儿，"你这电话打得正好，我可以躲一下，少喝几杯酒。谢谢你了，老婆同志！"

"那……以后你喝酒的时候，我都给你打电话。"

"那不行！今天主要是本行的，又大都是自己的部下。以后，跟领导，跟客户，好不容易喝到兴致上，老婆打个电话来，你不是……不是帮倒忙吗？"

"酒要少喝点！"

"知道了，你放心！现在，也有人帮我喝酒了！我手下有一个女将……就是昨天晚上那个……支行专柜主任，叫夏雪，酒量好得不得了……"

"你真想赚欧元啊？"那个脸上长瘤疙瘩的，叶素芬一下就想起来了，但她觉得讨厌。

"你别误会！她老公可没出国啊，孩子都上小学了……"

"只恨没有相逢未嫁时是吗？"

"你想哪里去了！"

叶素芬换个话题："你晚上住哪儿？"

"住行里头。就在办公室楼上，装修了一套，以前就有。"

"那你被子呢？"

"这还用你操心！办公室早安排人搞清楚了，被子什么的新买，像我们当年的洞房一样，只差新娘……"

"别胡说八道了！你现在是行长，要有点行长的样子，不敢再乱想那些不健康的东西……"

"要多想点老婆孩子——"

"哎，对啦！这样才是好行长，好丈夫，好爸爸！"

"可是，我还会想茹茹，怎么办？"

"不敢乱想！再乱想，把你阉掉！"

"哎哟，糟了！糟了！"

"怎么啦？"

"被你吓一下，尿到裤子上……偏偏今天穿土黄色，湿湿的，很明显，你叫我怎么出去！"

"真没名堂……哎，教你一个办法，你洗手的时候，索性多弄湿一点，就说洗手洗湿的，谁也不知道。"

"湿拉拉的，自己难受！"

"谁叫你啊，活该！……哎，声音怎么很吵？"

"我出来了……哦，我们是在夜总会，顺便唱几句……"

"你们找'小姐'？"

"那是没有咧！就我们本行的，绝对没有'小姐'！"

"那些小姐是不要挨啊！想想茹茹是可以。那些小姐，恶心死了，看都不要去看。你要是理她们，我要是知道，我会把你那个剪掉！"

叶素芬放下电话，心却放不下。夜总会那种地方，她没少听说，偶然也去过，见过那排着队等待客人的年轻漂亮小姐。她很鄙视那些小姐，又不能不承认她们有魅力。如果自己是男人，到了那地方，恐怕也难以抵御。但那种小姐绝不是省油的灯。能够拥有她们的，只能是有钱或者有权的男人。没几个钱的男人，敢去也偶然。在方浩铭来说，以前只是一般职员，下到基层，也许偶然会被人请到那种场合，但不可能经常，顶多是陪着唱唱情歌喝喝花酒。现在他当行长了，对一些人来说也有送钱送美女的价值了，何况那是少妇最风流的地方。像那个夏什么，就是个"留守女士"，那个风流样……这么一想，某种恐惧由衷袭来：也许，叫他去当行长并不是好事啊！

第二天一早，方浩铭给家里挂来电话，叶素芬吃一惊："今天怎么这么早就醒了？"

"我早起来了，上官副行长吃了早饭要回去。"

"不用闹钟叫了，变勤劳了，真乖！"

"现在不勤劳行吗？我睡懒觉，全行四十多人都睡懒觉，你想那会怎么样？哎，对了！昨晚忘了问：你考评怎么样？"

"就那样吧，还能怎么样？当不了优秀，也不至于不称职吧！"

"那是那是！女儿呢？我真有点想她！"

方妮正要出门，被叶素芬叫回来。

"你想爸爸了吗？"方浩铭问。

方妮甜甜地说："想！"

"哎！爸爸更想你！"方浩铭大为兴奋，"好吧，快去上学，好好读书啊！"

吃午饭时，方浩铭又挂来电话。他换一个手机了，告诉新的号码。他解释说："那个手机又重又笨，太难看了，我一拿出来人家就叫我快扔掉。再说，那是川州的，现在到清溪，没有优惠，我现在电话只会越来越多，哪受得了。一上班，我就叫他们帮我弄一个新的，连机带号一起换。"

对此，叶素芬没什么好说，只好开句玩笑："什么时候换老婆呀？"

"嘿呀，这还能换吗？"方浩铭夸张地叫道，"换天换地也不能换老婆啊！"

"你不是想茹茹吗？"

"茹茹算什么东东，能跟我红酥手比吗？"

"你什么时候学会拍马屁了？"

"这还用学吗？两眼一闭，什么瞎话说不出来？不信你试一试！"

"不跟你试了，节约我的电话费！"

　　叶素芬觉得方浩铭这一走，家里冷清了许多。好比城市与乡村，城市就是热闹。虽然你并不大逛街，只是待在水泥大楼里头，也有一种叫"城市"的感觉。而乡村，尽管逢上赶墟，小街上挤得水泄不通，你仍然没有那种叫"城市"的感觉。现在她感觉就这样，不可名状。以往他在家，碗筷一搁，不是到别人那上牌桌就是关进书房看他的武侠，但她觉得那是个"家"。而今她觉得没了"家"的感觉。家里还有女儿，可她要忙作业，没有时间没有心情和母亲交流。这个家，变得好冷清啊！她更多地沉湎于看VCD，一借好几集，一看到半夜。

　　叶素芬不由想到那个过去的家。要是父亲能命长一两个月，看一下女婿升行长，他该说多少个"好"啊！可惜他命苦，看不到一个儿女（媳、婿）有出息。不过，说不定方浩铭这次升官正是他在天之灵保佑呢！谁说父亲过世儿女要倒三年霉，纯粹是胡说八道！

　　想到这儿，她马上给大哥打电话，提醒他初一、十五别忘了给父亲祖宗神龛点灯上饭，顺便告诉他方浩铭到清溪县支行当行长去了。接着又给远在天边的小哥挂。她还想紧接给方浩铭挂，强忍了。她想男人家要干事业，女人家揽太紧了没出息，让他专心去干事吧！

　　十点一过，叶素芬逼方妮熄灯睡觉。这时，方浩铭又挂来电话。叶素芬劈头就说："是你查我的岗吧？"

　　"就算是吧！"方浩铭说。

　　"放心吧，我是没人要了，安心工作你的！"

　　"你知道我这第一天是怎么工作的吗？"

　　"我如果知道，我也会当行长！"

　　"其实这行长没几个人不会当。现在的官很好当，只要把任务分解了压下去，没几个敢不接受。所以，现在仍然可以说'人有多大胆，地有多大产'。"

　　"那也不能过分，当心人家会造反！"

　　"谁敢？不等他造反就先下他的岗！当然也不能过分，让人家破罐破摔，那也是吃不了要兜着走的。"

"你第一天就分解任务？"

"那没有哩，哪能那么急！上班头一件事是开会，班子分工。少一个副行长，聘了陈一平——跟我一起参加竞聘的。他原来是办公室主任，这样又得找一个人当这主任。我才来，谁也不熟，只认识个夏雪……"

"哼，我知道你安的是什么心，你给我老实点！"

"你别乱吃醋，我纯粹是从工作出发！她不光漂亮，还能喝酒，口才好，跟上官副行长关系好，她笔杆子又不错，人称女才子，这样的人不用你叫我用谁？"

"反正你给我小心点！如果让我听到你什么花花草草的事，我……我、我……会有你好看的！"

"唉呀，我现在想事情都来不及，哪来那闲工夫啊，你也真是！我上午开完班子会，紧接开行务会，发动所有中层干部出点子，要求一星期内汇总；还布置了当前的几项工作，比如年终考核等等。下午，我去拜访县委李书记，可他出差了。我走访了两个县委副书记，准备用一星期时间，把县里主要领导和主要部门领导、主要企业领导走一遍。对了，这里人行行长你猜是谁？"

"我怎么知道！"

"是涂长青，原来市人行的办公室主任，最早也是搞会计的，我很熟。有一次……"

"好了好了，电话要钱的，别啰唆！我问你，后天是星期六，你回来吗？"

"你看，这刚刚来，什么情况都不熟，要做的事随便一想都有一大堆。"

"我知道。那我去看你。你没带什么衣服，天气一天比一天冷了。"

"衣服你帮我随便抓几件，有人到市里我叫人去拿。我真的很忙，你一来又要应付你。"

"我又不是三岁小孩！"

"不是小孩不用牵不用抱，可是要不要安排你吃饭、睡觉？"

"难道我不在你就不要吃饭、睡觉？"

"要，当然要。可是你在……那……那不一样，还是过一段吧！"

"好吧，随你！"

"哦，还有，晚上，我把池子林抓来一块喝酒了。"

"他家房子拆了吗？"

"还没有。刚好这一段一些地方发生拆迁户自焚的事，上面领导批示了，县里不敢来硬的，派干部轮番做他们的思想工作，只是他的店开不成了。"

"你晚上吃饭吃到现在？"

"没有哩！吃饭也是请一个重要客户，吃完陪他玩牌。还没打完，他有点急事，出去打个电话，很快就回来。见缝插针，给老婆同志作个汇报。"

"你在哪里挂电话？又是在卫生间？"

"你怎么知道？"

"你恶心不恶心啊！这种电话以后不要挂了！"

叶素芬突然想起来，一些酒家、夜总会、OK厅之类的洗手间，雪白的墙上镶嵌着彩色裸体美人照。那也是坚硬的瓷砖，可她们身上三处敏感点都给抠或者凿怎么的弄破了——真不知怎么弄的，恶心死了！

第六章
小鸟飞起来

在罗马尼亚诗人博格扎的笔下,问一只燕子为什么不飞向高高的天空,它回答说:"就我一只,是构不成春天的。"

天气一天比一天冷，阳光却一天比一天灿烂。

中国教育银行川州市分行办公大楼坐南朝北。叶素芬的办公室在南边一间，阳光不邀而至。夏日的太阳不受欢迎，好在有中央空调，宽敞的玻璃将热能阻挡在外。而冬天——南方的冬天，暖和谈不上，但要说冷也冷不到哪儿，因此空调普遍没有制暖。有她这样的办公室就好了，窗帘一开，不仅光亮进得来，那种融融的暖意也随之而来。如果说平时她没怎么感觉，那么今天明显地感觉到了，并且刻意地、贪婪地享受起来。

时已入冬，晨雾浓重。直到十点多，太阳才懒洋洋地进窗，稍远处还笼罩在浓雾之中。放眼望去，分不清哪是天哪是地哪是山峦哪是楼宇，朦朦胧胧，看上去挺美。可惜太嘈杂，乱七八糟什么声音都有，两耳懵懵的。稍加注意能够分辨，有相邻江滨中学的读书声，不知什么地方店面新开业或者迎新娘或者送葬的鞭炮声，不知哪个建筑工地的马达声、锯木声、锤击声。当然，你要是没去注意，那杂音也不存在，正如小僧争论旗动还是风动，老僧曰非旗动亦非风动乃心动也，问题是叶素芬今天不知怎么去注意窗外的声音了。

叶素芬不由走到窗边，远近俯瞰。这幢楼总共十五层，她在第九层，视野开阔。这城市说大也大，说小也小。说小是指东西两边，山峦对峙，一眼望尽两头。南北是大溪，川流不止，望不见城市的边际。近处，能看到两条街的一小段顶部，好像两条水沟，只见沟面不见底。有警笛从什么地方传出，辨不清楚。收回目光，她注意到眼底的江滨中学。

方妮就在这所中学。此时此刻，她在做什么呢？在专心听课还是思想开小差，甚至与男同学递纸条？这么一想，叶素芬不安起来，真想下去看看，或者打个电话问问她的班主任吴老师。

这是一所重点初中，市政府机关的子女大都在这里就读，教学设施、师资力量一流，每年考上重点高中的学生也最多。市里规定：按户口所在地划片就近入学。市教育银行的办公楼在这中学边上，可职工生活区在另一条街，也就是户口落在另一个片区，按规定其子女只能上另一所较差的中学。其他片区的生源如果要进这所中学也不是不可以,但必须缴纳几万元"择校费"。精神文明搞"片区共建",只要同在一个片区,不论你隶属地方还是省里或者中央,都要服从所在的区、街道、居委会或"共建片"。所谓"共建"就是有钱的出钱,有力的出力,银行自然属于出钱者。这样,教育银行与这所中学关系也就密切起来。每年,教育银行都要挤一笔钱资助这所中学,回报是尽量照顾他们的子女。

叶素芬注视着学校边上几幢低矮的房子。四周都是经过旧城改造的高楼,只剩这几幢破旧。可以肯定,这几幢房子的命运很快将改变。那么,为什么残存呢?是开发商忽略了,还是政府另有规划,或者是那些房子的主人像池子林他们一样顽固抵抗?那些住户显然都是些平民,否则早到其他地方买新房了。你看他们多落伍,还烧煤球煮饭,就在阳台也就是过道上煮,边上堆满了破旧的杂物。只有两间房子有些光彩,可以从房门口看到里头铺着红红的地毯或者塑料布,很可能是刚结婚。跟十几年前她结婚时相比,仍显得寒碜。跟那些人比起来,她已经够命好了,应该知足了。她真希望能够就这样保持下去。

"什么七改革八改革,该差不多了!"叶素芬自语说。

叶素芬真希望地球就这样停止转动,连阳光也就这样灿烂着,永远这样灿烂!

下午,郑兴哲给叶素芬打电话,请她吃饭。这年头打交道吃个饭是最起码的,根本上不了"腐败"的纲线,但对于她来说还是稀罕。没人求她,也没人感激她。今天,请她吃哪门子饭?

"不是我请,是余老板。"郑兴哲说,"他赚了很多钱呢,请朋友吃个便饭是牛身上拔根毛啦!上次一见,他觉得你够意思,要我再请你出来,还有那个小郭……"

一听郑兴哲提郭三妹,叶素芬就不高兴。按理说她是不能拒绝的,可她不愿意再当陪衬。她说:"谢谢你了,老郑叔!可惜我今天没口福——没空!要请小郭,你们自己请吧!她的电话是……"

"哎,小叶啊,这点面子还是给给吧!小郭没空,你是不能不来!"郑兴哲没有觉察叶素芬的心思，"你不是想叫老余帮你存款吗？"

这倒是真的。存款是银行的资本，银行业竞争首先是存款之争。叶素芬夫妻两个在银行，任务双倍，更不容易。有时花钱买存款都买不到，只好贷款去存——季末年底，用十万元存单质押贷九万，再用九万存单贷八万一，再用八万一贷七万二千九……倒出几十万来，第二天马上还清。钱是贴不了多少，可是麻烦得很。余明玄做那么大的生意，如果把账户移到教育银行来，算她的任务，那就省事多了。因此，那天一见，他要多敬她酒，她就提了这个条件。他答应帮她。本来，她应该第二天主动找上门，主动请他吃饭，但这些天天天忙方浩铭的事，把这忘光了。

下班的时候，郭三妹来换衣服，叶素芬想到郑兴哲有请她，但没转告。离开时，她在行门边的路口等方妮，又碰上郭三妹，仍然没邀。

还是在蛟湖号。余明玄说他几乎跑遍了川州大大小小的饭店，觉得还是这一家的菜最合胃口，又经济，因此三天两天来，称之为"食堂"。今天，他带的女人只有小江。看得出来，小江是他的铁杆情人。敬酒的时候，他和她一起敬叶素芬和郑兴哲。

"这不行！"叶素芬说，"我是我，老郑叔是老郑叔，你们要先敬老郑叔！"

余明玄说："哎呀，要跟对呀，打牌起码的规矩嘛！"

"我们又不是对儿！"叶素芬坚持说。

"没对儿凑对儿啊！一张Ａ一张2也可以，一张红桃一张黑桃也没关系。这样顺手敬过去，等下你和你女儿也可以凑一对儿，我小江和老郑也可以凑一对，喝酒图个热闹，这有什么关系？你们还是同一个行的，本来就是一对儿嘛！"

叶素芬显然不是余明玄的对手。嘻嘻哈哈不停，不时地打打擦边球。她叫方妮快点吃饭回家做作业，自己硬着头皮应付。

方妮一走，他们更放肆。

郑兴哲专喝白酒，不喝啤酒，而余明玄则相反，两人争论起来。一个说白酒伤肝，一个说啤酒伤肾，争来争去，争一星期还能做几次爱。时不时的，还想拉两个女人入伙讨论。她们没参战，只是听，偶尔也笑笑。

　　吃完饭上中层唱歌。余明玄是个活宝,跟小江像少男少女一样疯疯癫癫,又唱又跳,非常开心。叶素芬深受感染,这才发现自己活得太累了。很自然地,她只能主要跟郑兴哲搭档。他今天比上次憔悴了好多,无精打采,可是酒一喝多,也变青春起来,跳舞三步四步都会,显然比她跳得好些。唱歌除了老掉牙的,还会唱流行歌。她心里想着事,见缝插针找余明玄落实存款。

　　余明玄很直爽。他说他跟郑兴哲是老朋友。通过郑兴哲,他认识郑吾华;通过郑吾华,他包掉了市教育银行的茶叶生意,一年下来也有点可观。他说:"我这个人很重感情,赚了一点钱也是跟朋友一起花。什么吃吃河田鸡啦,唱唱歌啦,小意思!叫你来,你尽管来!"

　　"吃饭就免了吧,你帮我存点款倒是真的!"

　　"做生意的人哪来款存?"

　　"那你把你的户头开在我们行,来往资金过我们行。"

　　"这……不瞒你说,这倒有点为难。我在那家信用社好多年了,交情也不错,郑主任叫我搬过来我都没搬。"

　　"不肯帮忙就直说,不要找那么多理由!"

　　"我没说不帮你啊!既然答应了,我肯定会想办法。我这人重色轻友得很,怎么会对小妹说不呢?"

　　"算了吧,别拿我老太婆开玩笑!"

　　"真的……哎,听说你老公也当行长了?"

　　"他算什么行长啊,一共才三四十条枪。"

　　"那也不简单啊!一个人平均一年四斤茶叶好不好?也有一百多斤。按普通的五十元一斤算,也有大几千。当行长的要招待重要客人,还可以当礼品送送,那茶叶就要高档了,那就是上百元、上千元、上万元一斤啦!怎么样,你帮我引见引见?"

　　"见他是容易,他又没什么了不起。买不买你的茶叶,我可不管!"

　　"那当然!帮人做媒不能包人家生儿子嘛!"

　　对郑兴哲,叶素芬想探听父亲的往事。

"不瞒你说，你父亲那时候怎样当右派，我是知道一些的。"郑兴哲打着酒嗝儿说，"那时候，我和他是同事，一同经历过这事。"

父亲从师大历史系毕业时，与一位女同学热恋恋得如漆似胶，对方显赫的家庭却坚决反对，强行干涉，闹得满城风雨。结果，不仅失去女友，心灵还百孔千疮，痛不欲生。于是，他要求回山区来任教。他富有真才实学，人又活跃，很快被调到地区教育局工作，但很快碰上反右派运动。

教育局的右派指标有两个。一个比较明显，因为他是民主党派，在报纸上撰文呼吁更加民主，当然是右派。再一个就难抓了，因为那时候的知识分子主要两种：一种是南下的，革命热情很高，唯恐革命不彻底，距右字边沿太远；另一种是旧社会接收过来的，惊魂未定，唯恐祸从口出，很难抓到什么依据。

那天，教育局机关二十多人坐在一起开会，局党支部林书记作动员讲话，然后大家发言，汇报自己近年来的言行，并揭发他人。发言内容大同小异，说如何努力学政治如何努力干革命工作，从来没有任何离心离德的言行。至于他人有什么反动言行，一是尚未见过，二是尚未听过。会开了一整天，局领导很失望。晚上接着开，换一种方式，要求大家写在纸上，无记名揭发。书记又作动员，强调今天晚上一定要认真仔细回忆，就是挖地三尺挖到天亮也要挖出另一名右派来，明天一上班上报地委。

熬到鸡叫二遍的时候，第三遍写无记名揭发信，终于收到一份有用的，说是叶素芬父亲攻击过"夜大"，是攻击社会主义新生事物。就这样，以她父亲几十年的苦难换了那二十几人半夜的睡梦。

"其实，那算不了什么。你父亲说的是实话，也没说过火。"郑兴哲回忆说，"当时，我是支部宣传委员，那些揭发信是我经手收的。"

"谁那么缺德？"叶素芬追问。

"这……这、这我就……就不知道了。"

"就那么几个人，笔迹该认得出来。"

"这……我倒是忘了，忘了，早忘了！"

"能不能回想起来？"

"想不起来……那肯定想不起来。"

"有空的时候,想想!我想知道,谁为什么那样缺德,不顾别人的死活。"

他们继续唱歌、跳舞、喝酒。唱卡拉OK说难也难,说不难也不难,关键看有没有酒。没喝酒一首也不会唱,喝七八分醉十之七八都会唱。

酒一喝多,郑兴哲作为男人的本性就藏不住。喝不多的时候还会克制,只是偶尔以长辈身份关怀地拍拍叶素芬的背,顺便摸摸她背上的胸罩带子。跳舞的时候,到布帘后头,他一手按住她背上的胸罩扣子,好像随时想拨开的样子。碍于情面,她只是将他的手推开,不再说笑,两目旁视,机械地移步。突然,他将她搂到怀里狂吻。她用力挣脱了,顺手给他一巴掌,出来拎起包就走。

余明玄听到响亮的巴掌声,立即明白怎么回事,但他装糊涂,请叶素芬别急于走。她说声"我有事",也不管他有没有听到,加快了脚步……

夜里,叶素芬辗转反侧睡不着。她不敢相信郑兴哲到老了倒是变成了色鬼。

她给方浩铭打电话:"睡了是吗?"

"你看几点了,还不睡?"方浩铭从梦中醒来。

"我睡不着。"

"嗯……那就起来看书啰?"

"我不想看。"

"嗯……那……我也没办法了。"

"你睡得好吗?"

"我?我天天……忙得要死,只怕摸不着枕头。你是太闲了!如果让你忙得……"

"还不是你惯坏的!没有你的手了,就像船没抛锚,总飘荡着。还有,没有你的手,肩膀总是漏风,害得我肩周炎……"

"嗳哟,那怎么办呢?"

"我要你回来,抱我……"

"那我不要当行长啦?"

"我嫁给老公，又不是嫁给行长！"

"不是我要当，是你要我当的！"

"我……我现在不要你当了！"

"不许耍赖皮，啊？快睡吧！"

这些天，叶素芬听好几个人说她变漂亮了。她应酬地笑笑，戏谑说"都快老太婆了"，可她心里在乎起来。她困惑：是不是因为方浩铭升官了，人们来恭维？又想他那么点小官，又远在山区小县，沾不了什么便宜，有必要恭维她吗？

叶素芬在镜前好好端详一番自己。小时候，她是个挺惹人喜爱的小姑娘。做大姑娘的时候，应该也是不错的。皮肤很好，像北方人，白里透红。特别是一双手，简直醉倒方浩铭。比赛点钞，她像琴师一样，陶醉地闭上双眼，用指头用心就行。她那飞舞着的十指巧手吸引了所有的目光，他从此迷上她的手。

第一次求爱，他大加赞美她的手：青葱样的，圆圆润润，悠悠长长，食指、中指和无名指与手背相连处三个旋涡像是嘴角笑靥，可爱极了，请求握一下。这一握，像电流接通，浑身酥然。他进而拍两下，手背立刻泛红……突然，他俯身亲吻，一个笑靥一吻。从此，一看二拍三吻成了他给她最崇高、最虔诚、最热烈的赞美和奖赏。尽管她偏胖，单眼皮，中上水平还是有。

当时，追她的小伙子不少，她十里挑一挑了方浩铭——那时候行里本科生没几个。可一生孩子，腰身就没了，整个人胖起来，胖得一下老了十岁。一过三十，手背就起青筋。她想反正结婚生孩子了，也没怎么在意。如今，她的肤色依然不错，腰身又出现，加上精神好，还真有点第二春的样子呢！

以前，总是忌花哨，说年龄大了这不敢穿那不敢穿，作茧自缚。为什么不想想：再不花哨一下，很快就会变得更老呢？方浩铭大小也是个行长了，不为自己，为他也该打扮一下。像有的官儿，出国访问带老婆，那老婆难看死了，很多人都认为有伤体面，说是允许他换一个老婆。女人啊，长丑了实在是莫大的悲哀！而我并不丑，只是差打扮。打扮一下，我可以对得起观众！叶素芬鼓励自己。

当晚，叶素芬找郭三妹去逛街。前几天在川都大厦看到一套衣服，挺好看的，但是怕不敢穿，没有买下。现在，请郭三妹参谋。如果她也说好看，坚决买下。

以前，衣服大都是方浩铭买。他出差总要到服装店去走走，看到满意的，随便买回来都可以穿。后来不行，买回来总是这小了那瘦了，根本穿不出去。为此，她每每伤心好一阵。她发现男人心目中的漂亮女人总是苗条的，而自己与苗条无缘了！好在他不会花心，只是嘴上说说，心里仍然爱她。她满足了，努力从其他方面多补偿他。打扮方面，只要大方，不给他丢脸就行了。这样，她衣服都是自己买，有时随便请个同事朋友当参谋。对这参谋，还要求年纪大点，观念也跟自己差不多。

可今天，她要找年轻时尚的郭三妹。

川州是个山区小城市，但在它最繁华的街头——川都大厦门前，特别是在夜晚，华灯竞放，游人如织，就跟福州、上海、北京差不多了。在这样的街头，人们穿着打扮上很难看出什么小城市的标记。

刚到川都大厦门前，碰上一个女人，两个人的眼睛同时觉得一亮。那女人高挑个儿，穿一条中长的黑裙，镶着亮边，非常抢眼。那女人一闪而过，进大厦去了，但在她们心目中留下强烈的印象。郭三妹说："那条裙子你穿肯定好看！"

叶素芬心里也有这个念头，但说："不行不行！人家是小女孩，我这么老了！"

"你什么老啊！那女人也不一定年轻！"

那女人扎一条马尾巴，但现在三四十岁还扎这种头发的很多，并不能因此判断她是否年轻。造成她们判断困难更重要的原因是，当时相隔十几米，看不清楚。她们决定马上去追，要问她那条裙子在哪个店买的。

大厦太大了，五花八门的百货商品，花红柳绿的男女老少，叶素芬和郭三妹找了一层又一层，找得眼花缭乱，两腿发软，那女人的影子也没找着。

"算了，不找了！我要回去给我女儿做点心！"叶素芬先打退堂鼓，"再说，她如果不是在川州买的呢？找到也白找！"

上班不久，郭章楠叫叶素芬到他办公室来一下。

人事部主任穆云也在郭章楠的办公室。见叶素芬进来，他请她坐，并且指了指另一张单人木沙发。郭章楠则亲自为她倒茶。她心里觉得奇怪：他们怎么对我客气起来？

"有个事给你说一下。"穆云开门见山说，"今年考核结果出来了。你工作是做了不少，这是大家都看到的，只是……你知道，我们行规章制度比较严。你旷工过一天，这影响不太好。我们给你分析了，可能是因为这原因吧，大家给你评分比较低，行里决定今年定你为'基本称职'。"

叶素芬听得目瞪口呆。

穆云有意停顿片刻，喝了几口茶这才继续说："行里已经考虑你的具体情况。你知道，原来我们这个组的指标是'不称职'。考虑到你平时工作还不错，临时调整为'基本称职'，相对好点。"

叶素芬落泪如雨。自从哭完父亲，她这么多天都没流过泪，倒是比以往多了笑。可现在，她控制不住泪水，只能死死咬住下唇，不让哭出声来。

又沉默了一会儿，穆云接着说："这是既成事实了，但只代表即将过去的一年，今后的日子还长。用写文章来说，现在要另起一段；用打电脑来说，现在要回车——-Enter。要记取这个教训，加强组织纪律性，但不要背什么包袱，工作要照样做。工作做好了，以后评称职、评优秀照样评。你说是吗，郭主任？"

"是啊！"郭章楠慌忙接话，"该说的，穆主任都说了。希望你明年评个好吧！"

穆云问叶素芬："怎么样，你有什么意见？"

叶素芬擦了擦眼泪，想说点什么，又怕哭出来，把嘴唇咬得更紧。

穆云递上考核表："如果没什么，就签个名吧！"

"我不！"叶素芬爆发出一声，起身就跑，到自己办公室抓了"卫生卡"，直奔卫生间……

　　叶素芬坐在便槽的平台上，双手捂着脸痛哭。这太不公平了！他们部室就她一个兵，杂七杂八，年头忙到年尾，干了多少？你们当官的又干了多少？来了文件，只要批个"请叶素芬同志阅办"，就是她的事了，而办完去汇报又是领导的功劳，有什么公平可言？然而，能说我比你领导还干得多吗？只能十个手指头塞一嘴，有冤无处申。

　　叶素芬感到，这个"基本称职"的后果非常严重。在这个数字化时代，活生生的人都被数字化。要下岗时，对每一个职员进行评分。职务多少分，学历多少分，得个先进、优秀加多少分，得基本称职、不称职或处分又扣多少分。她没有官职，没有荣誉，也没有过硬的文凭，本来就没几个分，现在又给评基本称职扣一下，少不了排末位，少不了下岗。

　　叶素芬怎么也不敢相信，"末位"、"下岗"这样的字眼会突然跟她相关！要是下岗了，怎么办啊！丈夫当行长了，没给他争光反而给他丢脸。说不定，也会一脚把你踢了。如今的女人不吃香，在本行机关就有四五个少妇离婚几年了还闲置在那儿，有的还颇有姿色。而她，虽然不算丑，但绝对谈不上漂亮，年龄又这么大，怎么活啊！

　　还有女儿，平时总是教育她要好好学习，要听父母话听老师话，要表现好，争当"三好生"，可现在，自己表现这么差，给评"基本称职"，要"末位淘汰"，还有什么脸见孩子？她越哭越伤心。

　　监察室主任景丽萍上卫生间，发现门反扣了，知道有人在里头，只好先忍一下，回办公室待一会儿再来。可是两次三次来看，门还没有开，这就奇怪了：难道她不怕喷水吗？她敲了敲门，问："谁在里头？"

　　叶素芬听了，慌忙找纸抹鼻涕抹眼泪。没找到纸，只好像小孩一样用衣袖乱揩，揩得一身上下乱七八糟。她觉得没脸见人，任外面怎么敲门，怎么询问，就是不理。

　　景丽萍只听里头喷水，不见有人应声，觉得不正常。行里卫生间像上下班一样，管理很严。去年与考勤卡同时开始实行"卫生卡"，即上卫生间的卡。那卡跟信用卡、储蓄卡样的，要门口刷一下，才能开门。而刷这一下，电脑就记录你姓甚名谁，是男是女，几时几分几秒进，几时几分几秒出，而且包括你在里面是大号还是小号，或是女性处理月经，总共费时几分几秒。行里规定，男小每天不超过三次每次半分钟，男大每天不超过一次每次四分钟，女小每天不超过四次每次一分钟，女大每天不超过一次每次四分钟，月经处理每天不超过两次每次四分半，冬季各加半分钟，如果超时年终累计扣工资。不仅如此，如果超时，大小还装有自动喷水器，将喷出水来，喷湿你裤子，一出来就遭人笑话。这套自动化装置还是中国教育银行科技部一个人发明的，获过国家一个什么部的什么奖。实行这种科学管理，非常有效，本行员工很快适应了，现在极少超时。可是今天，里面的人怎么不怕喷水？不正常！她是个责任心很强的女人，马上警惕起来，当即用手机通知总务部，叫人快来把这门撬开。

叶素芬不知道会闹到这种地步。听到外面有好几个人在讲话，又开始用什么东西撬门，她才意识到事情闹太大了，觉得更没脸见人了，不假思索，跨步到窗口，拉开玻璃窗……

就在叶素芬伸手抓窗框伸脚要登上窗台的时刻，她瞥见楼下的江滨中学，操场上有一束强烈的光正直射她的眼睛。她睁不开眼，躲了躲，可那束光总跟着她。她揉了揉眼睛，发现像是方妮在用镜子映射阳光，哭喊着："妈，别跳！"

方妮嗬哭着，呐喊着，从教室里奔出来，直往教育银行楼边跑。她边跑边伸张了两手，显然是要跳起来，并且像小鸟一样飞起来——接住妈妈。

可不能让我的女儿没有妈妈啊！叶素芬告诫自己。

当年，要不是母亲去世，我叶素芬肯定不会初中没读完就参加工作。要是也大学毕业、研究生毕业，哪要这样提心吊胆？我不是不会读书，只是为了早点工作。那时候能够"补员"，让多少人羡慕啊！可现在看来，那是害了自己一生！

台湾有首歌唱得好："没妈的孩子像根草。"家乡俚语说得更深刻："宁肯死当官的爹，不肯死做乞丐的娘。"如果我就这样死了，方妮怎么办？能指望当行长的方浩铭管她吗？能指望后娘爱她吗？不！管不好，没人爱，学业不好，没有工作，只好去当"三陪"；即使找了个工作，也三天两头怕下岗……不！我不能死！我要好好活着！

想到这儿，叶素芬果断地朝外大喊一声"有人"，然后打开门。但她没有马上出去，要在里面整理衣着，等人散去后再到洗池洗把脸。

下班时，叶素芬特地进市场里头买几只活蟹。活蟹很贵，但是方妮爱吃。吃蟹很麻烦，要双手剥，将那两大排的脚一只一只拔下来，咬开硬壳，吃起来费力费时，可她吃得津津有味。叶素芬吃完饭了，呆呆地看着女儿吃蟹。她想，要是我跳下去了，此时此刻，她哪来心思吃？有了我在身边，她才可以专心地吃，专心地读书。

现在方浩铭很少挂电话回来，是叶素芬这样要求的。一个大男人，整天儿女情长，哪会有出息？她不要他天天挂电话，婆婆妈妈的，希望他专心把自己的工作做好，过好一年试用期大关，当好小行长，早日调回川州，一家人团团圆圆安安逸逸过日子。关于自己的考核结果，她想没必要告诉他。木已成舟，告诉也没用，只能让他白生气，分他的心。天大的委屈，就自己往肚里咽吧！

晚上吃完饭洗碗的时候，小哥来电话，他说他回来了。

叶素芬无言，心里突然堵起很多话，但不知道说什么好。

小哥也沉默了一会儿，突然说有个朋友看好了一批货，搞到肯定赚一大把，只是资金不够，特地请她投点资，只要两万元就够。她根本不相信小哥："我手头没钱，有几个钱买了股票，都套在那儿，气死人！上个月，耗子买个新手机，我还向人家借一千元。"

"赚到钱，我保证会分给你！"小哥也不相信叶素芬，"桥归桥路归路。该你多少，保证不少你分文。"

叶素芬坚持说："不是怕你什么的，实在是手头没钱。"

小哥提醒说："你不是有信用卡吗，可以透支，周转一下，几天就还。"

"你出国的时候透支那两万元还没还呐，再不还行里要扣我工资了！"

"那两万元，等我这次赚到保证一起还。你能不能帮我想点办法，你在银行总比我路子多。"

"我有什么路子呢？我又不是行长……"

"耗子不是当行长了吗？"

"我们银行不是私人银行，方浩铭当行长也不能乱动银行的钱。"

"算了吧，你干脆说一句没我这当哥的。"

"小哥，怎么这样说呢？你想想，这么多年来，我帮你还帮得少吗？"

"你是帮了我。可现在，我吃饭都成问题，欠一屁股债，你却把钱存在银行里头睡大觉……"

"我没存钱。"

"你没存心！当初，要是不让你进银行，我们换一下，你来当当下岗工人怎么样？我不是没本事，也不是懒……"

"你别说了！要多没有，我明天转一千给你先用。"

小哥书也没读多少，可那张嘴很能说。以往，他总是用亲情打动叶素芬。

他经常找她"借"钱。他说：他把兄妹看得比父母、妻子和儿女都更亲，因为父母只能陪他前半生，妻子和儿女都只能陪他后半生，唯有兄弟姐妹可以陪一辈子。现在计划生育一下，兄弟姐妹基本没了，更显得亲啊！

听这么一说，她感动不已。但他经常不还，她一次次下决心再不借他。上次是因为出国，她想他终于快有出息了，不仅拿出积蓄，还拿信用卡透支。说好出国赚了钱就还她，可现在七八个月过去还没还，利息贴了不少。难道他出国这么久没赚点钱吗？她不信，决定狠心不理他。没想到他又会祭出下岗的旗。

一听下岗两个字，她平素就反感。现在听已经下岗的小哥嘴里说出来，头皮一阵发麻，连忙甩出一千元堵他的嘴。他只知道她今天还待在天堂，不知道下岗的危机也到了她身旁，如同已经感染上乙肝病毒，说不准什么时候就转肝硬化转肝癌。

这一夜，叶素芬失眠了。想当年，年轻的时候，她当储蓄员，业务也是过硬的，还在全省教育银行点钞比赛中得过第二名，收过好几封客户的表扬信，当过好几次先进，当过两年储蓄所主任。那么，再回去干储蓄？不行！人老珠黄，对客户没吸引力了，自己也力不从心。现在假钞那么多，边点钞要边防假，再不能像以前闭着两眼点就是了。要是再叫我去比赛，能不倒数第一就算不错了。

可我在后勤部门也干得不错啊！无师自通，写的"官样文章"过得去，手脚又勤快，为人又好，要不然我凭什么从支行调市分行来？虽然有郑兴哲的因素，但绝不全是靠照顾。可我，进取心不够。以前，我的理想只是像母亲那样当个食堂炊事员！她爱跟小哥做游戏，学母亲抱柴、生火、抬饭、炒菜……最爱学炒菜，你"尝"一口，我"尝"一口，熟了还是没熟，咸了还是淡了，"尝"了一口又一口，兄妹两个有时会为你多"尝"了一口吵起来，打起来。

叶素芬像夜半临渊的盲人，猛然清醒，发现一步之遥的险境。认真想来，她不后悔，不怨天尤人，不自暴自弃，不破罐破摔。她觉得应当坚强起来，接受现实，改变自己。

中部 蚕蛹

作茧才成便弃捐，
可怜辛苦为谁寒？
不如蛛腹长丝满，
连结朱檐与画栏。

——[元]郝经《蚕》

第七章
吃东屙西的金猫

　　萧妃备受武则天欺凌，死时咒曰："愿武则天为鼠我为猫。"武则天深为恐惧，诏令六宫不得养猫。

方浩铭终于说要回家一趟。叶素芬大为高兴，阴霾顿时一扫而光，一直盼着下班。她经常看电脑屏幕下方的时间，又看看手机上的时间，怕误差太多。好不容易熬到十一点五十，她决定提前一点儿下班。她将考勤卡递给郭章楠，说："等会儿帮我刷一下。方浩铭今天回来，有些事。"

"没关系，你先走吧！"郭章楠说着，还抬起手扬了一下。

方浩铭今天回来，跟以往出差回来不一样。对他来说，回家跟出差一样。她则觉得他是贵宾，是远道而来幽会的情人。她想好好招待他，到菜市场买些好菜。买的时候她就计划好，中午简单些，三菜一汤；晚上多一个菜。为赶时间，还花两元雇了一辆人力车。她有点心疼，觉得刚才在菜市场一毛钱两毛钱地砍价白砍了，但又想花这么点钱就能让老公早一分钟早两分钟吻到很值得。

然而，菜煮差不多了，方浩铭还没到家。叶素芬打他的手机，他才说早到了，在分行几个部室坐坐，下班了请他们吃点便饭。匆匆忙忙的，忘了跟她说。她觉得扫兴，但很快又欣慰起来：男人嘛，总得以事业为重。

吃完饭洗了碗，叶素芬忙着整理房间。男人不在家，她变懒散了。早上起来被子没叠，衣服左一件右一件，洗脸台上洗发水、洗面奶、沐浴乳之类堆得乱七八糟。没个男人，真不像家。她手忙脚乱收拾起来。

本来还想拖一下地板，方浩铭却到了。叶素芬一听开铁门的声音就知道，连忙奔过去帮助开木门，一眼看到他。他夸张地笑了笑，忙着脱鞋。她正要表示点亲热，楼道上来又一个男子。他提了两袋东西，应该不重，但累得气喘吁吁："哇，方行长，你家好高啊！"

"这就算高啊，上面还有一层呢！这是我爱人，姓叶。"方浩铭给宾主介绍，"这是我们行的师傅老刘，刘金文。都是同事，应该见过。"

"见过见过！"刘金文热烈反应，"我还记得，那次嫂子到我们行业务技能表演，坐我的车。"

"唉，那都是哪辈子的事了！"叶素芬连忙招呼客人进家门。

刘金文带了一袋土特产，搁在门边。宾主客气了几句，坐下来泡茶。茶具好久没用，叶素芬去洗。方浩铭拿了两个纸杯倒冷开水。刚喝一杯，刘金文就说："方行长你休息吧，不多打搅了。先来认个门，找得到以后经常来。"

"那是那是，以后要麻烦你可多了！"方浩铭说。

刘金文边说边出门："哪里敢说麻烦！行长的事就是我的工作！"

刘金文一转下楼梯，叶素芬就喊："妮仔，还不快出来看你老爸！"

方妮这才应声而出，居然有点不好意思。要是以前出差回来，她会扑到他怀里，他会抱起她来直亲。现在孩子大了，亲昵越来越少。方浩铭拍拍她的肩："对不起，忘了买东西给你吃！"

要是以前出差，在外地忘了，回到川州也会先在街上买点东西再进家门。今天，方浩铭确实忘了。不过，叶素芬发现刘金文送的东西，提到茶几上看，见是几盒肉脯干。方浩铭拆开一包，撕了分给方妮和叶素芬吃，自己也啃一块。他介绍说，肉脯干是"闽西八干"之一，挺有名气，下酒挺好，当零食啃也不错。方妮是第一次吃，称味道很好。

一家人边啃肉脯干，边听方浩铭介绍肉脯干的故事：晋惠帝在皇宫御宴上吃到肉脯干，觉得味道好极了，印象非常深。有一次，朝廷官员奏报说有个地方闹旱荒，灾民饿死很多。这皇帝听了觉得很奇怪，说："怎么会发生饿死人的事呢？灾民没饭吃，不会吃肉脯干吗？"叶素芬母女听了大笑。他突然说："妮子，你记得你在滴水岩干了什么好事吗？"

"当然记得，我用钱折了很多好玩的漂下去。"

"被人捡去啦！"

"真的？"

"真的！开始是一两个人捡到，后来又有人捡到，越来越多的人去捡，现在全县都在传那条小溪里头有钱捡，越传越神。"

"他们怎么说？"叶素芬也兴奋起来。

"滴水岩后头不是郭三妹家吗？她家后面不远的山边有个庙，人家说那庙里的女菩萨显灵了！"

叶素芬大笑："什么女菩萨，是我们家的女娃娃！"

那庙里供的是女菩萨。她叫景翩翩，是明朝末年江南几大美人之一，能诗善画，色艺双绝。后来，景翩翩被清溪一个富商骗到这小山沟来填二房。她不堪大妇的虐待，自缢而死。死后，当地文士们传咏她的诗稿，凭吊了一代又一代。有一年，有个学子进京赶考，半夜路过她墓前，听到有个女子吟诗。这学子立即想到是景翩翩显灵，请她再吟一遍，牢记下来。事后发现，这诗里竟然有考题。这学子考中进士，不忘她的大恩大德，回来立祠奉祀，人气一直比滴水岩旺。最近，传说她又显灵，从洞里漂钱出来救济百姓。于是，人们从四面八方涌来，溪上溪下，洞里洞外，庙前庙后，热闹极了。

"什么时候，带我们妮仔也去烧支香。"叶素芬说，"那善事是我们妮仔做的，那个女菩萨肯定会保佑我们妮仔考好书！"

正说着，方浩铭的手机响了。这铃声不一样，是一个小女孩嗲嗲地叫唤："喂——有电话了！喂——有电话了！"

"难听死了！"叶素芬嘟哝说。

这电话是公事，方浩铭应酬了几句。刚合机子，还没放回腰间的皮夹子，手机又响了，叫的是："I love you! I love you！"

"叫起床的。"方浩铭有点不好意思，慌忙关机，"我现在定好每天中午两点就要起来，开好手机闹钟。"

"'爱拉虎牛'是什么意思？"叶素芬追问。

"你不知道啊？"方妮笑道，"就是'起床喽'、'起床喽'！"

方浩铭听了大笑，顺手撕一小片肉脯干喂方妮："真是个宝贝！"

叶素芬觉得他们父女两个有阴谋："你们笑什么？"

"没有啊！"方妮说，"两点了，起床喽，我也要去上学喽！"

方妮一出门，叶素芬就扑到方浩铭怀里："抱我一下！你好久没抱我了！"

方浩铭抱起叶素芬，滚到床上，但他只是亲了亲，心不在焉，手机还抓在手上，不时地看看时间。没多久，他便将她抱起来："我要走了，下午要开贷审会，很重要。"

由于不良贷款太多，市分行信贷部门的人一听清溪两个字就生厌，新报来的项目，不等端上贷审会就给毙掉。三四年了，教育银行没再往这个县投一分钱。对这个支行，市分行只要求收贷，再是发展些存款。这样，地方领导不高兴了：你光在这里拉存款，投资就到外面去，要你这样的银行干什么？前任县委书记公开讲：不能支持地方的银行，可以撤掉！

新任县委书记李玉良对教育银行也很快表示出不满。在一次大会上，他通报了各家银行存款、贷款的新增数，要求各国有银行站在讲政治的高度大力支持革命老区支持贫困县的经济建设。接着，李书记讲一个当地民间故事，说蛟湖岸边有三座瘦削的山峰，像三把利剑直刺苍天，名叫"三剑峰"。移步换景，换个角度远望而去，这三座山峰变成一个，很像一只猫蹲坐在那儿，面朝西，两眼盯着湖里。山巅的几棵松树像猫的耳朵和胡须，活灵活现，只是下巴缺了一块。传说，这是一只从天上下凡的金猫，专门吃福建，把金子屙江西去。当地有位义士愤怒了，张起弓箭，朝金猫射去，把它的下巴射掉，使它再不能吃福建屙江西。讲完故事，李书记语重心长地说："我们在一个地方为官，就要造福一方！那种吃东屙西的事，是会让人愤怒的！会让人拿扫把赶掉的！会让人用箭射掉的！"

会后评论，有的认为新书记讲话更文明，但也有人认为更狠毒，不仅公开表示自己反对吃东屙西的国有银行，还号召人们当那张弓射猫的义士。

说实话，银行并不想当那吃东屙西的金猫。哪个人当行长也想多政绩，哪个职工也想多绩效工资，这都需要经营效益好。中国银行业不比发达国家，中间业务才开始发育，主要还得靠多发放贷款。如果光揽储不放贷，哪来钱支付利息？存款调转外地放贷，虽然有效益但是很低，实属无奈。何况银行的职员大都是当地人，谁不想为自己家乡社会经济发展多做点事？问题是，地方政府的信誉让商业银行害怕了！

李玉良到任后，很快发现清溪留有一块肥肉，这就是"红军巷"旧城改造。李书记发现这块"禁地"的经济价值，第二个月就打响改造"红军巷"战役。县里成立项目领导小组，他亲自兼任组长，县长兼副组长，县委一名副书记兼常务副组长，下面还有建设局长、土地局长、公安局长等大小喽啰一大堆，干得轰轰烈烈。

大有大的难处，县委书记也难以随心所欲想怎么干就怎么干。首先一个问题是国土储备中心需要两千万元周转金，以便让当地居民拆迁。七挪八凑只弄到八百来万元，需要向银行贷款一千二百万元。通过县人民银行召集几家商业银行商量，有商业银行愿意投资这个项目，但因为那里的金融信用太差，一报到市分行都给卡住。补偿款兑现不了，拆迁户那里遇到很大阻力。

就是在这样的时候，方浩铭竞聘上教育银行清溪县支行行长。

一家商业银行与政府，一个支行行长与县委书记，毕竟遥远。尽管方浩铭一心急于拉上李书记的关系，还是戴着斗笠亲嘴——亲不到。方浩铭上任的第一天，就拜访他，自称是从他老家来的。可是，县委办主任说他出差了。事后了解，其实在县里。那么，是因为很忙抽不开身，还是因为不想见这吃东屙西的小行长？方浩铭觉得很可能是后者，心慌意乱起来：现在他见面都不肯，还有什么戏唱？

方浩铭心里堵得很，但没有任何一个人可以诉说。晚上应酬完，他想暂时避开公务的烦恼，散步到池子林家，又和他一起散步出来，躲到河边一个包厢里OK。他们就两条光棍，像当年一样干吼。池子林最拿手是"心上人啊快给我力量，破迷雾化冰霜"，这是唱给一个外号叫长辫子的女同学。方浩铭最喜欢的是"再过片刻那东方就要发白，心上人啊你为什么还不来"，这是唱给一个外号叫单摆的女同学。他们边唱老歌边回忆同学时光，谁谁谁打过哪个女同学的主意，现在说来笑来特别有味。

方浩铭跟池子林这"幽会"，火速给反映到李书记那里。原来，池子林是那些"钉子户"的头。县里采取"各个击破"的战略，要求全县党政机关和企事业单位工作人员做好"红军巷"拆迁对象中自己亲属的"四包"工作，即包在规定期限内完成拆迁补偿评估工作、签订好补偿协议、腾房并交付各种证件，协助做好妥善安置工作，不无理取闹、寻衅滋事，不参与集体上访和联名告状，否则实行"两停"处理，即暂停原单位工作、停发工资。包池子林的是他一个在县医院当医生的堂叔，因为没能做通他的思想工作，上个月就给停职了，正比池子林还急，几乎无时无刻盯着他。现在，发现他跟教育银行新行长关系如此密切，随即汇报。

有关决策层便考虑：能不能通过这行长做他的思想工作？

第二天一上班，李书记主动召见方浩铭。

方浩铭一听大为兴奋，但不知道突然被召见的原因。李书记四十多岁，人很大条，显得随和。握完手坐下，秘书倒完茶退出，他直接说："听说，你找过我？"

方浩铭小心翼翼说："我想，一个银行工作要搞好，首先要靠地方党政领导支持。所以，我首先——第一个就拜访您。"

"嗯。"李书记只是点头，没有说话。他一张"由"字形的脸，块头又大，给人特别沉重的感觉。

"我是丹岩的'色狼'。"丹岩俚语女婿叫"细郎"，与"色狼"谐音，人们传为笑话。这样一下就拉近两人的距离，"我妻子叶素芬也是丹岩人。前一段，我岳父——就是'好好先生'去世，您还亲自去了……"

"哦，是的是的！有时候，我觉得这个世界真是很小，小县更是。我跟你——岳父……不错不错！哎——你在清溪还有什么亲戚朋友吗？"

"有一个大学同学，很要好，叫池子林。现在，他在这里开小店。"

"池子林……这名字有点熟……哦，对了，'红军巷'旧城改造，他要搬迁，听说还不肯，听说还是他在那儿带头顶着。"

"这……我不太清楚，我刚到。"

"拆迁，旧貌换新颜，好事嘛！你当行长的，应当开导开导他，要支持县里的工作嘛！你不支持县里工作，县里怎么支持你工作？"

"那是那是！"

"哟，九点了，我还有个会。你有事吗？"

"没有没有！今天只是来看一下书记，具体工作等您有空的时候再汇报。"

方浩铭只得匆匆告辞，准备了满肚子的话没机会说。回到行里，回想一下，他注意到要求"开导"池子林的事，但分不清是顺便说说还是特地要求。不管怎么说，不能把大书记的话当耳边风。这显然是个契机，难得的机会，现在送上门了！

中午，方浩铭特地请池子林吃饭。就两个人，在小酒馆。他如实讲上午见李书记的情形。池子林说："真难为你了！"

方浩铭说："也没什么为难。大不了，我不当这行长吧，总不至于被开除，总比你的结局好。"

"我可不希望你跟我比啊！"

"当然，我也真希望你能趁着这机会解决问题。这样僵着，也不是办法，最终你是顶不过政府的。如果有可能，就给我一点面子吧！其实，轮到县委书记亲自过问，也算给你面子了。"

"说的也是。问题是，他们一点儿让步都不肯，光要我们老百姓支持、支持、再支持，不顾老百姓的死活。"

方浩铭心里有数了。下午一上班，他就去找李书记，希望双方在价格上适当做些让步，如果资金上有困难教育银行可以考虑投入一些。

李书记立即追问："教育银行贷款松吗？"

"松倒是不松，不过我想可以试试——事在人为。"

李书记当即叫建设局长把现成的材料送过来，方浩铭则叫信贷科长赶过来，一起探讨如何尽快从教育银行贷款一千两百万元。晚上，李书记宴请方浩铭，热情洋溢。

当晚，方浩铭直接给市分行伊行长挂电话，如实汇报情况，强调投放新的贷款是发展清溪支行的"瓶颈"，请求为这笔贷款开绿灯。方浩铭是伊行长选拔的，如果他没有业绩，表明行长用错人了，一荣俱荣，一损俱损，当然有所偏爱。但现在贷审制度严了，贷审委的每一个人都得负责，如有差错要终身追究。这样，有些人变得宁愿错卡一批也不愿错贷一笔。像这样上千万元，更是谨慎有余。伊行长全力支持，只提了一个问题：他们拿什么担保？

是否同意放贷，关键看风险如何。地方政府本身的金融信誉欠佳，也
就是说这个项目本身是有风险的。如果没什么风险，早被其他银行抢走。
但也正因为如此，才可能有高利率大效益啊！方浩铭重点在担保上做文
章，破例要求提供双担保。对于县里来说，只要能快点贷到款，别说双担
保，三担保也没问题。李书记快言快语说："要哪两个，你自己挑吧！"

方浩铭挑了两个，一个是县林业有限责任公司，现有资产六千三百多
万元；另一个是县电业股份有限公司，现有资产七千九百多万元。林业、
电业，都是山区经济的命根子。如果这都不可靠，那么不仅当地银行没有
什么可依靠，当地政府也没什么可依靠了！

用这一亿四千多万元资产担保这一千两百万元贷款，李书记欣然同
意。于是，方浩铭今天带着县委副书记兼"红军巷"旧城改造指挥部常务
副总指挥等人到川州，当面向市分行贷审会汇报。

方浩铭回家，已是深夜。尽管醉得差不多，他还能够控制自己。他尽
量小声地开铁门开木门，脱鞋换鞋，选择小灯开，却开不亮。一连开几盏，
一盏都不亮，他感到奇怪："怎么，停电了？"

"灯坏了——可能是保险丝断了。"叶素芬正开始迷糊，稍有点响声便
醒。她起床，点起蜡烛，走出卧室。

"你去睡吧，我没事。"方浩铭边说边脱衣服。

"洗澡的热水还有。十点多才停的，我正看着电视，突然停掉。"

"你不会打个电话，叫电工来看一下。"

"打了，出去了，到现在没回话。"

"我去看一下！"

"不敢哦！你喝了酒，电不是开玩笑的！"

"冰箱里东西会坏掉。"

"一个晚上，这种天气，没关系。"

"那好吧，你先去睡，我要冲个澡。"

太迟了，方浩铭没有洗头，只是冲澡，很快奔上床。叶素芬可能睡着

了，也可能是故意不理他，没有转身，他只好将她搂过来。

"你怎么喝那么多啊！"叶素芬受不了方浩铭的酒气，推开他。

"唉，没办法啊！这年头，工作就是喝酒，没酒就像开车没油。"

"一个晚上就是喝酒？从六点喝到现在——比上班时间还长，怎么喝啊！"

"没有都是喝酒，还唱了歌，散散酒气。"

"怎么当领导的都会喝酒？"

"领导也是人啊……你问那么多干什么？女人家，少管男人的事！"

"你是我老公啊！你如果不是我老公，我管你干什么？"

"好了好了，别吵了，我想睡了。"

"你什么时候走？"

"后天，还有很多事。明天安心在家休息一天，我们陪女儿好好爬个山，就在山上吃午饭。晚上，我好好陪你。"

方浩铭习惯地搂过叶素芬，但是没有下文，很快睡去，睡得沉沉的。

叶素芬却还睡不着。

自从那个该死的考核以来她都睡不好，好不容易睡去又容易醒来，醒来之后无法再入睡。脑子像煮开的锅，盖都盖不住，扬汤止沸不是办法，似乎唯有釜底抽薪——只有死了，才能让一切安宁下来。

这是一种怎样的折磨啊！

想起那天在卫生间差点跳楼的事，叶素芬心里至今都会一惊。现在，她一到窗户边就有一种恐惧感，生怕一不小心掉下去。其实，家里的窗装了防盗网，用粗铁条焊住了，人都可以站上去，但她还是怕。晾晒衣物也不敢挂到窗外，就挂在阳台内。防盗网上的花草，她不敢去浇水了，叫女儿代劳。洗衣、浇水之类家务每天都得做，那种恐惧感也就天天笼罩在心上。想当年，在三楼与九楼两者之间，她固执地选了九楼，理由是视线好又可以多爬楼梯多减肥，哪想突然会变出恐高症来？她后悔了，萌生搬家的念头。

母亲早逝。是不是外婆也早逝、外婆的母亲也早逝——冥冥之中注定

了她们早逝的宿命？如果是这样，更觉得那天没跳是对的，她要打破这种
怪圈。然而她又想，如果真是这样，躲得过初一躲不过十五，说不准哪天
她还是会寻短见？这么一想，她更恐惧了，恐惧路上的车，恐惧上下班的
电梯，恐惧一切可能导致意外死亡的因素。不过她又想：如果真要早逝，
还是暴死好，千万不要像父亲那样死都让人家等不耐烦。人反正有一死，
我将怎样死呢？

　　方浩铭忽然频频大张嘴，又蠕动了一阵身子，然后爬起来，在床头柜
上摸什么。

　　"找什么？"叶素芬问。

　　方浩铭回答："水。渴死了。"

　　叶素芬爬起来，摸到打火机和蜡烛，点着了，到厅上倒矿泉水。方浩
铭一咕嘟喝光，说还要。她又倒了一杯，他马上又喝光，说："我还要睡。"

　　没几分钟方浩铭又打起呼噜来。叶素芬仍然睡不着。她主动抱着他，
想象着明天陪女儿爬山，晚上他说了陪她——到时肯定要做爱，他们已经
好久没做了。

　　方浩铭醒来，太阳已经照到阳台。

　　叶素芬不在床上，他抓起手机看时间，已经八点多。虽然眼睛酸酸的
还想睡，但他想起爬山的事，立即起来，边走出卧室边埋怨叶素芬或者方
妮没早叫他起床。进卫生间，习惯地摸门边的开关，灯随之亮起。他看到
洗脸台上点剩的蜡烛，一下想起昨晚断过电，边开水龙头边大声问外面的
叶素芬："怎么有电了？"

　　"我修了。"

　　"你修了——你会修电？"

　　"我不修，你会修啊？"

　　"我想今天叫电工，他再没空就我自己修。"

　　"你当行长啦，大忙人啊，等得了你吗？"

　　"你叫电工了？"

　　"真是我自己修的。"

"你怎么修？"

"早上起来，我想大清早麻烦人家不好，反正我也没什么事，先去看一下。我有点怕，叫女儿一起去。我拿了晒衣服的木叉子，戳一下那盒子，想看看保险丝有没有断。没想到，才戳一下，那电表就呼呼呼转起来，我厉害吗？"

"这个奸老虎的呀！"方浩铭用俚语骂道。他常觉得，对这么一个老婆不能不爱。

登山可以有好多理由。叶素芬家离那山脚有两公里，她和丈夫、孩子照样去。方妮长得高瘦，有些娇气，体育总不及格。现在上初中了，中考要计算体育分，要强化锻炼。所以，方浩铭对这事不能忽略。

这是方浩铭当行长之后第一次爬山，还想拎两只桶去提水。叶素芬说："算了吧，你又不能每星期帮我提！"

方浩铭现在爬山也要带手机，生怕人家找不到。叶素芬依了，将他的手机放进背袋，反正还要带钥匙、钱包、纸头之类，多那么点玩意儿重不到哪儿去。

山大了路多，可每一条路都人如穿梭。上山没几步，在房子护坡下面的路边，有一个盒子样小巧的土地庙，香火不少。有个妇人跪在那儿，对着黑洞洞的庙里说着什么。方妮问方浩铭："她说什么？"

"总是求菩萨保佑。"方浩铭淡淡地说。他在心里感慨：我们这些人活得并不如她啊，既不相信因果报应之类，又不相信天下大同之类，只相信自己，只相信今天，只相信能够得到的，多可怕！

方浩铭不想想那些玄乎的东西，注意力转到眼前，转到上上下下的女人身上。有些女人上山早，现在下山，一路小跑，两只乳房随着脚步跳动，挺抢眼的。有个女人更吸引人：两条大腿大概自从出生以来都没见过天日，今天突然穿着短到根部的牛仔裤出来，显得特别白嫩，像是婴孩的皮肤。他从武侠小说上读过古人赞美女人"肤如凝脂"，在现实中见到还是头一回。那女人擦肩而过了，他还忍不住回头，贪婪地盯了一眼，余光瞥见叶素芬。

　　叶素芬昨晚没睡好，体力明显更差些，没走多久就落到后头。方浩铭
止步，等她跟上。她喘着粗气，撒娇说："老公，背我吧！"

　　方浩铭拉起叶素芬的手，拖着她走："你又不是新的。"

　　"新的又怎么样？"

　　"你如果是新的啊，像那个女孩子一样啊，我就背着……捧着你走，捧
回家，捧到房间，捧到床上……"

　　叶素芬甩了方浩铭的手，顺手在他大腿上狠狠地旋转一把。这一把旋
转得钻心的疼，可是身边上上下下的人很多，又想这玩笑也许太过分了，
他只能自己揉揉痛处，没敢报复也没敢呻吟。

　　方妮一个人走在前面，站在一片橘子林边，专注地看缠在竹篱上的
花。方浩铭跟上，表扬说："我家宝宝进步了，比你老娘更行！"

　　"不敢站这里！"叶素芬教训方妮，"你没读过吗？'瓜田李下'，到
瓜田里不要系鞋带，到李树下不要整帽子。在橘子树边也一样，不要乱看，
人家还以为你要偷橘子。"

　　"我才不要它狗屁橘子哩！"方妮不高兴了。

　　再走一段路，到一个亭子。这是一条通往山里的老路，亭子破旧。如
今，山里人有了新的观念，老亭子也有了新的用场。络绎不绝的城里人进
山，带来了喧闹，带来了污染，也带来了市场。山里的人，本事大点的搭
起简易建筑开饭店，推销自家饲养的鸡鸭鱼肉，本事小点的就在路边摆地
摊推销自家种出的蔬菜，有些人则利用起这个旧亭子。

　　从山麓走到这儿，大约四十分钟，开始出汗，一些人需要坐一坐，需
要喝点水。有户人家贩了好几个牌子的矿泉水，可他们又备一大铝锅藤
茶，免费供应行人。有的人喝了不算，还要用自带的瓶子装走。方妮也爱
喝这茶，问方浩铭："这是什么草？"

　　"不知道，反正喝了有好处。"方浩铭说，"你看人家多淳朴。在城里，
在旅游区，那些人是利用这种机会赚取暴利。像这样的好人，除了在武侠
小说里头，只能在大山里看到了。你好好观察一下，回去写篇作文。"

　　方妮注意到：一对中年夫妇在做米果，行人现买现吃，一元钱一个，

钱由买者自行丢入地上的篮子，大票找零也由自己在篮子里找，找好了摊
在巴掌上给卖者看一眼。边上还卖橘子，用一小块箱板纸写了个牌子"五
角一斤"，由买的人自己称，钱也是丢进那篮子。

方妮长这么大，称不是没见过，但从来没动过。她见可以自己动手，
好奇了："我也来称一斤。"

方妮奔过去，自己称了两斤橘子，丢一元钱，拿起一个就要吃。叶素
芬连忙抢下："等一下，别那么贪吃！这些水果都喷了农药，要先洗一下
才能吃。"

叶素芬将手里的背包递给方浩铭，夺过方妮手里的橘子去泉水边洗。

亭子前，停着一辆三轮自行车，车上载着一台简易小机器，挂个小牌，
上面写着："现榨甘蔗汁，一元一杯。"车边有个十八九岁的女孩，是这小
摊子的主人。她在这儿设摊有一段时间了，以前卖菠萝、荸荠之类，大大
小小一个个削好。现在，她换行当。没有顾客时，就看书，看得埋着头又
咬着拳头微笑——很可能是看言情小说。她身子伏在自行车坐垫上，一脚
搁在车子踏板上，屁股则后拱顶着亭柱，旁若无人。

方妮对榨蔗好奇了，上前观察。她问要不要买一杯。方妮摇了摇头。
她继续陶醉她的书。

叶素芬洗橘子回来，见方妮在那里垂涎欲滴，忙问："要不要妈买一
杯给你喝？"

"好啊！"方妮脱口而出，马上伸手从筐子里挑选一段最大的甘蔗。这
甘蔗已经削掉皮，洗净了。

那姑娘搁了书，一手套上塑料手套，接过甘蔗，塞到机子里榨，另一
只手摇动轮子。甘蔗从上头压下去，经过两个轮子的紧压，变成一片片渣
出来，汁就滴在下方的盘子里。那姑娘一手在出口处接了渣，再榨一道，
就任其丢落地上。方妮见了，伸手去接。叶素芬把她的手挡开，训道："别
好闲啦！那已经榨完，没用啦！"

方浩铭看了，若有所思："嗯……还有点现代经济的样子！用机器，
省得牙齿啃，榨得点滴不剩，时间又快，多好！"

"好像有专家说，啃甘蔗能锻炼牙齿，又对面部肌肉有好处。"叶素芬说。

"甘蔗没有两头甜嘛，那你还想……"方浩铭不屑于跟叶素芬争论。

方妮有甘蔗汁，不吃橘子了。叶素芬想把橘子放入背袋，又怕弄湿里头的东西，继续提在手上。

一路上上下下的人很多，不时会碰上一两个熟人，有的还是同事。叶素芬碰上同事，突然想到一个问题：他（她）看到她手上的橘子，会不会认为是偷摘的？当然，他（她）不会直说，会这样想也只是放在心里，——这就糟了，可能因此认定她品行有问题，要在下次行为排查中举报，或者在年终考评中打低分……她不敢往下想象了，忙说："这橘子是我女儿刚买的，五角钱一斤，味道很好，你尝一个看！"

一连几次这样，方浩铭看不惯了，酸不溜丢地说："那几个橘子重不重啊，不如干脆扔掉！"

"不关你的事！"叶素芬应道。她感到委屈，觉得丈夫一点儿也不理解她。

再走一段小路到大路。这是条林业公路，路到哪儿林光到哪儿，山虽然深却不见老林。现在已经没有运木头的大车上来，只有一些人坐小轿车或者出租车上来休闲。

没走几步，有个挺大的山庄，还是游乐场，各类设施较多。方妮一见秋千就乐，不经请示跑过去荡。她越荡越高，粉红色的衣裳像鸟儿的翅膀一样飞舞，欢快得咯咯直笑。难得见她这么开心。方浩铭和叶素芬在路边找了个地方坐，准备等她再荡一会儿继续上。

突然，方浩铭的手机响起来。一看，有好几个未接电话，全是夏雪打的。他回拨过去，解释说在爬山，信号不好，有时有时没有。夏雪说池子林那些人又在闹事，李书记请他火速赶回县里。他皱了皱眉，只好说："我马上来！"

方浩铭紧接着给刘金文打电话，叫他立即赶到这山上来接他回清溪。又挂给池子林，询问怎么回事。他不无生气地说："不是说好好的吗，政府已经同意每平方米提高一百元，等我们省行贷款批下来就兑现，还闹什么？"

池子林却说："我们没有闹。是他们等不及。说是谈好了，可以拆，又要来硬的。杀倒了猪讲价，谁相信啊！"

"我看不会骗你们。"

"你看有什么用，我看也没用，要大家看。其实，我们也想早点拆。没水、没电，你以为这日子好过吗？叫他们当官的来住住看！周围的房子都拆了，其他地方的老鼠集中到这几幢来，每天晚上像开运动会像打仗一样，觉都睡不好，你以为我们怕寂寞是吗？只要打发好，我连夜都会搬。"

方浩铭劝慰几句，说马上就来，约好中午一块儿吃饭。

等车的空当，方浩铭走到秋千架边摇方妮。方妮不要他摇，每到底时自己用脚撑一下地就荡得高高的，开心极了，笑声一串又一串。

他深受感染，边上秋千架一空，他便坐上去。那坐垫是个旧的小轮胎，他坐不住，不是屁股落到胎圈里头，身子缩成一团，就落在一边，失去平衡，身子仰起。自己荡来，要一下一下点地，别别扭扭，洋相百出，惹得叶素芬捧腹大笑。

很遗憾，方浩铭的小车很快到了。

他问方妮要不要坐车下山，她说不，还要玩。他没有强求，忍不住吻了她一下，拍了拍她的肩："要乖啊，要听你妈的话，好好读书。"

方浩铭快走到车边的时候，方妮忽然喊道："爸，你过来一下！"

"什么事？"方浩铭止步。

"你过来！"

方浩铭边回头边抱怨："什么事不会说啊，还要我跑过去！"

"我想坐你的车回家。"

"好啊，这有什么不好？还要我过来牵你是吗？"

"你要背我！"

"啊——"方浩铭哭笑不得，"你好意思吗？你看这么多人，人家比你小的都没赖爸妈背，你好意思啊？"

"我就要！"

"你就要……你叫你老娘背，我可不好意思背你！"方浩铭真的叫叶
素芬。

"别理她！"叶素芬沉了脸，"你过来，看她要不要走！"

"走喽，爸牵你！"方浩铭折中说。

方妮撅起嘴，蹲下不动："我不，就不！"

"唉呀，好吧好吧！"方浩铭叹了叹，笑了笑，牵起女儿，真的背了
起来，"这么大的孩子，难得背几回了！"

"你呀，净是宠她！"叶素芬怨道。

第八章
动物之甲

有人误把穿山甲当龙献给商陵君，商陵君很高兴。有人说这不是龙而是穿山甲，商陵君大怒，鞭打他一顿，从此再无人敢说这不是龙。

失眠像丢了钥匙，拿着一大串别的钥匙这把试一下那把试一下，等那串钥匙试完，天差不多亮了。如果疲惫能够像露水一样随着阳光的出现而消失也罢，问题是它像缺乏水分的花草在烈日下愈发颓废。

失眠也给叶素芬带来意外的收获。一则瘦得越来越明显，身材变好起来；二则为了打起精神，上了点淡妆；三则人一瘦从上到下、从里到外的衣物变得不能穿，不得不新买。这样一来，她几乎变了一个人，变得经常有人称赞她漂亮。她相信，其中不少人不只是恭维。

这样的称赞要是以前有就好了。现在，叶素芬只能报以苦笑。如果能够不要，她宁肯不要这样的漂亮。

现在上班，叶素芬有点怕那个卫生间，不敢往窗外看。她尽量不上那卫生间，尽量忍到家里，尽量少喝水。当然，开水还得打，自己不喝不等于别人不喝。以前都帮主任打开水，现在不打，是因为方浩铭提拔了变神气，还是因为被评基本称职有情绪？哪种理由都站不住脚，都可能影响下年的考评。还是忍着吧！你有本事吗？有本事自己当主任去，保险倒过来，他给你打。没本事，就老实点，且当"劳动教养"吧！

叶素芬还觉得手软脚软，浑身无力。下班回家要爬九楼，变得越来越艰难。每爬两三层，她就要休息一两分钟。这倒不是心情问题，实在是手脚无力。还好上班有电梯，尽管才一层，也乘电梯，省一层的力气。

回到办公室，叶素芬要静静地坐着休息一会儿。呆呆地坐着，像泥塑菩萨一样，让路过门口的同事看到多不好。伏下来，趴在办公桌上自然更舒服，可是让人看到更不好。她拿了一份材料摊着，两手揉着太阳穴，顺便挡住门外看她眼部的视线，闭目养神。

"嘿！"叶素芬耳边突然响一声，而且被人抓了一下左手，脑袋差点磕到桌子上，心脏吓得简直要蹦出喉咙。抬头一看，发现是郭三妹神不知鬼不觉到身边，正为自己的恶作剧得意地大笑。她真要生气了："小妖精，揍死你！"

"在想什么呀，想方行长还是想我啊？"郭三妹嬉皮笑脸。

叶素芬揣着心口："当然想老公喽！哪像你，老公都不想，有——问——题！"

"哎，我有个事：我想买台电脑。晚上没事，在宿舍也可以上上网，你说好吗？"

"好啊！早就该买啦！"

"我想买台二手货。"

"要买就买新的，现在电脑便宜了。"

"对我来说还是太贵。我想还是先买个旧的，能上网就行。电脑又不比衣服，要穿在外面让人看。"

"这倒也是……好吧，我陪！什么时候？"

"中午吧！"

"中午？"

"现在凉了，还要午睡？"

"不要午睡是可以，可我……这些天没睡好，晚上老睡不好，白天很累。"

"我是想，这种店晚上会关门，上班时间又不好走开，只有中午。"

"好吧，谁叫我当你大姐呢！"

下班后，叶素芬和郭三妹在路口等方妮放学出来，三个人在路边吃快餐。吃完，叶素芬抢着付了钱。

郭三妹过意不去："那怎么行呢？是我请你出来……"

"哎呀，吃快餐你还吃得穷我啊！"

逛街今天就逛不起了。旧货店不比服装店，一条街也难得一个。而买电脑远比买服装复杂。现在电脑的种类很多，叶素芬也就大致知道硬盘、光驱和内存之类，其他还没女儿懂。偏偏郭三妹没有买旧货的样子。本来女人买一把青菜也要货比三家，讨价还价三五个回合，像这样上千元的东西更不容易成交。

在第一个店，叶素芬就站不住了，不等店主请自己就找张旧椅子坐下。到第二个店，叶素芬简直是帮店主说服郭三妹，但无效。一出店门，叶素芬笑郭三妹："难怪还没有嫁出去！你挑男人也这样挑肥拣瘦？"

"哪里啊，你不想也有很多男人挑我——嫌我！没文凭，没固定工作……"

郭三妹唉声叹气，叶素芬没答理。叶素芬真的不想走了，有意无意落在郭三妹后头。

走完一段一边拆迁一边新楼快要竣工的小巷，步上另一条小街时，郭三妹驻足等叶素芬，怨道："你怎么走路也想心事？"

"谁说我想心事！"叶素芬抬起头来，"我是想……刚才，我们路过那里，丢了一堆东西，有一个布娃娃丢在那儿，我……我总觉得……觉得……太……太难看了！"

"布娃娃……布娃娃那有什么关系，又不是真的孩子。"

"可也……也不过意啊！不行，不能乱丢！"说着，叶素芬立即调头。

原来是搬迁户丢了一堆废物，其中有破旧衣物，破旧书报，破旧坛坛罐罐之类，最醒目的是有个破旧的芭芘娃娃赫然倒趴在那儿，让叶素芬看不过意。她上前拎起那个布娃娃，直到小街塞进垃圾箱。

做完这件事，叶素芬愉快了些，很快走到第三个电脑旧货店，但仍然没有成交。于是，她摊牌："我实在没力气了，我要先回家。再走，你自己走。"

天一黑，叶素芬变得恐惧起来。她想，今天晚上怎么入睡呢？

回忆了一大串日子，一次也记不住是怎么入睡的。睡觉，像死亡一样神秘。我将如何死亡？不知道。我今晚将如何睡着？也不知道。但是，她明显地感到很可能又要失眠，又要在床上翻来覆去，而明天又要半死不活……她怕了！吃完饭，洗完碗，安顿好女儿做作业，上街买安眠药。

药店很多，分处方药和非处方药，有的还有医生坐堂，夜以继日，非常方便，但现在到处买不到安眠药。他们说前一段发生过用安眠药迷奸的案子，现在安眠药都给控制起来。叶素芬走了好几家，只有一家有卖，但最多只能卖十粒，要两元多！她觉得太贵，不想被宰，当场退货。那医生劝告说："除了我这儿你买不到，不信你再走！"

叶素芬偏不信。可是直到走不动，果然还没找到第二家卖安眠药的。她不想再走了，也不想吃回头草，问有没有其他类似的药。这青年医生说，他最近配了一个方子，很有效，没有副作用，连续吃一星期，基本能恢复正常。如果真是这样，自然更好。结果一算，要二十多元。虽然更贵，但她看药丸不少，心想可能值二十多元吧，一咬牙付了钱。她想，只要能让我像以前一样睡觉，二百元也值！

这一夜，叶素芬果然睡得很好，还做了一个很好的梦，梦见一家外资银行到川州来开支行，公开招聘人员。她去应聘。那主考官也是中国人，说汉语。他问："你在国有银行干得好好的，为什么要离开？"

"因为那里太累了？"

"怎么累？"

"说不清楚，哪儿都累。"

"到我们银行就不累吗？"

"我想，可能没我们银行累。"

"如果到我们银行，你准备怎么干？"

"主管叫我怎么干就怎么干，好好干，干好了，要对得起我拿的工资，但不要到处看人脸色，到处提心吊胆，到处不舒不适，下班就能回家，回家就能陪老公、孩子，上床就能睡觉，一睡就能到天亮。"

"OK！"那主考官终于说句英文，当场录用叶素芬，叫她明天开始上班。

这时，叶素芬醒了，真要上班了，只遗憾不是真的到那家外资银行，不过精神显然比往日要好些。

上班没多久，叶素芬又觉得身体不适。头痛，目眩，心跳，喘息，频脉，两边太阳穴很痛，月经也迟迟不来，说不清楚的难受。她觉得不止是睡不好的问题了，想到医院看看，又顾虑重重。两年一次，行里已经组织体检，女职员还加了妇科，你平时一个人还去查什么？身体不好，肯定影响工作；如果是传染病，同事得躲着你；如果是性病，虽然传染不到一般同事，但可以由此断定你品行有问题。因此，她决定不公开请假，跑离市分行、支行以及本行储蓄所远的医院，且利用双休日。怕丈夫、孩子担心，对他们也没有说。

检查结果，没哪个部位异常，一切都正常。换个医院，结论差不多。有个年轻的男医生建议说："你可以去看看心理医生。""你才神经病呢！"叶素芬本能地骂道。话出口了，才发觉失态，连忙道歉。

"其实没什么，你不必紧张。"那医生挺有涵养，"现代社会是压力社会。据调查，每十个薪水阶级人士中，就有一个需要精神科医生的忠告。在国外，找心理医生看看，就像我们找医生看感冒一样。"

叶素芬不想多听，边道谢边退出。出了医院大门，她的心还乱跳不已。让人怀疑自己精神有问题，岂不更糟？

圣诞节下午，余明玄到办公室找叶素芬，她感到意外。

自从那次被郑兴哲性骚扰之后，他们都没见过。事后她也觉得当时反应可能过分了些，他毕竟是自己的恩人，但她觉得没必要为此道歉，让他误以为有机可乘。让人家议论跟那么个老头有什么绯闻，想想都可怕。她下了决心，如果再请她吃饭绝对不去。

今天，余明玄有个朋友在南非赚了些钱，想汇过来，因为家里人没文化，想汇到他那儿并委托他存储。他不知道怎么办，特地来咨询。她想争取这笔外汇能存在教育银行，能算她的揽储任务，马上挂电话询问国际业务部，并下去拿了相关资料给他。忙完正事，他问："今天圣诞节，准备怎么过啊？"

"我们这么土的人，过什么洋节？"叶素芬笑了笑。

"哎，越是土气就越需要洋气，就像越是贫血越是要补血一样。"

正说着，下班时间到，郭三妹上来更衣。一见余明玄，她止步了，一时不知该进还是该退。他马上热情地叫唤："嘿，岳母娘的女儿！"

"哦，余大老板！"郭三妹挺大方，主动伸出手。

余明玄说："我特地来请你和小叶过圣诞。"

郭三妹拿眼看叶素芬，她只好说："有空就去吧！"

"好吧，大姐去我也去！本来李主任还叫我吃饭，我不去了。"郭三妹说着马上打电话辞掉李主任那边。

叶素芬不好再拒绝。可是，接完方妮，余明玄说去接郑兴哲，她马上意识到他想拉皮条，立即说："我家里还有事，我还是不去！"

余明玄尴尬地笑笑："那算了！他家那边不好走，他上了年纪不一定喜欢过洋节，我们年轻人自己去！"

余明玄没有停车，叶素芬也没坚持下车。车子开到歌舞团接一个姓姚的女孩子，晚餐在那郊外水库边一家酒店。由于没有事先预订，包厢全满，只能在大厅。这店的主菜是水库里的各种鲜鱼，又有各种各样的煮法，令人大开眼界，大开胃口。

余明玄忙于跟小姚、郭三妹周旋。小姚有些吃醋，郭三妹则偏偏给他们造醋，热热闹闹。方妮觉得这鱼特别好吃，埋头自己吃。叶素芬没什么食欲，炸的、煎的、焖的、清蒸的、红烧的，各种鱼只是尝一尝，没一碗下过三次筷子。可是，酸辣鱼片汤上桌时，她突然变得贪婪起来，又是鱼又是汤，从大碗打到自己小碗，吃完一碗接着盛第二碗。余明玄注意到，大笑起来："哈哈哈，有好事啦！"

大家怔住。叶素芬也听到，抬起头来，见余明玄正盯着她，立刻明白了，但是装傻："什么好事？"

"我们这位小朋友快有小弟弟了！"

"你胡说什么啊！"叶素芬满脸涨红，"我爱吃辣，从小就爱吃，这有什么大惊小怪的！"

"好，好，好，爱吃就好！"余明玄拍着手，"小姐，再来一碗酸辣鱼片汤！"

叶素芬嘴上不承认，心里则想：真该去做个妇科检查，怎么独独忘了这？

第二天，叶素芬到妇幼保健院一查，果然发现怀孕，已经两个多月。真奇怪，每次都有采取措施，怎么还会"中标"？

意外怀孕必须流掉，这不用考虑。流产是鼓励的，可以大大方方请假休息，只是叶素芬现在非常忌讳请假这种事。她不能再请假，除非是不可抗拒的天灾人祸。她决定索性等几天，等元旦放假，连着双休日，可以连续休息三天，就不要另外请假了。

接下来几天虽然还有种种不适，但叶素芬的心安定了许多。她想，问题的根源终于找到，原来是怀孕这种不尴不尬的事。等手术一做，一切就会变好。

女人怀孕是男人骄傲的好时机，也是女人撒娇的好时机。现在，方浩铭的工作已经走上轨道，稍有空时会在上班的时候给叶素芬挂挂电话，交流近日工作生活情况，说笑几句。他告诉她，省行批了那一千两百万元贷款，清溪支行一下增加了几百万元存款，增幅居当地金融系统第一，在全市教育银行中也跃居前列。过几天就要到季末年底，第四季度的效益工资肯定也增长。这样，他算是一炮打响，站住脚跟了。不过，接下去的日子并不轻松。你想啊，人家那一千两百万元不是贷给你存的，是要用的，且很快会用光，一年期满后还要还光，而增长的基数已经形成，新的一年要求有新的增长，这一千两百万元就会形成一个巨大的窟窿，首先要填平这个窟窿才可能有新的增长。因此，现在要赶紧寻找新的增长点。

"没完没了地增？"叶素芬同情地问。

"那是哦，不然怎么叫'银行价值最大化'？当然，等明年这时候，窟窿填掉，新的增长点体现出来，我就可以松口气。"

"后年不是又要求新的增长？"

"那……那是哟！最大化就是无穷的大，不可能让你有歇息空间。嗳，做人嘛……男人总是这样。开始的时候，能够看你一眼就满足了，后来就要求握手，再后来就要求亲吻拥抱……做了男人，没办法啊！所以，大小官都要男人当，这世界才会不断进步。"

叶素芬本来想说过两天要去流产的事，现在不想说了。在命运的痛击之下，这个肚子里存不住话的女人变了。她想，少让他分心吧！

元旦对于银行来说，是一个非常重要的日子。一年存款多少，贷款多少，盈亏又多少，都截至十二月三十一日，而且必须在这一天把账算清楚。还必须等全市、全省乃至全国教育银行的账目对齐，算一个通宵是至少的，经常要把元旦搭上。

算账主要是会计的事，以前每一个新年方浩铭都是从上一年干到新的一年。今年元旦，他不当会计了，但是当行长，得陪着。万一发生账不齐之类的事，他必须在场指挥并当即处理。这样，他仍然回不了家。叶素芬也没指望他回来。

这天下点小雨，明显又冷了一些。叶素芬对方妮说："外面又下雨又冷，你就不要出去了，就在家里做作业。我有点事，去办公室一下。"

叶素芬加了一件毛衣，到街口拦一部出租车直接到妇幼保健院。路上，她把车窗摇下，让冰一样的风和雨扑面而来，使自己更加精神。听说以前捎排的女人，整年跟男人在河上，生孩子都在河上，自己接生，自己剪脐带，自己到河水中洗东洗西，还不照样活好好的？她告诫自己说："叶素芬啊叶素芬，你的命够好了，不要太娇气！再这样养尊处优下去，下岗了怎么活啊！下岗了，水费、电费、煤气费都缴不起，摆地摊、捡垃圾、当'三陪'还不都是人干的？只怕像你这样——这样的年纪，当'三陪'都赚不到几个钱！"

妇幼保健院现在也讲经济效益，元旦照常上班。但毕竟是节日，病人能拖的都会拖一两天。这也好，不用排队，叶素芬一到就做手术。由于时间拖太久，她被做手术的医生埋怨了几句。手术不太顺利，流了很多血，多受了点苦。出手术室，她疼得实在走不动，不得不在走道的长椅上坐下休息，后悔没叫方浩铭或者其他什么人来照顾一下。

休息一会儿，叶素芬觉得好了些，忍着疼痛下楼，叫一辆出租车回家。

今天回家爬这九楼，像登天一样艰难，每爬一层都要休息一会儿。好不容易到家门口，掏钥匙开门的力气都没有了，就在水泥台阶上瘫下来。这时，搬家的念头再次闪现，并暗暗下了决心。

家家户户铁门紧闭，楼道里安安静静。突然，八楼铁门开了，有人出来。叶素芬想这样子给人看到不好，连忙起身开自家的门。倒到床上，她又想起没买点什么补一补，万一弄垮身子得不偿失。她想起床，自己下楼上街，去买点什么，可是浑身无力。方妮毕竟还小，最好不要让她知道这些。她只好给方浩铭打电话，如实相告，抱怨说："都是你不好！"

"是我'不好'！是我'不好'！"方浩铭听了大笑，"要是别人'不好'，那还得了！"

"我在这儿受苦受难,人都快死了,你还笑哩!"叶素芬哭笑不得,"你下午能不能回来?"

"下午……哎呀,实在不巧!这样吧,我争取明天一早回去。今天下午,我先叫人送点东西慰劳你。"

下午两点多,刘金文送来一盆鸡汤。他开口闭口叫嫂子(其实他年龄比方浩铭大多了),说方浩铭一挂完电话就叫他动身,同时叫这边酒店杀鸡,用参炖好。他强调说,这鸡是土的,参是上等的,做工是卫生的,唠唠叨叨,唯恐没把方浩铭的心意转达周全。

等他一走,叶素芬开始喝鸡汤,忍不住掉泪,接连落进汤里。

第二天上午,方浩铭赶回来,还带了池子林。池子林要逛街,看有什么商机。刘金文开着车带他逛,方浩铭带菜先回家。

方浩铭带回了半头野生动物,却不肯煮给客人吃。叶素芬骂道:"你这卖虾米的,真不够朋友!"

"你懂个屁!自己吃就行了,还要摆到大街上?"方浩铭说,"我是想,这种东西我在外面不难吃到,你们就不容易了。女人家吃了又特别好,就全留给你和女儿吃,——真没良心!"

"好——我老公真好——!"

"我还带了一样东西,你保证猜不到。你闭上眼睛!"

方浩铭从口袋里掏出一小片东西,伸到她背上去刮痒。她问:"什么东西?"

"你说好不好?"

"不知道。"

"这是这种动物的甲,药用价值更高,能活血解毒。多刮几次,你背上的瘙疙瘩就不会痒了。现在我经常不在你身边,这就算我的手吧,天天给你挠痒痒。"

叶素芬接过那甲片,好感动,随即奖给他一个吻:"哪儿弄来的?"

"我说了你不要生气啊?"

"你偷抓的?"

"不是哩，让我抓也没那个本事！是夏雪弄来的，她全县每一个酒店都熟。"

"我不要！"叶素芬的脸立即变沉，随手将那甲片扔了。

"你神经啊！"方浩铭捡起来，塞到她手里头，"你放心吧！她要巴结我，这很正常。等哪天她不要巴结我，而我要巴结她，那才可能有问题呢！只要是女人家给我送而不是我送给女人家，你都没必要吃醋！"

方浩铭洗菜、煮菜，忙得不亦乐乎。叶素芬在床上躺不住，想进厨房帮忙，他不让。他说："坐月子不能沾冷水。还是我自己来吧，以后有你做的！"

"你倒是麻利点哩，洗迟了'三朝'的！让你这么磨呀磨，再一辈子都没饭吃！"

"房（凡）事都要慢慢来，哪像你奸老虎的！"

方浩铭打了一个鸡蛋，正要将蛋壳往垃圾筒里扔，叶素芬跨前一步抓住他的手："先放在这儿！"

方浩铭坚持要扔："做事情要顺手做清楚来。"

"哎呀，你先给我放下！"叶素芬硬将方浩铭手上的蛋壳抖落在洗池边上。她马上到厅上拿个装有一截黄瓜的小碟来，将蛋壳里残留的蛋清往小碟里滴，"可以美容啊！"

"哈，哈哈，我老婆同志也会美容啦？"方浩铭大感意外，"难怪我看你最近有点……有点不一样了！"

"我要比你茹茹更漂亮！"

"哎哟，那我得准备给你家里追加聘金了！"

"哎，跟你说真的，我想去做双眼皮，好吗？"

"何苦呢？"

"做了就跟你茹茹一样好看啊！又不贵。"

"不是花钱的问题。我是说，一个人好好的，犯不着去挨那个刀，变那个样，受那个罪……你没看吗？有的人因为做美容，做不好，反而毁容。"

叶素芬立即打消了做双眼皮的念头。本来，她还想过做护手、腹部吸脂之类，现在说都不想说了。

客人逛街回来，方浩铭菜也煮差不多了。男人家吃饭话比酒多，海阔天空，让女人摸不着边际。

"我觉得整个人类哲学在倒退，你信吗？"池子林说。

"这……"方浩铭抱歉地笑了笑，端起杯来敬酒。

"是真的！我想了很久。为什么我敢这么说呢？因为古代哲学家关注的问题是人怎样更幸福，而现在哲学家关注的问题变成怎么生存了。"

"唔，有道理！有道理！"

"在古代，从斯多葛学派、犬儒学派、苏格拉底、柏拉图到孔子、孟子、荀子、墨子，他们终生的思考无不是关于人怎样活得更幸福，也就是如何更善，如何更美。"在方浩铭的鼓励下，池子林口若悬河地演说起来，"可现在，怎么生存却成了问题，每个人都感觉到的、迫切的。就说核武器吧，我读中学时候就看过一个材料，说世界上有五万多枚核弹头，通俗点说就是世界上的每个人，包括儿童在内，都坐在一个大约四吨重的火药桶上。如果这些火药全部爆炸，可以把相当于地球上十二倍的生命杀死。从理论上讲，它不仅可以把围绕太阳转的全部行星毁掉，而且还可以再毁掉四个，多得足以把人类毁灭几遍。冷战结束，美俄签订了限制核武器的条约，可是那些核武器并没有销毁，还多了印度、巴基斯坦核国家，朝鲜也声称有了核武器——六方会谈谈了几年没点儿实质性进展，毁灭人类毁灭地球的危险更大起来。哪天，哪个帝王喝醉了酒，把那核按钮顺手摸摸，你还想活命吗？杞人忧天，在古代是笑话，在今天却变成了天天谈判还谈不下的现实问题，你还有心思去多想其他吗？难怪现在再也出不了像样的哲学家！"

这话题太沉重了，池子林停下也没人接嘴。他端起杯跟方浩铭、刘金文碰了一杯，继续说："还有环境恶化，从太空污染、厄尔尼诺、黄河断流到沙漠化逼近北京，那也不是开玩笑的，也是刻不容缓的当务之急，你不赶紧想想怎么生存行吗？所以，至少可以说现在哲学家们没心思想怎么幸福了！"

"不是哲学家也没心思想怎么幸福了！"方浩铭感慨起来，"上班，要整天提心吊胆怕下岗。下了班，要怕吃的饭是不是毒大米，酒会不会是工业酒精，青菜会不会残留农药，做爱会不会得艾滋病，这些问题在古人都是根本不用担心的……"

叶素芬早吃饱了，坐在一旁听男人们聊天，一直插不上嘴。这时，她正想接嘴说那次方浩铭吃长豆中毒的事，方浩铭的手机闹钟却骤然响起来："I love you! I love you!"于是，她改口笑道："起床喽！起床喽！"

方浩铭听了大笑，其他人莫名其妙。池子林问："你一个人傻傻的笑什么？"

叶素芬自作聪明说："我笑他的手机，人在饭桌还叫起床！"

方浩铭只好问："I love you 是什么意思？"

"起床喽，不是啊？"叶素芬说。话毕，多了一个池子林大笑。她这才意识到出丑了，"是我女儿说的呗。这臭孩子，敢捉弄我啊！"

两个男人没揭穿老底，转而喝酒。吃完午饭三点多，刘金文带池子林回清溪。

吃晚饭时，叶素芬抓起筷子当刑具审问方妮："'爱拉虎牛'是什么意思啊？"

方妮知道惹妈妈生气了，躲到方浩铭身边，说："我不知道。"

"好了好了，我来说！"方浩铭拉方妮在身边坐下，"骆驼祥子不是拉车的吗？他就是爱拉虎妞。像你这么凶的妞，人家还不爱拉呢！"

"你们方家人欺负我！"叶素芬发火了，将筷子狠狠摔地上，起身奔卧室去，随手将门重重地关上，几面墙都震荡。

"你吃你的！"方浩铭拍了拍女儿的肩，赶进卧室哄妻子，"你也太……太……太那个点了吧？你初二还没学过英语？I 是我，love 是爱，you 是你，这么简单的都忘光了？电视上也常看啊，女儿读小学就知道了。"

"你们串通起来欺负我！"

"这怎么能说欺负呢？开开玩笑嘛！"

"在别人面前出我的洋相，还不是欺负？"

"刘金文更不懂，池子林是我要好同学，这有什么关系？"

"好，没关系，哪天我也在人家面前出你的洋相，看你有没有关系！"

"好了好了，算我们不对，现在赔礼道歉，还不行吗？"

"我不！"

"那要怎么样？"

"给我旋转一下。"

"那不行！开你玩笑都不对，你打人更不对。"

"那你亲我一下。"

"也不行！我茹茹叫我别……哎哟！"

方浩铭的大腿突然被狠狠旋转了一把，疼痛难忍，但他没有还手，只是嘴上抨击："以言治罪，残酷镇压。如果你当皇帝，也是个暴君，万马齐暗，血流成河。"

"我才旋转一下，被你骂这么多。"

"那是哦！哪个暴君不是遗臭万年？"

"我对你那么好你又不说一下！"

"你对我好是应该，对我不好是不应该。不应该才应当说，人咬狗才是新闻。"

"讨厌，歪理邪说，不跟你啰唆了！"

叶素芬侧过身去，方浩铭将她抱过来，认真吻了她一下，真挚地说："又让你痛了一回，真对不起！"

"都是你……不好！我要把你那个割掉，炒辣椒吃！"

"不用你割，我已经等于割掉了。你看，没一点反应。真的，这么久了。就是……就是那一次……还是你父亲去世前……那次吧，这么久都没有，也不会想，真奇怪！有时候我想，是不是给那个电话吓一下，做了一半突然停下来……可能真的有毛病了。说不定，得去看看医生。"

第九章
斯巴达的游戏

　　孟良府人进山抓蟒蛇，
碰上就说："皇帝要你的
胆，如果你不肯献出就没
灵气。"于是蟒蛇乖乖地让
人剖腹⋯⋯

　　进入新年，中国教育银行总行换了新的行长，引进美国著名管理大师费拉尔·凯普的最新理论——"甘蔗原理"。

　　这理论说：甘蔗最甜蜜的是前面部分，好比人的青春，往后就越来越没味。引申到企业管理，员工最富有价值的是大学毕业至三十五岁这一时期，特别是对女性，对于储蓄员、客户经理等等这样的一线员工来说。

　　这一理论还认为："工作不是我们为了谋生才去做的事，而是我们应当用生命去做的事！"更重要的是由此衍生出来的意义，即每一个员工都应当努力把自己最甜蜜的那一部分贡献给教育银行，否则被淘汰是理所当然、天经地义。

　　总行专门发出通知，要求在各级各部门开展一个主题为"学理论，迎奥运，人人争当业务冠军"的学习实践活动，让每一位员工深刻领会"甘蔗原理"的精神实质，并结合实际加以运用，从而开创教育银行事业的新局面。各基层行学习与实践如何，总行将派检查组深入各一级分行检查。

　　省分行转发总行这一文件，要求把"学理论，迎奥运，人人争当业务冠军"活动落到实处，处级领导要写学习笔记三万字以上，科级领导写两万字以上，一般员工写一万字以上，且必须用钢笔认真书写，用电脑打印的一律不算——以防从本行网上下载。省分行将组织深入各二级分行检查。

　　市分行转发省分行这一文件，除按上级行要求认真做好学习笔记以外，还要求组织丰富多彩的宣传教育活动。行长们日理万机，哪有时间一笔一画地写三万字的学习笔记？这就需他人代劳，这就责无旁贷地落到宣传部（或曰文明办或曰工会），落到叶素芬的头上。

　　这事说不累也不累，随便找张本行的报纸或网页照抄就是，不用费脑子。可是正副行长有六个，三六十八，十八万字可以印成一本书，一笔一画抄起来想混过去也不容易。为防省分行检查人员挑剔，还要努力写出六种稍微不同的字体，这就更不容易了。

叶素芬的身体还是不适。

原以为头痛、失眠、心悸之类的毛病都是怀孕引起的,只要流完产就好了,没想流产后还是这样。她终于明白,真正的病因是那个"基本称职"。只要今年转为"称职",她的"病"就会自然好起来,而如果再给个"基本称职",那肯定会要了她残留的半条命。

想通了就好。叶素芬从现在——年初就开始集中精力对付年终的考评。逢人三分笑,对同一个考核组的同事则要四分笑,对部室领导五分笑,对行领导六分笑。工作上,更加认真努力,每次打开水都要灌到溢出来,以免让领导留下偷工减料的印象。对于去年的考评,她发现最大失误是没有给自己评个优秀,打个九十九分,多个十几分,平均一下,总分肯定要高一点,也许就不至于落后了。竞赛当中,差一分半分甚至零点几分就出现截然的质的差别,这是常有的事。而那又是无记名,没人称道你为人谦逊之类。今后,再不能干那样的傻事了!

叶素芬甚至发现,把自己评好,仅仅是一方面。因为没人会说自己不好,她给自己也只会评称职,而不会给自己评不称职。要保证自己称职,除了把自己尽量往好里评之外,还得把别人尽量评低来,特别是对那些已经有点问题的人。想到这儿,她心里有点过意不去,觉得又像当年揭发父亲一样。然而,她又想这是"你死我活的阶级斗争"啊,能心慈手软吗?

叶素芬还想:如果能立个功,受个表扬,那是最好。可是,在工会这种岗位,哪来立功受表扬的机会?写那些"官样文章",实际上人们能不讨厌就算不错了。搞搞福利是实惠,可人们感激的是签字的行长而不会感激当搬运工的你。维护职工权益当然重要,写也这么写了,可实际上你敢像国外工会那样站到职工一边跟行长争公平公道吗?如果是会计,可以想方设法堵住一张巨额假汇票;如果在储蓄所,碰上抢银行,可以殊死搏斗……不行!殊死搏斗,如果真的死了,立个功,不下岗又有什么意义?不能死,受伤是可以……但不能重伤!如果缺条胳膊短条腿,那还不是没意思?受点轻伤是可以的,比如说歹徒的炸药包没炸响,只是扭伤我的手;比如说歹徒的枪没打中要害,只是从我手臂上擦皮而过……不,不能从手臂上擦过!那会留下疤痕,夏天穿短袖穿裙子难看死了!从胳肢窝下

129

吧，轻轻的，擦破一点点皮……笑话，有那么好商量的歹徒，也没那么好商量的子弹啊！她不幻想工伤之类了。

由于这么一想象，她对储蓄所对办公大楼恐惧起来。特别是早上上班、傍晚下班，碰到送款、收款，武装押运，荷枪实弹，如临大敌。如果刚好在她经过的时候发生枪战，怎么办？即使没有歹徒，可是有蚊虫咬经警的手，一不小心枪走火……还是企盼某个同事出点事，像她去年旷工那类的事，足以成为众矢之的，那样她就可以逃脱末位的危险了！想起这些，她就睡不着。她恨不能马上就天亮，就可以马上开始工作；恨不能马上就到年底，就可以马上逃掉那道鬼门关。

方浩铭到市分行开行长会，晚上会餐，又喝得有点醉。九点多一些，叶素芬正在用黄瓜蛋清抹脸时，他回家了，吵吵嚷嚷，高声唱歌。怕影响女儿，她将他推进卧室，强迫地抱住他睡觉。他很快安静下来，酒也很快开始消退。

"你们今天开会说了什么？"叶素芬问。

方浩铭不想谈工作："没什么。"

"没什么？没什么事会叫你们上来开会？特地请你们吃一餐饭？"

"这年头还有白吃的饭？请你吃一餐是为了赚你十几餐、几十餐，知道吗？那里弄个'甘蔗原理'，人家嫌务虚，现在来务实的：开展'5×25%=100%'活动，即一是业务要比上年增长百分之二十五，二是费用要向业务部门倾斜百分之二十五，三是支出要比上年度节约百分之二十五，四是超额节约奖百分之二十五，五是支出超额罚百分之二十五，从而确保百分之百的效益。行长的算盘挂在裤裆里，每走一步都得拨一拨，你还想行长白请你吃饭！"

"你觉得'甘蔗原理'怎么样？"

"嗯，那倒是不错！"

"'甘蔗原理'真的不错？"

"当然好啊！你想啊，我们行规模上扩张时期已经过了，这几年都在砍机构砍人员，一砍都是储蓄所的临时工，都是年轻的，剩下的都是大嫂级了。人家说，教育银行现在不仅没有处女，连小姐都没有了。说难听点，都剩下甘蔗尾巴了。"还有酒精在起作用，方浩铭说话很流畅，"现在，就是要砍这种尾巴，让大嫂走，让小姐和处女留下来，客户才会喜欢进我们的门，我们的业务才能进一步发展，否则死路一条！"

叶素芬听了心寒，没想到自己的丈夫也这样想。她直截了当问："那么，我是大嫂，还是小姐、处女？"

"什么意思？"

"我也该砍了？"

"你怎么一样呢？你在后勤，要求不一样。"

"是啊，我是'航母'，享受赦免——可惜你不是大行长。"

"你想啊，机关一般干部里头中专文凭的还有几个，而你好歹混了个大专。"

"哦，我是混的？"

"不不不，我……唉，其实啊，就那么回事，你怎样人家也是怎样。你别看那些人现在有个本科、研究生什么的，屁！想当年，他们考大学、考中专都考不上，才招工、招干进银行、工商、税务什么的，连我们现在这个总行行长都是招干出来的！所以，你千万不要自卑。"

"如果给评一个不称职呢？"

"不至于吧？你又没犯错误，又没得罪人！"

看来，关于叶素芬被评为"基本称职"的事，方浩铭还不知道，她既欣慰又伤心。欣慰的是没给他添乱，伤心的是他竟然如此不关心她。她长叹一声，从床上起来，倒了两杯水，递一杯给方浩铭，自己也喝。喝完，到外面洗脸，回来坐到另一边床头开电视，调来调去，想找一个精彩的节目。

"看什么，没什么好看的，还不如我们自己演！"

方浩铭突然说，猛地将叶素芬抱到自己这头，热烈吻她……然而，他自己关键的却迟迟没能启动。这是从未有过的，好不狼狈。

叶素芬推开方浩铭，转而问："你们行肯定受表扬了吧？"

"目前，肯定是很好，存款、贷款都大幅增长。没什么起色的还是资产不良率问题，那些破烂账太难收了！这次回去，我准备再找一下李书记。解铃还须系铃人，过去的不良资产问题还是要找政府。"

"就是我那个老乡？"

"是啊！要是没有他……嘿，要是没有他，哪来我今天！"

"他对你支持很大？"

"那还用说？说出来吓你一跳。你知道吗？现在清溪流行一个口号，叫'远学孔繁森，近学方浩铭'！"

"哈哈哈，笑死人了！你那人模狗样的，还配人家学？"

"真的嘛！是李书记亲口在全县科级干部大会上说的，不然谁敢开这样的玩笑。"

"那只是开开玩笑！"

"绝不是开玩笑！去年各类县级先进现在评差不多了，我们教育银行是'支援地方建设先进单位'，我个人是'实践三个代表'积极分子。不信，下次回来我带奖状给你看。"

"凭什么？就凭你是老乡的女婿？"

"那不是哩，公私分明。你想啊，'红军巷'旧城改造是全县工作的重中之重，却因为资金问题卡在那里，英雄好汉被一夫当关。其他银行只说不做，贻误全局。我一到清溪，很快就贷给他一千两百万元，全局起死回生。我立了这么大的功，他给我这点表扬算什么？"

"算你走狗屎运！"

"那是！没有机会，你有天大本事也是空的。但是，你要是没本事，给你机会也是空的。别的行长不是早在清溪吗？他们还早报了，为什么贷不下来？"

"哎，李书记跟我父亲是什么关系？你有没有问？"

"问过。可他没说什么，只是说'叶首沛，嗯……是个好同志！好同志！'"

"好同志？"

"是啊，打官腔，真奇怪！我现在都在县政府招待所吃饭，县里头的领导，没带家属的都在那儿吃，混得很熟。吃完饭，还一起散步、打牌，像朋友一样随便。在朋友面前，他简直是个活宝！他的拿手好戏是学毛主席在开国大典上宣布：中华人民——共和国——中央人民政府——成立了——！"方浩铭学李书记，操湖南腔，歇斯底里，面红耳赤，青筋暴跳，并用拳头用力捶着心口制造出颤音，滑稽可笑，"可在谈这事的时候，他却跟我打官腔！"

"不瞒你说，我总觉得我父亲有点怪，像个谜。"

"方便的时候，我再问问。"

很自然地聊到池子林。他的房子拆了，要找新的事情做，找新的店面。一时找不到好的门路，也找不到好的店面。元旦来川州大街小巷逛，发现卖性用品的商店很多，店面很小，成本低。买的人不好意思讨价还价，生意挺好做，他回去就开了一家"性福小商行"。那天开张，方浩铭还以个人名义买了个花篮摆到那门口。池子林请了两桌客，他又光临捧场，但送的"试用品"他坚决没要。他说："我现在后悔了。如果要了，现在可以试试！"

"恶心死了，要那些乱七八糟的干吗！"

"说真的，等忙完这一段时间，如果还不行，我真的要去看医生了！"

"随你。没用更好，我更放心！"

"那不敢哩！那我还做什么男人？不如出家当和尚去！说实话，那天池子林给我的时候，我也想要，过后还想去找他要，可我又觉得那没意思。要是没有问题，好好的，用那些东西……怎么说呢？我觉得……觉得像是榨……榨什么的，好像要把我骨子里头的精髓榨出来……硬榨出来，而不是自然的，简直是……是硬榨自己的性命！"

"'末位淘汰'、'甘蔗原理'之类的东西，还不是跟催情药一样，硬榨我们员工的精髓？"

方浩铭吓了一跳："你怎么能这样想呢？"

"难道不是吗？"

叶素芬又做噩梦了。醒来想继续睡睡不着，想起床又无精打采。看时间不早了，只好起来。进卫生间，不想身子还是很虚，一不小心就滑倒，右脚扭得很痛，爬都爬不起来，只好大叫方妮。

方妮背起沉甸甸的书包正在出门，听到呼救，赶忙跑过来扶。母亲痛得迈不开步，女儿则说："妈，你要勇敢点！你看解放军打仗，受伤了照样猛冲猛打。"

叶素芬笑了笑说："你扶我多走几步，活动活动血脉，我也会好好的。"

叶素芬忍着剧痛，让方妮搀扶着走出卫生间，在客厅一圈一圈地走。方妮要上学了，扶她到床边。她想休息一下就起来，谁知怎么也站不起来。脚板肿了，钻心一样疼，一站就要跌倒。直到七点五十分，她还挣扎不起来，只好挂电话给郭章楠，细说摔伤经过。郭章楠安慰说："没关系，你就在家休息吧！"

叶素芬为难地说："小方下去了，女儿又上学了，家里没一点儿药。"

"我帮你买。"

不久，门铃响。叶素芬知道是郭章楠来了，掀开被子下床，可是脚一动就疼得要死。她一面大喊等一下，一面忍痛起来，用小椅子撑着，一步一步拐到门边。看到果然是郭章楠，她感动不已——心里发誓再也不偷偷骂他"臭蟑螂"了。她疼得满头大汗，再也走不动了。她接了药，坐到门口的地板上，马上涂擦。郭章楠告别离开。她努力笑了笑，说："郭主任，我的脚真的很痛，我实在走不动……"

"没关系，你尽管休息。"郭章楠善解人意，"我们不比业务部门，多一个少一个还不就那么回事！"

"我能上班！"叶素芬说，"当然，办公室是没法去，但没关系！我脚没办法走，又不是脑子没法动手没法动。这一段我们的工作主要是学习宣传'甘蔗原理'的事，帮领导写学习笔记我可以在家里做，各支行的演讲稿可以叫他们用 E-mail 发到我邮箱来，我可以在家里看，看完改完再用 E-mail 发给您审。"

郭章楠忍不住发笑："有必要吗？"

"郭主任！"叶素芬急了，"您知道，去年，我父亲去世，我多请了假，结果，考评成那样子。今年，要是再考评不好……"

"既然是这样，那就随你吧！"郭章楠最后说。

怕方妮偷偷上网看黄色东西，叶素芬将家里的宽带网撤了。现在，只好请郭三妹帮忙到邮局交钱开通，并请她帮忙买菜，送过来再帮忙做些家务。

吃饭时，方妮嚷着要跟郭三妹坐一边。叶素芬感慨说："我们如果是一家人多好啊！"

郭三妹叹道："我哪有这么好的命！"

"你看，你跟我家方妮多像姐妹！说实话，如果允许，我真的想再生一个，不管男的还是女的！才一个，太少了！如果多一个，像你们现在这样，两个孩子往我面前一坐，那多好啊！"

"那我就有姐姐了！"方妮欢欣地说。

郭三妹却变得悲兮兮："我姐妹倒是不缺，缺的是妈妈。"

"唉，我如果早点结婚，像你这么大的女儿完全生得出。你想啊，以前的女人，十四五岁就结婚……"叶素芬注意到女儿在场，"没生没关系，我们可以结拜啊！"

"真的？"

"你愿意吗？"

"愿意啊！以前，郭主任老婆也说要我做她干女儿，可他们离婚了。如果你们不嫌弃的话……"

"我怎么敢嫌弃呢？这么漂亮的女儿，做梦都想啦！只是……还得跟我家浩铭说一下。"

"那我……叫他：干爹！"

叶素芬很高兴，马上谋划起来，说等方浩铭同意，要请人挑个好日子，到郭三妹家里说一说，送个礼，请几桌客，隆隆重重，正正规规。她说着说着，突然叹息："唉，没本事啊！要是有本事，单位开除就让它开除，自己赚钱去，想生几个就几个，要罚款就让它罚。可我们两个都没本事。为了这个饭碗，宁愿牺牲孩子，宁愿断子绝孙。你看余明玄，他以前也是干部，违反计划生育政策，出来自己干，赚了很多钱。现在儿子女儿都长大了，又叫儿子早早结婚，儿子前几天又生了儿子，准备还想生一个孙子或者孙女，准备好了钱让它罚。自己边赚钱边玩，天天一大堆美女围着，多潇洒啊！"

"真看不出来，那么年轻就当爷爷了！"

"看他唱歌跳舞那样子，还年轻得很哩！"

郭三妹看了看旁边没人，但还是压低了声音说："那个人实在花心呀！那天晚上，我们吃饭的时候，他偷偷问我，我要多少钱愿跟他。"

"真不清楚！你可别上他的当！"

"不会哩，我说我已经有男朋友了。"

"哎，你真的有了吗？"

"没有。"

"真的？"

"真的嘛，骗你呀！身边围着的男人是多，可是真心想娶我的，我又喜欢的，一个也没有。"

"别要求太高，差不多就行了。"

"我要求一点儿也不高，只想找个有稳定工作的，哪怕二婚都不嫌。可人家看我是临时工，谈恋爱玩玩是可以，一到谈婚论嫁就跑。"

"也真是！人家都说现在找工作比找老婆还难！"

这时，郭三妹手机收到一条短信，看了大笑。叶素芬连忙凑过去看："现代美女宣言：把六十岁的男人思想搞乱，把五十岁的男人财产霸占，让四十岁的男人妻离子散，把三十岁的男人腰杆搞断，让二十岁的男人出门要饭！"

"哎哟，我的小妹——干女儿，你可不敢这么狠啊！"叶素芬笑道。

"我哪有那本事啊！"郭三妹说，"你哟，你……对了，你可得当心啊，别让方行长——我干爹……"

"他才不会哩！你干爹算什么呀，谁看得上他啊！"

"那说不定哦！"

"哎呀，知夫莫如妻，我还不知道他！他嘴上说说是会的……我跟你说哩，实在好笑啊！你猜他的梦中情人是谁？"

两个女人越谈越投机,一餐饭也要吃两三个小时。只不过她们是吃完了,坐在饭桌上干聊,没酒也没茶。叶素芬想请郭三妹就在这儿午睡,可她说睡不来生床铺。送她出门,她转下楼梯时还回眸一笑,并抛了个飞吻:"干妈,再见!"

就在这一刹那,叶素芬心里发凉:要是真的认她干女儿,她经常到我家来……我可不能引狼入室啊!她马上取消了结拜的念头。等郭三妹追问,她便说:"我家浩铭也很……很希望能有一个干女儿,可是怕人家说闲话。"

有郭三妹的帮助,叶素芬生活上的困难基本解决,也就没把摔伤的事告诉方浩铭。叶素芬很感激她。作为报答,主动帮她写了一篇"甘蔗原理"学习体会。

才一星期,叶素芬的脚就基本好了。星期一稍微不痛,她就跛着去上班。碰上同事问起来,她略述摔伤经过,重点强调上星期在家照常工作。

这时候,行里发生一件大事。

市分行办公室副主任兼团委书记于雨鸿虽然读财经专业,却很喜欢文学,在全国各地报刊发表过不少文字。最近,他在《川州日报》文艺副刊发表小小说《斯巴达的游戏》。

说一个古希腊斯巴达的长老,身穿中山装,腰佩长剑,负责检查婴儿、训练童子军。那里的婴儿一出生,要接受长老的检查,健康完美的留下,稍有问题便扔到一口深不见底的井里头去,不许父母养育。接着,用烈酒给婴儿洗身。如果婴儿经受不住烈性酒精的刺激,出现昏厥,就任其死去。一到七岁,男孩子要离家编入军队,接受严格的军事训练。这训练主要是做游戏,要求排成纵队朝前朝他挤来,掉后头的被挤到一口放满各种蛇的枯井里头去。有个眼睛特大的童子军建议说:"同样是为了鼓励竞争,'末位淘汰'不如'首位竞争'。"长老猛然拔出长剑,将他从头到脚劈为两半,小小睾丸也是一边一个。在大家目瞪口呆、气都不敢喘的时候,长老一边用衣袖揩长剑上的热血,一边高声宣布:"他是斯巴达的败类!雅典的走狗!"

这小说读来有点恐怖，很容易联想。问题就出在这儿。有人写信向总行反映，说这篇小说影射了全行正在轰轰烈烈开展的"学理论，迎奥运，人人争当业务冠军"活动。总行马上要了这小说上去看，但考虑是地方党报公开发表的，未置一评，只要求川州分行了解一下。

伊行长要求于雨鸿写个情况说明，并尽快"把自己拉的大便舔干净"，即写篇抵消《斯巴达的游戏》影响的文章在《川州日报》发表。班子会上，伊行长说："要不要对小于进行处理，等总行定性后再考虑。我们可以先将我行开展'甘蔗原理'学习活动的情况，向省行作个汇报，附上小于写的情况说明，请省分行转报总行。"

"凡事都有两面性。"伊行长提高了音调，"这事首先是不好的事，但可以变成好事。总行注意到我们这小小的川州行，这是个机遇。要好好搞个汇报，着重汇报我们行学理论、见行动、促业务的情况。希望宣传部好好总结一下，在这个月底以前报上去。要在行内行外大力宣传我们的学习活动，用正气压住邪气！"

这可把宣传部两个人坑苦了。本来计划两个月做的事要提前到一个月里做，本来只是应付应付的现在要当真来做，手忙脚乱。

星期四下午组织学习，重点讨论"甘蔗原理"与《斯巴达的游戏》，人人必须发言，不能离岗或出差在外未参加学习的必须交书面发言。这实际上是"揭发批判"于雨鸿，很快将他说得一塌糊涂。叶素芬不相信文质彬彬的小于那么糟。不过，认真想了想，她想到他在《斯巴达的游戏》里写睾丸，觉得这个人思想意识健康不到哪儿去，很想从这方面说一说，加他一条罪状。不过，她觉得这样有点过分，转念一想他在去年考核中肯定也打过她的低分，便觉得这是报应。所谓"君子报仇，十年不晚"真是不假，现在还一年不到。她坦然起来，决定就这么说，还可以让大家觉得她发言有新意有水平。

真轮到她发言时，她又想没人这样说过，可见这样说不妥，不能太标新立异，乱上纲上线，那样也会让人看不起。于是，她跟着人家的调子说："我深有同感，觉得《斯巴达的游戏》形式上是荒诞的，内容上是荒谬的。"

组织下基层检查学习"甘蔗原理"的笔记,郭章楠和叶素芬各带一组,分片下去。

郭章楠说:"你如果要看老公,就到山区片;如果要照顾女儿,就到铁路沿线片,你自己挑吧!"

"我还是照顾女儿吧!谢谢主任关照!"叶素芬报以一笑。

郭章楠对抽调来参加检查的几个人强调说:"检查一定要严。我们行很可能成为一个典型,上面很可能会来看。我们要认真把关,事先把工作主动做好做扎实。等到被上面查出问题,那就麻烦了!"

第一站到乐野支行,查一个下午还没查完。支行吴行长一看不对头,快下班的时候打电话给郭章楠,说:"你们小叶今天在这儿检查,等会儿请你老人家一起来吃个便饭。"

"吴行长太客气了!"郭章楠是个精明人,"怎么样,检查还可以吧?"

"不知道,还没完。我手头有点事,没过去看。"

"不会吧,怎么还没完呢?我问一下。"

原来,叶素芬觉得不能争当业务冠军,只能在自己岗位工作中更认真一些,一丝不苟。检查学习笔记,碰上没按格子写的,要逐字逐句逐段逐页地算字数。郭章楠感到又好气又好笑,自言自语骂道:"真是扛牌不知道正歪!"他在电话里直说:"算了,大概估一下就行了!照你这么数下去,半年都检查不完。"

这不是批评吗?难道后勤工作就不要争当冠军吗?叶素芬感到很委屈,一遍遍骂"臭蟑螂",一番番睡不着。

第十章
蚂蚁密密麻麻

在瓦尔登湖畔，亨利·
戴维·梭罗目睹到一群红
蚂蚁和一群黑蚂蚁奋身作
殊死之战，认为"人类的
战争还从没有打得这样坚
决过"。

　　川州市分行"学理论，迎奥运，人人争当业务冠军"活动取得巨大成就，经验总结上了《中国教育银行报》，占头版大半版，其中重点介绍清溪支行通过这一学习运动，存款、贷款等主要业务猛增，引起当地社会开展"远学孔繁森，近学方浩铭"的活动，两个文明建设协调发展。

　　为此，伊行长在行务会上点名表扬文明办和叶素芬。郭章楠开会回来，告诉她："伊行长说'文明办的同志在这次学习与实践运动中带了好头，基层行反映他们的工作非常扎实，是说那个——就是那个方浩铭的老婆是吗？'我说是是是，叫叶素芬。"

　　"还表扬呢，连我名字都不知道。"叶素芬不满地说，但心里还是高兴。

　　"人家大领导嘛，一时想不起来。能记到方浩铭老婆已经不容易了！"

　　叶素芬立刻电话通告方浩铭，掩饰不住由衷的喜悦："真是时来运转了！"

　　"该轮到提拔你了！"方浩铭笑道。

　　"我女人家……多提拔一下你就行了！"叶素芬差点说"能不下岗就行了"。

　　叶素芬也把这事告诉郭三妹。郭三妹反应平淡，只说了一句老气横秋的话："那是不错。"

　　看来，郭三妹也不知道叶素芬上年度被评基本称职的事。这么说，只要今年不再被评很差，下岗不搞到机关，那事影响不大。

　　这次行务会还决定，要进一步深入开展"学理论，迎奥运，人人争当业务冠军"活动，把公开竞聘机制引入市分行机关，对团委书记职位实行竞聘上岗。消息传出，引起很大震动。不要像方浩铭那样下基层就可以提拔，多难得啊！许多年轻人摩拳擦掌，跃跃欲试。不过，也有一些负面影响，议论说这明显是秋后算账，变着法子整现任团委书记于雨鸿。

　　于雨鸿本人反应更激烈，第二天便递交辞职报告。

　　在这份报告中，他声称"为着金融事业而来，也为金融事业而去"，借用美国著名银行家阿马代奥·彼得·詹尼尼的话猛烈抨击说"银行不是政客活动的地方"。甚至将一些时尚的企业管理方式与绑匪相提并论："你怕下岗是吗？我就用'末位淘汰'来恐吓你，——好比绑匪：你怕死是吗？我就用死威胁你！你怕死人是吗？我就用杀死人质来要挟你！"

他说《斯巴达的游戏》确实与此无关。他真的做过那样一个荒诞的梦，醒来一回味觉得有点意思，就记录下来，稍微加工变成小说，在"甘蔗原理"出笼之前就投稿了。再说，他上网查过，英文网页压根查不到所谓美国管理大师Ferrar Cape（即费拉尔·凯普）这个人，中文网页也只有跟中国教育银行有关的条目才可查到。换言之，"甘蔗原理"不过是中国教育银行伪造的著名理论。

这份充满火药味的辞职报告洋洋洒洒上万言。更可怕的是，利用本行网络，于雨鸿将这份材料同时发给全国教育银行各个能找到的信箱。

行领导非常恼火。本来按劳动法规定，辞职要提前提出，等行里批准，然后解除劳动合同，予以经济补偿。给这样一闹，行里连夜开会，抢先一步决定：鉴于于雨鸿同志严重违反本行网络管理规定，予以开除处分。

于雨鸿年轻气盛，根本不在乎。他早上还来上班，人事部却向他宣布开除决定。他愣了愣，说了一句鲁迅《纪念刘和珍君》中的一句话："我向来是不惮以最坏的恶意，来推测中国人的，然而我还不料，也不信竟会下劣凶残到这地步。"

其他什么话也没说，简单收了几样个人物品，就扬长而去，连声"再见"也没有。像是失踪，妻子知道他到省城去了但也联系不上，害得行领导度日如年——不知他又要干出什么惊世骇俗的事来。

半个来月后，于雨鸿突然回来，在宿舍区张贴出一张A4纸，说现因到外地工作将本人的房子转让，并根据有关规定优先考虑转让教育银行员工。

叶素芬一看，立即掏出手机给方浩铭打电话："我找到房子了！"

于雨鸿这房子跟叶素芬家的房子同在一个院子，但在另一幢。这院子像个长方形的井，四面高楼，中间留了一个多篮球场大的水泥坪。叶素芬这幢坐南朝北，于雨鸿那幢坐西朝东，刚好形成一个三角。他的房子面积跟叶素芬家的一样，但是在三层。方浩铭表示不满："楼层太低了，采光不好。"

"没关系。我们现在的房子虽然楼层高，但是川州空气这么糟，到处是粉尘，窗户窗帘都要紧关，还不是经常大白天开灯？再说，我们只会越来越老，将来一层楼也难爬，怎么爬九层啊？"

"还有……朝向也不好——特别晒，热死了，你受得了啊？"

"现在有空调，特别晒怕什么？有钱难买阳光。"

"那……随你吧！反正我在家没几天，你爱搬就搬吧！"方浩铭看叶素芬那么坚决，又找不出什么理由反对。

叶素芬紧接着给于雨鸿挂电话，当天谈妥，第二天办手续。本来他们夫妻闲谈过，如果再搬家，要把房子如何装修得更好。现在她急于逃离，根本没心思讲究，简单粉刷一下就是。

最花费的，算是做那个神龛。在吃饭间不太显眼的墙上，她请人打造一个小洞。本来想安上父亲的灵位，又想这毕竟算方家，而方家父母尚健在，安他爷辈又远了些，最后她决定安佛像，有神灵保佑她一小家子就行了。

这样，才十来天就乔迁新居。

通过一段时间学习，叶素芬本人也提高了对"甘蔗原理"的认识。上下班路上一看到卖甘蔗，她就会联想到"甘蔗原理"。

你看那甘蔗兜，被削了好些根须与皮，多取了一部分茎，被充分利用，尾巴则被直接砍掉。所取部分，一旦被啃嚼被榨掉了甜汁，也是随时要被丢弃的。作为一个职员，如果属于蔗尾或蔗渣，被淘汰那是多么天经地义啊！银行家不是慈善家，绝不会给穷人雪中送炭，也不可能给员工开福利院。银行家天生是狠心的家伙！你要么不跟他同流合污，要么你就得容忍并学他那样铁石心肠，唯利是图。

叶素芬啊叶素芬，你有本事当行长吗？没本事，你就乖乖地认了！你有本事炒行长吗？没本事，你就乖乖地认了！何况，现在行长表扬你了，说明没把你看成蔗尾！至于成蔗渣，那是将来的事，像死亡一样，那是每一个人都不可逃脱的，包括行长在内，那不必去恐惧。

"甘蔗原理"多么深刻啊！

于雨鸿事件使得川州教育银行变得乱哄哄，而"甘蔗原理"像强效的安眠药，使叶素芬的心变安宁起来。

尽管已是下午，又有灿烂的太阳，办公室还是冷。几扇大窗的玻璃全关闭，还可以听到窗外的杂音。工地也许完工了，只传来几声丢弃木板的响声。走廊上则静悄悄，办公桌上的电话一声未响，只有电脑键随着指头敲击持续地响着。叶素芬在电脑上整理工会账目，休息一下，马上感到了这种宁静。她起身上卫生间，这才发现整层楼十来间办公室除了她这一间全关着，这才想起上午下班时在黑板上看过：下午三时在十三楼上党课，全体党员和入党积极分子参加。

这样的党课每季度一次，这样的宁静经历过几十次了，可叶素芬只有这一次注意到。她突然想：我怎么能不是党员呢？

后勤部门只有这几个。行长办公室与党委办合署，只有党员才能胜任；人事部与党委组织部合署，只有党员才能胜任；监察室与党的纪委合署，更只有党员才能胜任；工会（文明办）与党委宣传部合署，还不同样只有党员才能胜任？

以往，叶素芬对政治敬而远之，认为只要当好贤妻良母和一般职员的角色就行了。她甚至认为，不是党员还可以省些事。今天她突然意识到：随着改革的深入，如果不改革自己，今天不被淘汰，明天、后天还是可能被淘汰。如果是党员，这次也可以去竞聘团委书记，说不定也像方浩铭一样捡个小官当当。不仅可以当团委书记，还可以当党委宣传部长之类，何惧"末位淘汰"？

叶素芬是个急性子。她马上写入党申请书，但刚写下标题就难住了。有关党的知识有意无意她平时工作也接触过不少，现在真要写时又不知道从何下手。她打开壁橱，搬出一大堆有关党务的杂志，翻了一本又一本，没找到一篇可以直接抄，急得要死。这时，郭三妹上来换衣服，问她找什么。她含糊说找点资料，头也没抬，继续翻找。

"你这样找累死掉哦！"郭三妹换完衣服，提醒说，"你不会上网搜索一下。"

叶素芬立刻叫起来："真该死！这都忘了！"

叶素芬仍然没告诉郭三妹在找什么，也没立即转到网上，而忙于收拾杂志，刻意等她离开。她刚走，开会的人回来了，郭章楠特意走到她办公室门口问："还不下班？"

"马上就走！"叶素芬嘴上这么说，屁股却在椅子上坐下来。她登陆Google，输入"入党申请书"五个汉字，一秒多钟就显现出三万七千两百多个条目。她打开第一条，是篇完整的范文。她看了一遍，觉得很好，一个字都不必改，下载打印，只要填一下自己的姓名和日期就行。要不是已经下班，她会马上递交给郭章楠。

晚上，叶素芬脱得只剩胸罩短裤，抓了浴巾正要进卫生间，茶几上的电话铃响了。她犹豫一下，将浴巾披上肩，还是去接。

"你在干吗？"是方浩铭。

"没干吗。"

"响这么久没人接？"

"不会吧！我正要去洗澡，还是跑出来接了。"

"是吗？这么巧！"

"骗你呀？我就披个浴巾，冷死我了！什么事快说！"

"那你先去洗吧！哎，要帮忙吗？"

"你的手有那么长吗？"

"有啊！你闭起眼睛，我的手就在你身上，抱着你，吻着你。"

"嗯。"

"怎么不说话？"

"轻点，女儿在那里做作业！"

"好吧，快去洗吧，——洗干净点！"

洗浴的时候，叶素芬感觉好极了。她在镜前久久地端详自己，几乎不敢相信自己变得真有点漂亮起来。肤色本来就不错，人一瘦脸就俏，身子婀娜起来，这可是做姑娘的时候就想要而没能要到的啊！难怪方浩铭又回到热恋状态，熟人都惊叹，而郑兴哲之流则色胆包天伸出了魔爪。

然而，叶素芬又突然发现瘦得难看。以前，脸是圆的，嘴显得很小，两边有酒窝，挺可爱。可现在，两腮都没了，只剩下嘴，好像狗嘴猪嘴样的突出。何况，乳房变得松软下垂，肚腩厚起一包脂肪，一道道妊娠纹清晰可见……她联想起老太婆那枯树皮样的裸体，感到可怕极了！这一身姣好的胴体也将变成那样，那样……那将多残酷啊！

叶素芬不想想那些乱七八糟的问题。她想逃避，一遍遍淋浴。一会儿把水开热，烫得受不了；一会儿又开冷水，冷得发抖。

"妈，电话！"方妮擂着门叫喊。

叶素芬这才发现自己今天有点失态。

电话一通，方浩铭就责问："你这个奸老虎的，怎么洗这么久！"

"会吗？"叶素芬真不知洗了多久。

"还不会？我等了半个来小时，挂电话，没有接。又等，又挂！把女儿都吵来了！"

"你不是叫我洗干净点吗？"

"洗干净又有什么用，浪费水！"

"好了好了，别生气，什么事快说吧，——好冷啊！"

"明天是周末，你下来玩好吗？"

"你是大忙人啊，还有心思玩？"

"陪老婆嘛，天塌下来我也不管了！"

"哄鬼！这么长久都不回家，你心里还有我？"

"哎呀，你要我怎么说呢？正因为很长久没回家才想老婆呀！"

"狗屁！"

"你再不来，我就叫茹茹来喽！"

"有本事去找啊！你如果找得到她，我保证让贤！"

"嘿嘿，那是不敢咧！什么狗屁茹茹，河里的鱼树上的鸟，还是请你来吧！"

叶素芬信了，但是感到为难："去是可以，嗯……只是不方便……"

"怎么不方便？我叫车子专门去接你！"

"不是……是……我……红红的来了。"

"没关系……我们……我们就……就不那个嘛！"

"那你还要我去干吗？你肯定有什么事，你不说清楚我偏不去！"

"好吧，给你实说吧！你还记得阙榕生吗？"

叶素芬想了想，想起来："我初中时候的同学，是吧？"

"还是你的暗恋者吧？"

"胡说八道！"

"老婆同志，我给你说正事呢，真的！阙榕生现在是省烟草公司的一个处长，昨天到我们县来检查工作。今天晚上李书记请他吃饭，叫我去陪。喝酒的时候谈起来，我才知道你们是同学。李书记叫我去陪，也是有目的的。我想叫他发个话，让县烟草公司的户头集中开到我们行来。烟草也是有人管，没有上头的话，县烟草不好得罪人，各家银行分一点，撒胡椒面样的。李书记跟我很铁，但我怕他的面子不够，所以想请你来补一枪。"

"你的工作，关我什么事？"

"我的事就是你的事啊！计划生育，丈夫有责。当好行长，老婆有责嘛！"

"你越来越油腔滑调了！"

"有什么办法呢？我已经跟阙处长说了，刚好你明天会来探望本丈夫，多留了他一天，约好明天晚上一块吃饭。"

方浩铭果然派了车子来接。可是，他又挂电话来，说阙榕生变了，马上要走。他说："我现在正跟阙处长喝早茶。来，你们老同学说说。"

阙榕生接过电话，嗓门很大："哎呀，老同学——好久不见啦！高升行长夫人了，恭喜啊！"

"他什么行长啊，哪比得上你大处长！"叶素芬谦逊说。

"听说你今天要下来'收公粮'啊？"

叶素芬知道"收公粮"是一句黄话，意思说夫妻那档子事，一听脸就发烫："什么呀！方浩铭叫我去看你，你一点儿也不领情，还要笑我，真没良心！"

"看我？那不敢当！不敢当！"

"当官了，看不起我们平民百姓了！"

"哪里哪里，实在是迫不得已！我们局长要我赶回去，我敢不听吗？我也是打工啊，迫不得已，身不由己啊！"

就这样聊了几句，十几二十年阔别变成了前天或者昨天。

跟阙榕生告别完，叶素芬对方浩铭说："不用看老同学，也不用去看你吧？"

"这怎么能相提并论呢？同学是同学，老公是老公嘛！"方浩铭叫道，"车子都快到了，你不来也是白跑。哦，还有，你不是说要带女儿去拜那个女菩萨吗？我们今天中午刚好安排在那里吃饭！"

没多久，荒凉的滴水岩就变热闹。附近盖了几幢简易房屋，向城里来的游客供应农家饭菜。今天方浩铭在这里接待县医保部门的人，因为想把医保的账户从另一家银行挖到教育银行，一早就接了他们，在树林间泥地上设桌打牌。

夏雪一起在这里陪客。一见叶素芬从车里出来，马上扔了牌迎上前，大姐长大姐短地叫，让外人看了以为她们真是姐妹，让叶素芬听了心里直发毛：要是她整天这样黏着方浩铭……

这里的菜是农家煮法，一只土鸡炖一大脸盆，一只土鸭又蒸一大脸盆，货真价实，一个个胃口大开。方浩铭借题发挥："我们老家说，在野外煮东西，土地公洒了尿，所以煮什么都特别好吃。"

众人笑了。方妮却不想吃了，抓着那块鸭腿吃也不是扔也不是。叶素芬连忙说："你爸讲笑话！世上哪来土地公呢？那是迷信！"

方妮还是不高兴。夏雪见状，端起杯子敬她："来，我敬一下这位小千金，祝你好好学习，考试一百分！"

方妮立刻高兴起来，端起可乐跟夏雪碰杯，并甜甜地说："谢谢阿姨！"

叶素芬则不悦了。方妮刚喝一口，她就命令道："小孩子在这里凑什么热闹！去，吃饱去那边看书！"

　　方浩铭知道叶素芬的心思，借口到郭三妹家里看一下，带了妻子女儿提早离席，悄然到景翩翩庙烧香，祈求女菩萨保佑方妮考好书。从庙里出来，又到滴水岩转。尽管已是下午，游人还是不少。有的人也掏出纸钞折了小船之类放进泉流。方妮看了，朝父母挤挤眼，笑了笑，但没兴趣再折什么。

　　从滴水岩出来，时候还早，继续在林间打牌。夏雪和刘金文让给方浩铭和叶素芬打，叶素芬没客气，只顾要求方妮："你搬张椅子到那树下看书去。"

　　夏雪默默地坐在叶素芬身边看打牌，看得津津有味。叶素芬感觉着她的呼吸，嗅着她身上散发出来的幽香，心情怎么也平静不下来，老出错牌。叶素芬暗暗打量她，从上到下挑剔。她的胸部高耸诱人，可那肯定是假的，骗得了男人骗不了女人！乳房真大的怎么也会下垂些，像她这样直挺挺着，肯定是胸罩撑的。哼，方浩铭真会喜欢这样的女人吗？

　　忽然，夏雪轻咳两声。她连忙取了餐巾纸，起身转过身接痰，又走到几步之外的凤尾竹丛边，将纸团扔进草中。这让叶素芬心里又变不安起来：看来她很有修养啊！

　　池子林有事跟方浩铭打电话，听说叶素芬来了，硬要请他们一家吃晚饭，推辞不了。

　　"老同学了，搞这么复杂干什么？"方浩铭到了酒店还想退出，"到你家里随便吃点就行了，何必这么破费！"

　　"吃餐饭算什么破费？"池子林拥着方浩铭带头入席，"我现在那里，家不像家，店不像店，又卖那些乌七八糟的东西，伤风败俗，不敢污染了你这位祖国花朵！"

　　"那你自己几个孩子怎么办？"

　　"那有什么办法？总要吃饭啊！"

　　池子林妻子要看店没法来，孩子也没带，特地请了三位中学同学作陪，一位是副镇长，一位是老师，一位也是开店的小老板，喝起来挺热闹。他们也问问教育银行能不能贷款买房之类，方浩铭借机宣传本行新推出的一种银行卡如何先进，共同的话题则是骂娘。

副镇长说他们镇副科级以上干部现在有五十多个，太多了，要砍，不知道谁倒霉。老师说他们也是人太多，也要砍，七考核八考核，考学生更是考老师，搞得惶惶不可终日。两位小老板没有下岗之虞，但是骂世道太黑，公安、工商、税务之流"吃、拿、卡、要"没完没了，连池子林店里那类玩意儿也不放过。

方浩铭附和着他们发牢骚："在我们银行，下岗已经是家常便饭了！不仅一般干部职工要下，有个一官半职的也要……就上个月，我们总行开始搞干部竞聘上岗，结果有七个中层干部丢官。听说省分行也准备这样搞，市分行和支行肯定要学。我这行长帽子也是大风大雨中的斗笠，一不小心就给吹掉。"

听人家说着下岗，叶素芬觉得是在揪她的心。方浩铭一番话，更让她坐立不安。她悄悄拉了方妮起身，溜去逛街。

男人喝酒喝到投机处，越喝越疯。最后还是方浩铭自己发现："哎呀——我老婆孩子怎么失踪啦？"

方浩铭打叶素芬的手机，信号不好，打了好久才联系上。

叶素芬和方妮回到小酒店，方浩铭他们已经站在门外等。告辞池子林等人，一家三口子散步到行里。

方妮见方浩铭手里提个塑料袋，便问："什么好吃的？"

"回去告诉你。"方浩铭回避说。

"不嘛，我现在就要吃！"

"不是吃的！"

"我看看！"

"哎呀，给你吃吧！"

方妮抢过袋子一看，失望得很："蛋壳，脏死了！"

"什么蛋壳？"叶素芬感兴趣了。

"你不是要蛋清美容吗？我找他们要了几个。"

"哎哟，什么时候学得这么……"叶素芬真想马上给他一个热吻，可是街上人来人往，只能偷偷旋转他一把屁股。她心里非常感动，没想到方浩铭又变多情起来，像是回到恋爱时光。她想，晚上他如果强烈要求，她应该同意。以前，经期里也不是没有过。

小县城的夜也是五彩缤纷，令人眼花缭乱。远在十几步，方浩铭发现立在街边人行道上的"性福小商行"灯箱广告，暗暗给叶素芬指了指。她点点头，以示明白这是池子林开的。他跟她耳语说："等女儿睡了，我带你去参观。"

"我才不去呢！"叶素芬不小心大声说，"恶心死了！"

正说着，走到"性福小商行"门口，叶素芬趁方妮不注意往半掩着门的里头瞥了瞥。里头比灯箱广告更暗，但她还是发现：池子林的小女儿正趴在柜台上做作业！她心里好一阵震撼，在那样的条件下学习多不容易啊，只遗憾不宜把女儿的注意力引到那龌龊之地。

方浩铭住在本行办公楼最顶一层。那本来也是办公室，因为常有行长、副行长来交流，就装修了一套，谁来谁住，没外来就空着。

这宿舍两室一厅一卫，设施齐全，但床只有一张。叶素芬和方妮一进门就发现这个问题，方妮主动说："晚上我睡沙发。"

方浩铭说："不用委屈你了，孩子！我叫人马上买一张钢丝床来。"

"就一个晚上，买了闲在这儿，白白占位置。"叶素芬说。

"那……我们到宾馆去。"

"算了算了，早不讲！你看现在几点了？"

"才九点三分，还早！"

"什么早，我女儿要做作业了！十点她要睡觉，你都忘啦？当什么狗屁行长，女儿都不关心了！"

"好了好了，别拖泥带水，我听你的！听你的！"

方浩铭连忙整理。茶几上杯盘狼藉，桌子上电脑边也有酒瓶、方便面、瓜子之类。前两天啃过的鸡爪、骨头扔在烟灰缸里，现在爬满了蚂蚁，密密麻麻。

"你怎么变这么窝囊了！"叶素芬找抹布擦桌子，边擦边唠叨，"猪窝狗窝也更清楚点啊！"

"我又没有五个老婆！"方浩铭嬉皮笑脸，"要不然，我派一个专门分管卧室，一个分管卫生间……"

"少啰唆，跟你说正经的！"

"没办法啊，一天到晚忙得……这都是几个同事来，来坐一坐，带了酒，一坐又很迟……"这时，方浩铭的手机突然响起来。他有点想接又不想接，可一看来电显示马上变得肃然起敬，"您好，县长……在哪儿……好，我马上来……十分钟，不，不超过十分钟！"

方浩铭话音未落，叶素芬就追问："你还要出去？"

"唉，没办法啊！是分管副县长！"

"我们银行不是不归地方政府管了吗？"

"可还得在地方生存啊，能不敬土地公吗？"

"那也看怎么个敬法，现在是八小时以外，都快半夜了！"

"哎呀，八小时以外能见到那是给你面子啦！他跟几个科局长在那里喝晚茶，那几个局长都是有分量的，我方某人平时想请都很难请到……好了好了，已经耽搁一分钟了，我保证了不超过十分钟！"方浩铭边说边开门穿鞋。

方妮在桌子上做家庭作业，叶素芬找了一张包东西的旧报纸躺在床上看。那报翻来覆去找不出一篇可看的，又很无聊，又很心烦，只好强迫自己看角角落落里的广告。

十点一到，叶素芬赶方妮上床睡觉，她自己则起来，开电脑上网。她记不清几个网址，只好打开记录，顺便查查方浩铭平时看些什么。记录中除了金融类网站，还有一些海外中文网站和女性网站。女性网站有些什么内容，想象也可以想象出来。她试着打开一个看，那并不色情，但美女图片一大堆，情感小文标题就叫你心惊肉跳，介绍性技巧则五花八门，不堪目睹。

你天天背着我看这些乌七八糟的东西？叶素芬准备责问方浩铭。

叶素芬不想上网了，想早点睡觉。方妮已经入睡，像在自己房间一样卷着整床被子，占着整个枕头。她将女儿轻轻地推到一边，轻轻地抽出一些被子，又轻轻地移出一些枕头，不想枕头底下露出一个小巧的东西，竟然是裸体女人。她马上想起，在网上见过，那是无聊男人的性玩具！这种龌龊的东西居然出现在方浩铭的床上！她怒火中烧，咬牙切齿抓起来狠狠地摔到墙角里。

那性具女郎被一摔，竟然发出肉麻的叫床声。叶素芬气极了，下床狠狠地跺它，直跺到它再也叫不出声音。

叶素芬泪如雨下，死命咬住嘴唇才没哭出声来。她走到房间外，给方浩铭挂电话："你给我马上回来！"

"快了快了，马上就回来！你先睡吧……"

"睡你个头，你马上回来！"

"你神经啊！我又不是在玩，我在工作，很重要的！"话音未落，方浩铭切断话音。

"工作，工作，你要我还是要工作！你这没良心的东西，我要跟你离婚，让你去工作！让你去玩乌七八糟的女人！"叶素芬独自骂道。觉得这样骂不解恨，又挂方浩铭的手机，"你马上给我滚回来！"

"你别吵了好不好？只剩两瓶了，喝完马上走！"

"你再不回来，你……我……我、我死给你看！"叶素芬嚷道，可是没等嚷完他就闭音。再挂，他已关机。

叶素芬又想到跳楼，又想到女儿，只能叹自己苦命，叹自己嫁错了郎。叹息之余，冷静一些，想到方浩铭刚才带回的蛋壳。如果他心里真没有她，怎么会又如此细心？

叶素芬心乱如麻。

方浩铭终于回来了。

做贼一样，轻手轻脚地开门，轻手轻脚地进门，摸着到卫生间，呕吐、冲水。然后轻手轻脚地出来，借着卫生间的灯光找水喝，找出毛毯丢到沙发上。轻手轻脚走到床边，轻轻地在叶素芬脸上吻一下，这才关卫生间的灯。出来碰到柜子，碰疼了膝盖，在沙发上躺下后边揉边低吟。

叶素芬根本没睡着。从他轻轻地进门，她就感到他是切实爱妻女的。

在吻她之时，她真想揽住他。可她心里仍然有气，气他床上有那样龌龊的
东西。这是不可以原谅的！绝对不可以！绝对绝对不可以！

不一会儿，方浩铭又到卫生间吐，仿佛五脏六腑都要吐出来。叶素芬
于心不忍，很想起来帮他一点什么，又想帮不上，又很不甘愿。她轻轻起
身将沙发上的毛毯拿了盖到自己身上。他吐完出来，满地摸毛毯，自言自
语说：“哎，这就怪了！我刚才好像有盖过吧，怎么会飞了？真是喝醉
了！”

叶素芬忍不住笑了。方浩铭听到笑声，开灯发现毛毯，一下扑过去：
“你怎么醒了？”

“走开，别碰我！”叶素芬生气了，将毛毯扔回沙发。

方浩铭强行抱住叶素芬，诚恳地说：“对不起！你好不容易来一次，我
是想好好陪你，可是事情实在是……实在是……唉！你不知道啊！早知道
这么累，打死我也不来当这个狗屁行长！”

“我不是说那个！”方浩铭的手稍微一松，叶素芬还是推开他，“我问
你，你背着我，干了什么见不得人的事？”

“没有啊？”

“还不老实！”

“我没干什么啊，你别神经过敏！”

“哦，你干了见不得人的事，还骂我神经？”叶素芬突然坐起来，摆
出一副要决斗的架势，嗓门也提高了。

“你别吵了孩子好不好？”

“你心里还有这个家啊？”

“我到底怎么啦？”

叶素芬指了指墙角的性具女郎：“那是什么？”

“哦，不好意思，——你别误会！”

“误会？你以为我不知道那是什么？”

方浩铭再次强行拥住叶素芬：“你听我解释好不好？那是池子林送给
我的，他那里有卖……”

“你们男人……没一个好东西！那个池子林，看上去人模人样的，没

想到也会干这么肮脏的勾当！下次再到我们家，我用扫把赶他出去！"

"其实，他是好心好意！"

"好心个屁！送这种东西，还好心！"

"你听我说哩！他是怕我去外面找乱七八糟的女人！我们是老同学老兄弟了，他直截了当说：那些小姐看上去是不错，其实脏得要死，要担道德风险、法律风险，还要担卫生风险，不要去碰。实在憋不住，我送你一个，自己解决吧！他真的带了这个来，扔在这儿。"

"扔在这儿？我看是你讨的吧？还当宝贝，藏在枕头下。"

"说实话，我看是看了一下，也摸了摸，但是没有用。"

"男子汉大丈夫敢做敢当啊！"

"真的嘛，骗你呀？你还不知道吗？我真的阳痿了。我找了书看，我想我是心因性阳痿，主要是因为工作压力太大了。再过一段，等我工作走上了轨道，我就轻松了，自然会好。"

叶素芬信了，只是说："你们男人真脸皮厚，什么都好跟人说。"

"朋友呗，不用说也知道啦！你看，今天你一来，他又塞给我这个！"方浩铭起身从衣袋里掏出几片药，递给叶素芬看。

叶素芬马上猜到了大概是什么，但还是问："什么？"

"壮阳的药，'伟哥'。"

"恶心死了！"

"我不需要这些东西。到时候，我自然会好！"方浩铭自信地说，说着从墙角捡起那性具女郎，打开窗户，连同"伟哥"一起扔出去。

"丢到楼下的人，找你麻烦！"

"才不会呢！那他走桃花运了，抱起来跑都来不及！"

两人发笑。

叶素芬将女儿往旁边推了一点，让方浩铭睡自己边上。他紧抱了她，紧握了她，耳语说："记得吗？以前，我们三个人睡，女儿跟她幼儿园老师说：'我爸爸的手真长，伸出来，我和妈妈睡在上面还有剩。'我现在的手还很长啊，还可以睡两个。"

"现在女儿要自己睡了。"

第十一章
渴求华南虎

《原化记》载：张俊亲眼见妻"为虎所禁，尸自起，拜虎讫，自解其衣，裸而复僵"，怒射大虎，又杀四小虎。

日子像穷人的钱一样不禁花，攥都攥不住。年年月月像一张张百元钞，不花而已，一花开，尽管找回一把零钱，没几天就光。

由于成功介入"红军巷"旧城改造项目，清溪教育银行贷款、存款猛增一大截，虽然绝对数仍不够醒目，但增长幅度令人望尘莫及。这样，利润跟上去，不良贷款的比率下降，都超额完成市分行下达的全年任务，员工精神大振，热情空前高涨，完成今年一季度以至全年任务应该不成问题。

只是作为一行之长，方浩铭不能像普通员工那样忘乎所以，在行务会和职工大会上都强调说："面对这样的好业绩，我们不能陶醉。大家知道，我们是最小的支行，最落后的支行，基数很小，目前这样一点业绩距离我们打翻身仗的目标还远。特别是，我们的竞争日益激烈。我们要与工行、农行、中行、建行、邮蓄、信用社竞争，在自己教育银行内部还要与其他支行竞争。逆水行舟，不进则退。如果我们满足于现有速度，总体上还将在很长一段时间里处于落后。"

于是，方浩铭在市分行下达指标的基础上自觉加大了任务，具体分解到实处。同时，不动声色地对工作重点适当调整，把相当一部分精力悄悄转移到内控方面，即对外要防抢劫、诈骗之类，对内要防贪污、挪用之类，千万不能出案子。一出案子，一票否决，业务再好也是空的。好比一个人，功成名就了，主要精力自然转移到养身保命上。

方浩铭的精神开始放松下来。以往参加市分行开会，他要忙到当天清早才出发，又可能当天傍晚就赶回，到了市里也没空进家门。现在，他会像其他支行行长一样头天下午启程，散会第二天才回支行，这样既可以好好跟同僚们干干杯，又可以陪陪妻子女儿。

这天晚上方浩铭喝得不多，九点多钟就回家了。

女儿房间走走，书房看看，厅上坐坐，最后和叶素芬并躺在被窝里看电视。他说："我好久好久没看电视了！好像就那一次，'次贷危机'开始席卷美国、欧盟和日本等世界主要金融市场的时候，直播专家讨论，我躲在房间看了整整一上午！"

"你敢在房间躲一个上午？"

"我没耽误工作。我的工作，除了请人吃饭或者被人请吃饭，开会给别人讲话或者听别人讲话，就是打电话或者接电话，这样的事在哪儿都一样。何况我还配了手提电脑。现代化就这点好，人家国外还时尚在家办公呢！"

"好的是当行长，没人查你的岗。"

"你别把我想象很糟！这么几个月，除了那次看'次贷危机'，我几乎没看过电视。"

"也没看茹茹？"

"没有，有空也上网。现在什么年代啊！以前说看电视比报纸好，天下大事当天就知道，现在网上更好，几乎可以同步，还可以看国外网站，信息比较客观。"

"都看些什么？"

"不瞒你说，很烦的时候，也上上女性网站，看看美女图片，养养眼，放松放松。"

"还有呢？"

"没有了。我整天忙得要命，哪有那么多时间。"电视节目不好看，方浩铭握着遥控器不停地换台，这时换到一个谈话节目，那漂亮的女主持人令他两眼发亮。"哎，这么漂亮，好像在哪儿见过？"

叶素芬依偎在方浩铭怀里，昏昏欲睡，这时抬起头来，不禁大笑，迭声叫道："快换台！换台！"

"换什么……哦，是我茹茹！"方浩铭终于认出来了。叶素芬抢遥控器，他不让，"你看，茹茹在跟我微笑！看，她又笑了！"

"她跟谁也笑哩，鸡婆样的！"

"不许你说我茹茹坏话！她只跟我笑！她在说话，跟我挂可视电话：'喂，茹茹！'"

"恶心死了！"叶素芬气急败坏，爬起来直接将电视关了，"你茹茹死掉了！你只剩下老婆了！"

叶素芬回到被窝，爬到方浩铭身上，吻住他的嘴，不让他再说胡话。他挣脱了，翻到她身上，忽然爆发，终于重振了雄风。然而，她觉得疼死了，某种深处剧烈地痉挛着，迫使她拒绝任何入侵者。

周末，方浩铭想到老牌友。

以前，他们几个人三天两头在一起切磋。周末下午一下班直接上牌桌，就在牌桌上啃方便面喝啤酒。有时中午也不回家，就在办公室干。可以说，几个人情同手足。他竞聘成功，牌友们都说要为他祝贺。可他上任心切，恨不能连夜开始新的工作，根本没心情享受鲜花美酒。现在，冲锋结束了，枪炮声渐稀，有机会坐下来抽一支烟，有心情欣赏一下奇山异水。

叶素芬说也要请一次同事，方浩铭一口答应。他跟郭章楠虽然没同过部室，也没什么私交，但毕竟是同事，一聚就熟。三巡酒一过，行长、主任之类客气了几句，很快称兄道弟起来，话也推心置腹。

"凭良心说，我对小叶还是可以的，只是我这官太小了，有些事心有余力不足。"郭章楠说，"像她入党的事，我说了我愿意培养她。可上面还是说，考核不好，指标又有限，目前不能列为培养对象。"

一听这话，叶素芬急了，连忙给郭章楠使眼色，示意他别说。可是来不及了，方浩铭听出了问题："什么考核？"

"就是……"郭章楠犹豫了一下，"就是去年，小叶的考核不大好。"

"她去年考核不好？"方浩铭不敢相信。

郭樟楠说，他还特地找过上官副行长，上官副行长还找其他行长协调过，可是谁也不愿意多一个不称职指标，好不容易才调成基本称职，仁至义尽。

叶素芬难堪极了，委屈极了，泪水滚滚而出。

回到家里，在方浩铭怀里还痛哭了一场。

他说："这事也怪我，没有早注意。不过没关系，今年注意一下就是。平时就要注意，像今天这餐客就请对了。什么考核，还不就那么回事，没什么好怕的。"

"要是今年再'基本称职'，那就完了！"

"不会哩！肯定不会，你不要胡思乱想！"

"要是……要是下岗了，你会养我吗？"

"你怎么这样想呢？"

"有的人下岗了，就闹离婚。"

"你看我是那种人吗？"

"不知道。"

"不知道？那你还敢嫁给我？"

"是你要我嫁给你呗！"

"那就是啊！"

"就是什么？"

"就是……就是，就是嫁给我啦！"

"那你如果不要我了，怎么办？"

"你说怎么办？"

"我不知道。"

"你有没有婚前好友、婚后好友喽？"

"我还有谁呢？才刚懂事就给你骗来，别人想要也没有机会。现在老了，没人要了。"

"我没说不要吧？"

"老实说，跟你以前的还有没有来往？有没有新的什么人？"

"有，但是不多。"

叶素芬抬起脸来看他，觉得他不像开玩笑的样子，头脑一下懵了，怔怔然不知所措："我知道你们男人没一个好东西！"

"那你说怎么办？"

"她在哪里？在川州还是清溪？"

"不在川州，也不在清溪。"

"比我年轻，比我漂亮，比我妖，比我骚，是吗？"

"那肯定比你年轻漂亮，要不然她怎么能在电视台？"

叶素芬这才发现又是玩笑，白怄气了，狠狠旋转他一把："你如果真有那个本事，我就让给她！网上说，林小茹的身价评估结果是三亿多元。把你让给她，只要她补偿我那零头就够了，我就不怕下岗了。"

方浩铭说："其实，我今年也面临生死大关。年底考核如果不过关，那就要回到科员，那就还没有以前的日子好过。人家会说，你看，方浩铭就是没本事吧，给他行长当都当不好。你说那多糟啊！我也是天天提心吊胆啊！"

"唉，早知道……不去就好了！平平安安过一辈子算了！"

"现在这社会，能让你安宁吗？你不是天天搞什么'甘蔗原理'吗？目的就是要打破你的安逸。"

"那我们怎么办？"

"什么怎么办？被踢下鳄鱼池了，要么给鳄鱼吃掉，要么逃上岸去抱美女，还能怎么办？"

叶素芬又长叹一声，把头埋进方浩铭怀里，紧握他的手："睡吧，别想了！"

"我应该没关系。从目前情况看，只要不出事，今年应该可以过关。你应该也没关系！你又不想当官，又没有父亲的负担了，工作认真点，再注意搞点关系，人家不会跟你一个女人家过意不去。"

"我倒是希望出点事。"

"你希望出事？"

"希望别人出事哩！你想啊，我们组一个不称职指标，前年是驾驶员出事，那个指标由他背去；去年是我倒霉，让我背了。今年要是有个人出点什么问题，这指标肯定由他（她）背，别人就不用担心了。"

这天夜里，叶素芬做一个噩梦：方浩铭得了性病，整个阳具烂掉。为此两人大吵。

"我承认，有时候……是有找过小姐，可我是为了陪客人——为了工作！"方浩铭说着说着变得理直气壮起来。

叶素芬依然怒不可遏："工作？你嫖娼也为了工作？世界上会有这样

的工作？"

"客户要不要巴结？管到你的头头要不要巴结？他们如果要去……我能不陪吗？"

"那样乱七八糟的人你理他干什么？你就不要理啊！"

"我不理他……我不理他他会给你存款？他会要你贷款？他会还你贷款？他会支持你的工作？"

"要是我……我宁愿不要他存款！宁愿不要他贷款！"

"要是你……"方浩铭发出可怕的冷笑，"你可以说：要是我下岗了，你要养我！我呢？我一个男人能够说：要是我下岗了，你要养我？"

叶素芬本来想说：那我为了存款为了贷款人家要我上床我也陪吗？觉得说不出口。醒来，连忙紧紧搂住方浩铭……

方浩铭也醒了："你干吗？"

"没干吗！"叶素芬转个身子，不想影响方浩铭。他马上又睡去，她却再也睡不着。

天渐渐发亮，方浩铭醒来，发现叶素芬两眼直瞪着窗外："你醒了？"

叶素芬却回答："我想，我们要请郑吾华吃个饭。"

清明到了，叶素芬要给父亲扫墓。

按习俗，女人可以不扫父母的墓，在外更不必，可每年清明她都要回去给母亲扫墓，目的是想给父亲一点儿安慰：放心吧！如果你死了，我会像对母亲一样每年去"看"你一次。如今父亲不需要安慰了。母亲渐行渐远。才几年光景，扫墓的时候就没有了悲戚。焚香作揖之时，她心里甚至想：如今，母亲开始腐烂了！如今，母亲已是一堆白骨了！我这孝举，只是给活人看啊！那么，如今给谁看？给方妮看！她应当明白：将来，她也应当这样对我们！

川州离丹岩好远，清明这天没逢双休，便挪后两天。这天刚好是墟天，叶素芬早早给大哥挂电话，要他寄个口信给大姐，请她出来聚聚。叶素芬找了一大包旧衣服，准备送给她。

星期五傍晚，方浩铭带车赶回家，第二天一早动身。方妮不大想去，说要做作业。叶素芬说:"不行! 外公过世的时候没去,现在要去拜一下,外公在天上会保佑你考好书! "

川州到丹岩的路又远又不好走。方妮有点晕车,想吐但没有吐。她心情不错,一路看窗外,看那一道一道的山,那一山一山的林,那一林一林的花。

丹霞地貌多姿多彩,本身很容易成风景,有道是"怪石都从天上生,活如神鬼伴人行"。时值春天,花儿姹紫嫣红,叶儿又绿出深浅,像皇冠像花边一样缀着丹红的悬崖峭壁,连叶素芬也赞美不已。她要求方妮说:"看了要记下来:春天是这样子! 回去写篇作文,题目就叫'春回老家'。"

往年给母亲扫墓,都是叶素芬挂好电话。先到县城邀小哥,小哥准备好自己的祭品:除了香烛冥钱,还有肉、粉干和酒,提一大篮子,带了侄儿和她一起挤车到镇上。她没带祭品,委托大哥买。她建议小哥也委托大哥,省得麻烦。小哥没好口气,说不想沾大哥的光。兄弟不大和睦,点点滴滴分得很清。作为一个嫁出去了的妹妹,她不便多嘴。可今年带了小车,本来就挤,再提这么个篮子,又杯杯碗碗的,汤水很容易荡出来,她坚决反对带,并马上给大哥挂电话叫他多准备一份。她对小哥说钱她一并付。

大哥大嫂小气得要死。往年,叶素芬和小哥回来扫墓,他们总要等父亲上街买菜——当然包括付钱。父亲买了菜,大嫂又要"忘记"煮一两样。叶素芬心里曾发誓说:等父亲死后,再也不踏这个门半步。家丑不外扬。她不想把这家庭丑事告诉方浩铭。今天又多一个他的司机,更得装装门面。她叫方浩铭不要上山,帮助大嫂做饭。她当着众人面说:"厨房你不熟,街上买菜到处差不多,你就帮助买点菜吧! 你爱吃什么买什么,让你做主啦! 还有刘师傅在这儿,菜都不用提,多轻松! 有车放啤酒也方便,买再多也不累! "

"你说得更不累! "方浩铭笑道。

叶素芬说:"当姑爷的,这点小事就叫累? 怕用私房钱是吗,我给你! "

"那是不用哩! "大哥连忙说,"钱我有。来到我家,怎么敢叫你们掏钱! "

客气了一番,大哥也没真掏出钱,说是要去另一件衣服里拿。叶素芬跟他到房间,给了他两百元,说是她和小哥买祭品的钱。大哥客气说不用这么多。她一语双关说:"自己人呗,那么计较干吗哟! "

父亲坟上长满了草，周围的树木也长出新叶开出新花。叶素芬发现，坟前有一棵松树又要挡父亲的视线，说："把那棵也砍了！"

小哥说："树年年都长。你砍了这棵那棵又长，除非你把那一片都砍了！"

"那是要去坐牢哟！"大哥说。

两个兄长都不想砍，叶素芬只好作罢。可她想，该再去问问那仙姑，可惜这次太紧张了，等七月十五专门来一趟吧！

两个男人清除墓前墓后的杂草，叶素芬带两个女孩在附近采杜鹃花，红的，紫的；含苞的，绽放的，一丛比一丛漂亮。大哥的二女儿十五六岁，长相一般，书不会念，辍学在县城小酒店洗碗端盘子，本当是红酥的小手肿得像红薯一样，但她还是爱美，把店里那件仿古的与杜鹃花赛红的工作服穿回家又穿上山，跟叶素芬母女像彩蝶一样追逐着花丛。小哥的儿子十三四，一点儿也不喜欢花，一个人在灌木丛中钻来钻去。她制止他，他却说："我如果找到一堆老虎大便，发了大财，保证分给你！"

叶素芬闻虎色变。小时候，她亲眼见过，有人抓了大狗样大的小老虎，四脚倒吊着抬到街上。那老虎还很凶，蹦起来大吼，整条街的人都吓着。但她印象中早没老虎了，现在听侄儿这么一说，马上带孩子们回到兄长身边。大哥大笑："你看看这山，给砍得这样子，兔子也藏不住哩，还会有老虎！"

原来，前一阵子有人在这一带发现几个脚印，说是华南虎的脚印，县电视台的记者闻讯赶来，镇政府连夜发布公告：捡到一根虎毛奖一千元，拾到一堆虎粪奖一万元，拍到一张虎照奖十万元，摄到一盘华南虎录像奖二十万元。前几天，专家鉴定出那不是老虎足迹，电视台也播了，可这孩子还在做发财梦："那么多个洞洞，会藏不住一只老虎啊？"

这倒是真的！丹霞地貌，千姿百态，大大小小的岩洞星罗棋布。大的岩洞很大，至今有好多寺庙就建在岩洞里，不假片瓦，别具一格。县志记载，明末清初战乱时，有个岩洞曾经躲过上万人，有个隐士在一个岩洞里住了几十年。好多岩洞在悬崖绝壁之上，人莫能上，很难说没藏一两只老虎。当然,这种事只能想象,不可当真。

点起香烛,兄妹三人依次作拜。先拜山神,后拜父亲。叶素芬默默地向父亲提三项请求:一保佑自己不下岗,二保佑方浩铭顺利通过行长试用期,三保佑方妮考上重点中学。然后,教导方妮:"你最想什么,自己给外公说。"

方妮想了想,虔诚地说:"外公,保佑我考试在前两百名!"

两个舅舅听了,直夸方妮懂事,叫自己的孩子也去求爷爷保佑。没想到,侄女祈求爷爷保佑她到大城市玩一天,侄儿则祈求爷爷保佑他拾到一堆华南虎粪便。两个舅舅听了大发感叹,一个赞城里孩子比乡下孩子更懂事,一个用俚语说:"'人比人,比死人',哪能比啊!"

大姐的村子离镇子有二十多里地,不通电话。这天她人没来,委托邻居捎来一包花生,送给叶素芬,说田里实在忙走不开,等来年再会。

叶素芬将那包旧衣物提出来,要捎给大姐。大嫂见了,忙说拿出来看看,看上一件又一件,说这件可以给大哥穿那件可以给自己穿,而大姐他们乡下人这件也穿不出那件也不合适,挑得只剩两三件。叶素芬很不高兴,又想这不过是自己和方浩铭多年不穿当垃圾扔又觉得可惜的东西,犯不着怄气,索性全留给大嫂:"大姐那儿,我下次再找点合适的!"

午餐果然丰盛,大哥大嫂的笑容果然灿烂。说说笑笑没多久就论及钱,问方浩铭当行长后工资加了多少。他忘乎所以,直言不讳说:"加了好几百,连绩效工资加起来四千多元。"

每月四千多元!大小哥和大嫂听得目瞪口呆,啧啧不已。叶素芬连忙说:"现在工资虽然高了点,可是前几年一直很低。好不容易积几个钱,放到股市,想多赚几个钱,没想到股市跌得一塌糊涂,六七十元的股票跌成一二十元,你说亏了多少!要是再不加几个工资,这日子简直没法过!"

大哥听叶素芬叫穷早听腻了,不理她,直敬方浩铭的酒:"听说,现在贷款很容易了?"

"小哥一起来吧!"方浩铭也觉得叶素芬过分,想用酒补救,"现在贷款说难也难，说不难也不难。为什么说不难呢？因为国家经济政策变了，鼓励消费，要求我们银行多贷点出去，上级行也要求我们搞信贷营销。为什么又说难呢？因为社会信誉差，没有好项目，我们不敢贷，怕贷出去了收不回来，要负责任。"

"听说现在有一种新的借贷，可以用股票抵押？"大哥迫不及待地问。

叶素芬的脸色都发白了，暗中直踢方浩铭的脚。他不解其意，回踢了一脚，继续回答说："有，有听说。那不叫抵押，那叫质押。"

"那你们银行有没有？"

"没有……目前还没有。"

"哪天如果有，说一声哩！"

"你也有股票？"

"没有。"大哥也憨，"我是想，如果股票可以贷款，你帮我贷一点儿！你们的股票套在那里，闲着也是闲着。"

过后，叶素芬大骂方浩铭。他也觉得贷款给这样的人风险太大，但是说："说句难听的话，他是你哥，并不是我哥啊！"

"丢了我的钱，那也是你的钱啊！"

方浩铭跟清溪人行行长涂长青早熟悉。周末回家结伴而行，这星期我出车，下星期你出车，于公于私都方便。

这星期是方浩铭出车。涂长青周五一早打电话说到市里还有点事，想一吃完午饭就动身。方浩铭索性邀他十点来钟出发，到路上小店吃点土菜。这样，下午三点多钟就到川州。

进市区后，因为丹岩街在修路，绕道走江滨。看到蛟湖号游船时，涂长青问："那老板换了，你知道吗？"

"不知道。"方浩铭说，"我好久没去那儿。"

"现在的老板娘非常……非常漂亮！"

"真的？"

"骗你干吗！"

"跟你有一腿？"

"没有哩，没那个艳福！真的，非常漂亮，算是我见过的最漂亮的！"

"走，去看看！"

蛟湖号晚上营业，白天抛锚休息。涂长青直接找杨老板。服务小姐说她在家里休息，他便指令说："你给她挂电话，说一个姓涂的亲戚来了。"

电话马上通，小姐叫涂长青接。杨老板说她还在睡觉，叫他们先喝一下茶，她马上就来。接完电话，小姐带他们到一个包间喝茶。

这包间很大，不仅有饭桌还有牌桌。他们决定就在这儿打牌吃饭，吃完饭再回家。本来就三缺一，刘金文又有事要赶回清溪，涂长青便叫市人行现任办公室主任李欣来。李欣原来是涂长青的副手，所以涂长青仍然以命令的口气说："五分钟——不，十分钟内你赶到！"

刘金文去接李欣，八分钟就到。他们知道女人家起床出门没那么快，三个人先打逃牌。说好输了要喝酒，三人也战得激烈。

突然，一个女人带着声音进门："哇，领导，今天这么早啊！"

方浩铭背着门，连忙转身去看，只觉得两眼一亮。这女人个子不高，身材窈窕，一身枣色连衣裙，把她的肤色衬托得格外皎洁。她一肩长发，鹅蛋形脸，红唇黛眉，明眸皓齿，一笑就显得格外生动，好像古希腊雕像复活。

"杨美人到！"涂长青搁了牌，鼓掌起来，"来，我来介绍一下。这位是杨美，蛟湖号现任老板娘。"

方浩铭立即称道："杨梅？这名字好听！"

"望梅止渴！"李欣也是头一回见，"有这样的美人在，再大沙漠也走得过！"

"什么杨梅，渴什么渴啊！杨美人，简称'杨美'！"涂长青说。

"你们不敢再说，我都不好意思了！"杨美笑盈盈走近牌桌，给三个客人加茶，"我叫杨金花，名字很土，你们叫我小杨好了。"

"怎么美女净出杨家，太不公平了！"李欣叫道。

方浩铭仍然上上下下打量杨美，摇了摇头，又暗暗对涂长青竖了竖拇指。涂长青追问他摇头是什么意思，他说："没话说！确实美极了！好像找不出什么缺点，——我真怀疑你完美得连肚脐眼都没有！"

"嘿嘿，你这话就错了！"涂长青笑道，"她不仅不完美，缺点还比我们男人多一条！"

"死流氓！"杨美骂着抓了两粒瓜子扔涂长青，"你们坐，我先去安排一下，今天晚上又满满的。"

"快点啊，不然我们要渴死了！"涂长青对杨美说完，又对同伴说，"来，我们把扑克收掉，打麻将——她喜欢打麻将。"

理牌当中，方浩铭问："你们真是亲戚？"

"你说可能吗？"涂长青反问。

没聊几句，杨美回来，坐方浩铭对面。他仍不时要盯盯她，影响到抓牌和出牌的速度，惹得两旁的人要求换位。她也大方："好啊！帅哥坐到我边上来，气死你们！"

"他那虾米样的，还帅哥？"涂长青果然生气了。

方浩铭气死了！涂长青就是爱损人，而且要在他人面前，要在女人面前，可恶极了，他好几次都想翻脸。可他又想，毕竟是开玩笑，因为玩笑影响感情——影响工作——影响前程，那是划不来的。他不能反击，也不便反驳，只能忍着。这时他开杠，闪电般将开着的金章抓过来，两手将牌一摊，高声宣布："你们嘴巴过瘾，我杠上开花！"

杨美看到方浩铭作弊，抿嘴一笑，没有揭露。她不时为生意分心，小姐一会儿来请示这一会儿来请示那，也常打错。麻将各自为政，打错牌理论上受欢迎，实际上不尽然。比如你打一张不该打的牌让人和，特别是让人和了大牌，对其他人是损失，就要遭谴责。可现在这错误是杨美犯的，就像维纳斯断臂而不被列入残疾队伍。有一盘，杨美坐庄，开门的牌居然从后头抓了，理当处以本盘停打并替下家赔偿损失的处罚，方浩铭却替她开罪说："没关系啦！又不是赌博，从哪边抓都一样！"

"吃饭从屁眼上吃一样吗？"涂长青同意临时改变游戏规则，但是保留意见，"你呀，这马屁要给领导拍！拍我们杨美，她老公早有了，拍也

168

白拍!"

"你怎么知道白拍?"李欣跟涂长青简直是说相声,"等杨美老公换届的时候,方行长肯定能列上第一候选人,——很有远见啊!"

说说笑笑,打完一串已经快七点。该吃饭了,涂长青说人太少没气氛,要李欣再叫几个来。

自然得叫小姐。临时叫谁呢?李欣想,方浩铭是商业银行的,涂长青虽然是人行但是支行,要是叫市人行机关的小姐出来陪酒,好比叫公主下嫁穷小子,显然不妥。那就叫商业银行的,就叫教育银行的。可是,人民银行管商业银行只管领导干部,并没有管所有的职员,不能直接叫人,那就委托教育银行的办公室主任叫吧!李欣马上给郑吾华打电话,请他带两个小姐过来喝酒。

郑吾华正在陪伊行长请重要客户吃饭,但还是一口答应,只请求稍等一会儿,请他们先开始。

方浩铭在一旁听了,觉得伤感。

他专门请郑吾华请了几次请不到,人家临时一个电话像呼狗一样就呼到。谁叫我官太小,或者说我对他没有利用价值呢?他又想,得好好利用这个机会。他马上说:"我有点私事正想找郑主任呢,我叫我爱人一起来吧!"

涂长青有点为难:"你觉得合适吗?"

方浩铭坚持说:"我真的有事要找他,没你们的面子我还很难请到他哩!"

"既然是这样,那你叫她来吧!"涂长青欣然说,"不过,要注意点,别让她吃醋了!"

可是,叶素芬迟迟没来。方浩铭挂电话催,不是无人接听就是无法接通。如此几回,他不想挂了,人们也差不多把她忘了,她又突然到来:"真对不起,我不是故意迟到!"

原来,叶素芬在路口等红灯转绿的时候,看见边上有个背着破烂编织袋的老太婆不停地向人打躬作揖,而路人纷纷掩鼻而走。她想那肯定是个乞丐,摸了摸口袋,准备用几个硬币打发,不料老太婆只问第六医院怎么走。她不知道,抱歉地笑了笑。老太婆又向另一个人询问,但那人不理睬。

她觉得过意不去，便掏出手机问114，得知第六医院的具体地址。老太婆一听，扑通跪下，泣不成声地对她说："好人……"她好感动，将老太婆扶起来，指明第六医院的方向，指导该怎么坐车。

她正要离开的时候，又觉得即使指明方向和具体地址，对这个老太婆来说，要想找到那个刚刚从工厂改制出来、连本市人都不容易找到的医院仍然是大海捞针。于是便带着老太婆到第六医院，折腾了好多路。她说："真可怜啊！她是乡下的，孙子在川州打工，生病住院，打电话叫家里送钱来。来这么个老太婆，刘姥姥进大观园样的。离开医院时，她给我车费，我不收，她又给我下跪。"

"哇呀，简直是活雷锋！"李欣嚷道，"明天我给你写一下，保证上《人民日报》！"

"上个屁！"方浩铭说，"这种故事，多如牛毛！我小时候写作文学雷锋，帮人推板车、扶人过马路，不知道编过多少回啦！"

"骗你我……我会死掉！"叶素芬急了，急忙从口袋里掏出几把花生。那花生好些是不成熟的，又炒得有些焦，显然不是商品，"这是那老太婆送给我的。我不要，她硬要我收下，不然又要下跪。"

"我相信这绝对是真的！"郑吾华出面圆场，"上《人民日报》不敢说，上《川州日报》肯定没问题！来来来，本来要按规矩——迟到罚三杯，现在，我为我们行有这样优秀的员工而高兴，敬你一杯！"

涂长青很够朋友，想方设法表现他跟方浩铭不同寻常的交情，让郑吾华对方浩铭高看一眼。方浩铭则突出叶素芬，跟着她与郑吾华攀乡亲，刻意显示亲近他并不是为了自己升官，只是请他照顾照顾妻子的饭碗而已。李欣也看出这意思，笑道："我们涂行长快升市行行长啦！到时候，教育银行如果叫你下岗，你就调人行来！"

"开玩笑！"郑吾华一脸豪气，"谁敢叫我老乡下岗，我首先叫他下岗！"

有了这话，大家的注意力就转到几个美人身上。尽管叶素芬在场，几个男人都表现得克制，这酒还是喝得很开心。

方妮带回一纸通知：晚上开年段家长会。她说："你一定要去啊！要把这张通知交还吴老师，签个名，不然算你没到。"

"会哩！这么重要的事，我怎么会不去呢？"叶素芬忙于煮菜，没有多说。

"还要多久吃饭哦？"

"大概——二十分钟吧！"

于是，方妮先进自己房间做作业。

这时，方浩铭挂电话来问个事，叶素芬顺便把晚上开家长会的事告诉他，不想他说要专门赶回来。他说："现在进入关键阶段了，'一把手'要亲自抓！"

菜煮好，端上桌，叶素芬叫方妮出来吃饭。叶素芬盛好饭，分好筷子汤匙，又催一声。方妮正忙于一道作业，她只好先吃。

方妮终于出来，一看自己的饭碗就皱起眉头。冷不防，她迅速将叶素芬手上那碗饭夺过，把自己这碗推给她。叶素芬叫道："这碗更少！"

"我知道。"方妮坚持吃换过来那碗。

叶素芬刚才确实耍了点花招：为女儿盛的饭里头压实了，没想又给拆穿。她只好说："你再这样，吃饭斤斤计较，晚上我叫你爸告你老师！"

方妮没有吭声，埋头吃饭。过了一会儿，突然说："其实啊，跟老师说我坏话，你们也没好处！"

"我们怎么没好处？"叶素芬真不明白。

"老师会想，孩子不好，她爸妈也好不到哪儿去——遗传呗！"

"哦，这么说，我们只能说你的好话？"

方妮笑了笑说："不知道。"

"那我叫你爸去说，我女儿很乖啊！在家读书很自觉，很刻苦，每天都读很迟，都要我赶上床才肯睡。"

"这样说也不好！老师会想，读书那么刻苦，成绩还考不太好，肯定很笨，聪明人不要怎么读都考得好。"

"那你要我们怎么说呢？"

"不知道。"

　　家长会在学校大礼堂召开。家长有男女之别，更有贵贱之分。有些人乘豪华小车来，有些人坐出租车来，有些人骑摩托来，有些人则走路来，但不论千差万别都只是家长，都只能坐在台下，而且只能坐学生平时坐的小板凳，挤得黑压压一片。

　　开始是校长讲话，报告本校大好形势，要求家长配合抓好家庭教育。尽管会前主持人要求大家将手机关了，可如今的家长大都是忙人，手机声还是此起彼伏。有些人走到会场外接，有些人就在会场接，只是压低了声音。校长自豪地说，现在中考难于高考，但本校七百多名初三学生每年都能考上重点中学两百来人。考学生，也就是考在座的各位家长啊！所以，绝大多数家长是想认真听校长报告的，生怕错过什么重要信息，误了孩子的终身。

　　对家长来说，这些小板凳已阔别多年，坐起来有种重返青少年时代的喜悦，但这种美感代替不了严酷的现实：屁股很快就坐痛！校长讲完还要书记强调、年段长补充，然后回到班上听班主任和各科任老师作具体分析，有点儿没完没了的样子。

　　如今的方浩铭，坐的是老板椅，不仅坐垫松软，而且可以仰靠，可以旋转，现在来坐这种小板凳特别不耐烦。可他想：老板椅与小板凳是两种人生！在座的家长并不是每一个都坐老板椅，他们的孩子将来也不是个个能坐老板椅，但小板凳是老板椅的必出之路。为了将来能坐老板椅，首先得坐好十几年小板凳。当家长的，一个晚上都坐不住吗？

　　方浩铭不时地挪挪屁股，专心听老师讲。班主任通报半期考成绩，表扬有进步的同学，方妮名列其中。方浩铭听了很高兴。在上次月考中，方妮名列年段第一百六十三名，这次月考为一百五十一名，进步十二名，也就是说又挤掉了十二个人。

　　"有不少同学的成绩不够稳定。"吴老师说，"有的同学从月考四百多名跳入两百名以内，可也有人从两百名以内突然掉到四五百名之后。"

　　照这么说，方妮还不是能够放心！

　　散会后，许多家长不肯散去。有些人围住班主任，有些人围住科任老师，争先恐后询问自己孩子的具体情况，教室里、走廊上到处一堆一堆人。方浩铭也想问问老师，但不愿去挤，以免让老师留下印象说方妮的家长没修养，不像当行长的。

　　方浩铭呆呆站在班主任吴老师的人堆外等候。不一会儿等来一个电话——有个重要客户也到川州了，找他喝晚茶。他犹豫着支吾着，狠心答应。他宽慰地想，还是自己的工作更重要！要是我工作不好，没有像样的收入，甚至下岗了，学费都供不起，女儿会读书又有什么用？至于老师那里，不差一天两天，日后补完全来得及。

第十二章
蝉鸣声声

在拉·封丹的笔下，蝉饿了，找邻居蚂蚁借食。蚂蚁责问："你夏天怎么不多备点粮呢？"蝉说："夏天我忙着唱歌呢！"

方浩铭约好上午九点到法院去谈一个逾期贷款的案子。刚进车子，还没关门，手机就响了，是李玉良的："行长啊，忙吗？"

"不忙，李书记！我这生产队长样的，忙什么啊！"方浩铭笑道。

"不忙，那好，我们出去走走。"

"现在？"

"对。王庆华马上去接你。"

"行行行，我在行门口等。"

王庆华是新世纪房地产开发公司董事长。说是港商，其实跟内地人没多少不一样，跟李书记是老朋友，现在开发"红军巷"旧城改造项目，方浩铭近来跟他经常打交道。现在，他自己开辆奥迪高级小车来接方浩铭。方浩铭刚跟法院挂完电话，他车子就到了。

问他到哪儿，他说："不知道。要问李书记。"

王庆华马上给李书记挂电话，说接到方行长了，李书记便要求到县招待所小楼接他。

车到小楼门口没等一分钟，李书记就出来了。方浩铭连忙猫出车子，跟他打招呼，并帮他开好前排车门。他则关上前门，跟方浩铭一起坐后排。他说："今天天气好，又走得开，我们走远一点，也就是古人说那种'踏春'吧！"

"李书记什么都比我们高雅一筹！"王庆华说。

方浩铭不甘落后说："党指向哪儿我们就到哪儿。全听李书记的，万水千山只等闲！"

"出城吧！"李书记说，"今天我们'私奔'一下，到东昌逛逛。"

东昌跟清溪毗邻，两个县城相距只有七十多公里，但那属于另一个省，在经济方面则简直属于另外一个国家。有个笑话说，坐车从清溪去东昌，开始可以一路睡觉，到了哪里咯噔一下，路变得弹跳起来，那一定是进入了东昌的地界。

　　他们不属于沿海经济开放区，但在某些方面的开放并不比清溪这边差，常有人专程跑到那边去娱乐。早在几年前，方浩铭就到那边见识过。今天，难道堂堂的县委书记也要去那儿玩？

　　三个男人都很忙，手机这个刚接完那个又响。叶素芬也凑热闹，挂电话给方浩铭说，她觉得那天帮助老太婆的事，真有必要写一下，署郭三妹的名字，寄给《川州日报》了，可是这么多天还没登出来。她问："你们那个夏什么不是跟报社关系很好吗？"

　　"你不是很讨厌她吗？"

　　"谁说我讨厌她啦？我讨厌你！你看她能不能帮我关照一下。"

　　"嗯。"方浩铭没多说。

　　李书记的电话更多，不过他或者说在下乡路上，或者说在去市里开会的路上，没接几个接烦了，索性关机。方浩铭和王庆华见状也关机。

　　一路上，三个人有说有笑。王庆华说他对东昌非常熟。最早，他在文工团搞美工。刚开始开放的时候，常到沿海演出。那时候走私三用机、手表和尼龙伞，他禁不住诱惑，也加入。那走私手表像海里捞起来的小鱼一样，一麻袋一麻袋，随你一把一把抓。那时候，没几个人知道真正的钻石表，他就用漆喷——那本来是给毛主席像章喷红漆的，打开手表后盖，在里头喷上几个小红点。去骗内地人，说一个红点表示一钻，换回一把一把的银元。就这样一趟一趟往返沿海与内地，一次次路经东昌。最后一次在东昌被抓，还好跑了，偷渡去香港。如今跟共产党的书记回忆起这些，他很得意，还炫耀地讲起东昌一个又一个女人。

　　李玉良说，他跟东昌也有缘。原来他在公安部门工作，有一年因为街上的井盖老是被偷，害得好几个人掉进下水道，影响很坏，县里责令一定要破案。他跟另一个小警察通宵巡逻，冷得边发抖边骂，说抓到那个贼一定要好好揍一顿再说。快天亮的时候，果然抓到那个贼，可他七十多岁，身上只穿一条单裤，可怜得要死。一审，还说当过红军，追到他住的工棚真拿出了证件。他说是东昌人，有三个儿子，都不养他，政府发的补助款倒要拿去，他只好出来打工，可是老板老不发工钱。李玉良转而找那工头，狠揍一顿，自己给老头二十元钱，写一封信给当地派出所，让他带回去。

他写信来感谢说，儿子们没再敢虐待他了。后来有一次"严打"，追赃居然追到他家。偷盗是他儿子干的，可他涉嫌窝赃。这回，李玉良装着没认出，埋头走开，凭旁人去处理。回忆这段往事，李书记感叹说："人穷了，真没救啊！后来，我分管公安，我常对他们说，对全县干部我都说过这件事，说明发展是硬道理，不能老是这不行那也不行，共产党不能像节妇烈女样的只会说不！"

好像是印证李书记的话，正说着到了一个收费站。王庆华把车停下，但掏出的不是钱，而是一个绿皮小本本，在戴着大盖帽的收费员眼前晃了晃，扬长而去。那大盖帽连忙向王庆华立正敬礼。方浩铭好奇，要了小本本来看，只见绿皮上烫着"外商投资证"的金字。王庆华说："这是李书记为我们办的实事。别说这些土八路，就是公安交警那些正规军一见这种本本也要礼让三分。很多人都说，这边的投资环境越来越好。"

现在的东昌，王庆华显然也去过。不用指示，他直接开到东昌境内一个小山村。那有新开发的温泉，规模不大，设施先进。

"平时辛苦，今天泡个澡吧！"李书记说。

方浩铭说："对对对，泡它个痛快！"

王庆华安排好了，指导李书记和方浩铭分别进小包间，说："泡完了，从后门到阳台，在那儿休息，喝茶，吃饭。"

泡澡的乐趣在于泡，静静地浸泡在冷暖适度又含某种有益矿物质的温水之中，什么也可以想，什么也可以不想。方浩铭刚入泉池，便有人敲门。他以为是李书记或者王庆华，简单裹了条浴巾便去开门，却发现是位小姐。这小姐亭亭玉立在门口，微笑着问："需要服务吗？"

这小姐太漂亮了——不光是漂亮，还微笑着，还略带着羞涩……让方浩铭一点儿犹豫的余地都没有。他并不风流，但也绝不是柳下惠。以前在市里，偶然有人巴结有人请到这类场合，他也接受，现在当行长则经常要请人到这类场合，但他极少跟这类小姐发生关系。桑拿浴之类实际上就是"红灯区"，实际上都处于某种保护之下。被抓的嫖客，往往只能归咎于自己倒霉。然而，这种万一还是要怕的。方浩铭更害怕的是性病，因此十之八九浅尝辄止。只有偶然碰上诱惑力实在难以抗拒的，他才会放纵一回。今天，他又碰上了。得到同意，她即迈进，边关门边问："要什么样的服务？"

"随你吧！"方浩铭无奈地说，走进池子，躺下，闭上两眼。那么，李书记也会接受小姐吗？他不想去想，逃避这个问题，紧揽自己的小姐，很快昏天暗地起来。

方浩铭到阳台，李书记和王庆华已经在那儿等。王庆华一脸淫笑："还是年轻人行啊！"

李书记在远眺风景，没有加入笑话，似乎对这类话题毫无兴趣。方浩铭现在觉得王庆华不怀好意，没理他。

所谓阳台实际是林间，一个简易的台子搭在山坡，三面撑在树上。这树是阔叶林，树阴比阳光多。不时吹来一阵微风，有些枯叶从树上飘落，有一片不偏不倚刚好落到李书记的酒杯之中。王庆华慌了，一边站起来拾树叶，一边叫服务小姐快来换杯。李书记手快，先将枯叶拾起来，笑道："不用了！不用了！这种树叶真正是集天地之精华，比城里那些消毒杯子干净多了！"

这确实是个绝妙的"餐厅"。多姿多彩的山水比城市豪华酒店装饰那些名家画作更美，带着百花芬芳的空气比什么名牌的空气清新剂都好，清爽融润的气温则胜过空调，此起彼伏的蝉鸣胜过高档音响。

赏不尽的满眼春色，说不完的阿谀奉承。三个男人尊卑悬殊，但是情投意合，相互频频敬酒。

"再帮我个忙吧！"李书记突然对方浩铭说，"再给我七八百万。"

方浩铭随口承诺："行啊！李书记要的，好说！"

"我想，革命英雄纪念碑项目该上了。再不上，说不过去。可是，还是钱……"

"这……这种项目……恐怕……"方浩铭立即刹车，紧接一百八十度转弯，"您知道，我们教育银行现在是商业银行……"

"我知道，我不会太为难你！这个项目，前几年就提出来了。当时说省老区办会拨一笔钱，市里也会给一点，县里才立项，还列为县里为民办实事的十个项目之一。到了真要动工的时候，省里又说没钱。省里不给，市里也不给，项目又公布了，一年拖一年。本来，我也想拖下去。可现在，我拆了'红军巷'，非议也不少。弄这个纪念碑，作个抵消。'红军巷'的地皮，政府是进了点钱，可都用在补发去年的工资上，要搞建设还得另外找钱。我知道你有难处，可是事在人为嘛！所以我请来王庆华，请他也帮忙想想法子。"

"李书记的事就是我的事！"王庆华紧接登场，"可以先搞房地产贷款，纪念碑项目也由我建，这当中怎么周转款项由我负责。'红军巷'改造要搞两三年，纪念碑半年就够了，完全周转得过来！"

王庆华说完，李书记没再说，等着方浩铭表态。方浩铭的脑子很乱，但有一点非常清楚：这事不能干！李书记当然知道其中的风险，因此才表现出求助。那么，该怎么脱身呢？他一时想不出法子，甚至想不出一句作答的话。

李书记等不耐烦，端起酒杯来跟他碰："现在四月底了。我希望下个月能开工，年底能完工。"

"我回去考虑一下。"方浩铭好不容易说。

王庆华马上说："回去我把贷款材料送给你。"

方浩铭真想把自己灌个烂醉。

他很后悔今天没找个借口躲开，又想现在想这些没意义，于是转而想刚才那小姐。那小姐果然值得一疯，很可能要给他留下终生难忘的记忆。她一边要死要活地叫床，一边逃命样的在你背上乱抓。现在想来，背上还是一片火辣辣……那妖媚，那缠绵悱恻，那销魂快感，现在想来还历历在目，热血汹涌，恨不能马上再去疯狂一番。

方浩铭在疯狂之余才仔细欣赏那小姐的胴体。这时小姐的手机信息响，她起身前去查看。他目光追随，欣赏她的背影，发现她两片白嫩的屁股发紫，大煞风景，令人心疼。等她回到池里，他直接问："你屁股上怎么……两大片……红……不，紫的。"

"哦，坐的。上班，整天坐着。"

"你上什么班？"

"银行。"

"银行？你在银行上班？"

"现在没有了。你也在银行？"

"不……没……没有！我经常跟银行打交道。你在哪个银行？"

"教育银行。"

"不会吧？"

"你不相信？"

"也许吧！"

"真的，我不骗你！我还是银行学校毕业的，不信，我可以把银行的业务背给你听。"

"银行不是很好吗？你为什么不干了？"

"好，当然好！穿的是人模人样，看的是铁门铁窗，做的是点头哈腰，说的是你好再见，玩的是键盘钞票，拿的是杯水车薪，等的是明日下岗。"

方浩铭像被电击，浑身僵了一阵。稍微想想，她说得不是没道理。可是，他还是对小姐说："现在——各行——各个行业——各地都差不多！多少人还不照样干好好的？"

"我可受不了！上班累些还没什么，最受不了的是那份气。那天，有两个狗男女来存钱，一个字写错了，我要他重填。他怕在女朋友面前丢面子，死不肯认错，大发脾气，我都忍了。事后，他还要投诉我，说我办一笔业务花了十几分钟。把监控录像调出来看，再把流水账调出来查，都证明我没有超时。可行里还是要处理我，说客户是上帝，我虽然没超时，但是柜面解释不到位造成客户投诉，也要罚款，要通报，说不定还要下岗，真受不了！我干脆自己不干了！"

方浩铭只是说："以后，不要说你干过银行！"

这时，门边的内部电话铃响，小姐去接，末了说："你的小费已经有人签了。"

肯定是王庆华签了，破费这种大老板这么点小钱算不了什么。方浩铭说："我再给你签一份。"

"他已经多签一份了，我哪好意思再要你签！"说着主动热吻方浩铭。

方浩铭想：这种民工头，那里抠政府过路费十元二十元都要抠，抠民工血汗钱一元两元都要抠，这里给小姐却这么大方……他为什么要给我这么大的面子？肯定有什么阴谋！这么想着，他对那漂亮而热情的小姐一点儿兴趣也没了。

不过，他又想，早年很羡慕做女人，长得漂亮，不愁没人爱，到处风光。可他现在想还是做男人好，因为可以长久地享受美女！她们年轻漂亮是好，可惜风光不了多久。而男人，三十岁四十岁，甚至五十岁六十岁，照样可以享受年轻漂亮的女人。当然，得有钱，或是有权……突然，他感到某种恐怖：他们会不会以此要挟？报上网上经常看到，有的人暗藏了录像，事后以此敲诈。堂堂的县委书记该不至于如此吧？

回清溪的路上，方浩铭实在没心情聊天。

李书记问："'色郎'啊，你今天怎么啦？"

"我有午睡习惯……今天又多喝了几杯。"方浩铭支吾着说。

没多久，李书记又问："睡不着？"

"我在想，您刚才说的事，该怎么办才好。"这倒是方浩铭的心里话。

方浩铭一个晚上都在考虑李书记新的贷款要求。一笔贷款被挪作他用，即使不知情，没有风险，也有监管不严的责任，而如果事先知道，到时候又收不回，那后果就严重了。然而，拒绝这贷款的后果可能更严重，很快就可能弄得你前功尽弃，年底别想有好业绩，别想过好考核关。相对来说，可能还是前者风险小，好处多。

这一点，方浩铭在躺上床之后才想通，从中午开始绷紧的一身终于放松，准备安然入睡。然而，就在他手伸到床头柜关灯的同一分秒，同样在床头柜上的手机响了。深更半夜，不是重要事绝不会挂电话。他还是查看手机，一看是涂长青的，连忙接话，但没好口气："你他妈的！要请我喝酒也早点啊，你看现在几点了？"

"你还有心思喝酒啊？"

"有人请我喝酒还没心思，敬酒不喝喝什么？"

"据可靠消息，李书记出事了！"

"这……"方浩铭眼前一片茫然，"不可能吧？"

"这年头，一个县委书记出事还用奇怪吗？"

"怎么回事，你快说说！"

"我也不知道，——具体的，我也不知道！刚才一个朋友告诉我，是省里直接来人，已经带到市里……'双规'了。"

"真的吗？你别吓我啊！"

"绝对假不了，我这朋友就在市纪检。"

"那糟了！糟了，完了！"

"你分了赃？"

"那倒不是。凭良心说，他跟我交往可以说是清白的。我是想，'红军巷'那个工程怎么办？我那些贷款怎么办？还有……还有……唉！你央行——高高在上，当然无所谓，可我们这些……这些小商小贩……这，这不是明摆着吗？"

方浩铭没心思跟涂长青多聊，直接给李书记打电话，手机和座机都不通。打王庆华，也不通。

再打县委常委兼县委办主任杨义平，他居然打官腔："这是组织上的事。"

"到底有没有这回事？"方浩铭追问。

"到了该你知道的时候，自然会知道！"说着搁了电话。

方浩铭一点儿睡意也没有了。开灯看书，看不下去。开电脑上网，觉得无聊。再给涂长青挂电话聊天，他骂娘了，要睡觉。方浩铭像一头困兽，急得直搂心口。他开了一瓶啤酒，一口气喝光，不够解气再开一瓶，一边喝一边继续打王庆华的手机。

王庆华失踪了！

李书记出事无疑是真的！

天一亮，清溪就要地震！

"红军巷"工程就要垮了！

方浩铭的末日就要到了！

方浩铭简直疯了！他怎么也无法安静下来。他要找地缝钻，要找河跳……他抓起外衣，边出门边穿，直奔双溪保健桑拿中心。

小姐征求方浩铭的意见："可以为你服务吗？"

方浩铭头也没抬："只要不比我老就行！"

"你要什么样的服务？"

"少废话！"

突然，方浩铭的手机响了。一看，已是快上班时间，伊行长挂来电话："你不在办公室？"

"是啊，我在外面……有点事，我正要向您汇报呢！"方浩铭一手不停地向小姐示意别吱声，并要了毛巾擦汗，"听说，我们县李书记出事了。"

"不是听说！我了解过，确有其事。没有放出去的贷款，马上给我停下。已经放出去的，要想办法追回来。这种事要分秒必争，一分钟都不能拖！"

"是是是！现在……问题是……那包工头也失踪——肯定跑了……我正在想办法！"

"有什么情况，你要随时告诉我！"

上午九点，召开全县副科级以上干部紧急会议，省、市属单位领导也参加。

首先，由市委副书记宣布李玉良涉嫌骗税案被"双规"，县委工作暂由县委副书记、县长林冬武负责。林县长接着讲话，要求大家正确认识这件事，务必做到"两个分开"，一是将李玉良在清溪与在丹岩分开，他的问题发生在丹岩，与清溪无关；二是将李玉良个人与县委、县政府的工作分开，当前全县两个文明建设的形势是健康的，昨天在做的工作今天要继续做下去。

这个会很短，不到一小时。接着，林县长马上召集有关单位负责人开会，专门研究"红军巷"旧城改造项目，要求有关部门想办法尽快跟王庆华取得联系，要确保这个工程正常进行。林县长明确对方浩铭说："如果你不放心，我还可以给你加一些担保，但是贷款你要给我保证！"

县里开会回来才十一点，方浩铭也紧急召开行务会。他像电视里播讣告一样沉重宣布说："今天凌晨，在我国四川省的汶川发生了特大地震，大家都知道了。在我们清溪，也发生了一场特大地震，想必大家也听说了。刚才，县里开了紧急会，市委已经正式宣布了，可惜不是小道消息！"

传达完县里两个会议精神，方浩铭强调说："李书记对我们行有些照顾，对我个人还大加表扬，这是大家都知道的。但这并不是说我们行送了他多少，或者说我个人送了他多少。他对我们的工作支持很大，但他出的事与我们无关。这一点，我想在座的各位，应该也是很清楚的。"

"还有一点，在这里也直说。"方浩铭继续说，"下一任书记会不会对我们教育银行开小灶？我看，谁也没把握。但是，目前主持全县工作的林县长说了，'红军巷'旧城改造项目照常进行，也就是说我们在这一个项目上的利益是有保证的。这一点，我们也要感到安慰，不要以为李书记出事了，我们的末日也到了。在其他项目上，县里会不会再支持我们，这就要靠我们去争取了。"

方浩铭还具体部署说，为了把各项业务的基础再夯实一些，要进一步深入开展"学理论，迎奥运，人人争当业务冠军"活动，行里每一个职工都要参加，行长、副行长也不例外。几项主要业务对大家开放，八仙过海，各显神通，你有本事拉存款就去揽储，你有本事向优质客户营销贷款就去放贷，你有本事收回不良贷款就去收贷，业余时间你能为行里多做点什么就做什么，有贡献就有报酬。拉一万元人民币定期存款记几个工分，一万美元又几个工分，活期存款、代发工资账户等等，每个项目都定个标准，都给你记上，每天张榜公布。本月份，每个人的基本工资扣出三百元，再从绩效工资里提取一部分，统起来考核。前三名，除了按工分分红之外，分别奖励三千元、两千元、一千元；后三名的，作为下半年搞"减员增效"下岗的重要依据。才简单说一下，就到了下班时间。

"你们几个科长下午定一下记分标准，办公室弄个文件，晚上开职工大会布置。"方浩铭说，"今天耽误大家下班了，我们一起去吃个便饭，边吃还可以聊些具体事。"

开紧急行务会、进一步深入开展"学理论,迎奥运,人人争当业务冠军"活动、共进午餐,一系列举措,一个接一个,紧锣密鼓,马不停蹄,都是方浩铭突然想到的,跟陈一平都没来得及先碰个头。有了权就这点好,可以怎么想就怎么说,怎么说就怎么做。

很少没有客人自己聚餐,像这样上班的中午聚餐更是破天荒。中午一般人都爱简单吃点,多挤点时间午休。中午请客,能推则推。

可今天是方浩铭提议的,不仅没一个人表示反对,反而为能与行长共餐感到荣幸。虽说是便饭,大米饭跟菜一齐上,酒还是不能少。他说随意喝点,却要了白酒,一个个敬过去。大家只好跟上,你来我往,很快喝完一瓶。他感到没尽兴,又要一瓶。夏雪明白了:今天行长心情不好,劝他少喝点,先吃点饭。可是已经晚了,他不想吃饭了。

"今天奇怪,喝这么点就头晕,可能是昨天晚上没睡好——昨天晚上我失眠了。"方浩铭说,"你们继续吃吧,我要先回去休息一下。"

方浩铭确实感到头晕。一出小饭店,叫了一辆人力车。回到宿舍,已经快两点,离下午上班只剩半个来小时。他想下午一上班要给伊行长挂个电话,汇报县里会议精神和自己的对应措施,让他放心。现在还有点时间,闭目养神一下也好。他把手机闹钟调迟到两点二十,和衣躺在床上。

没想到,一上床就睡,一睡就睡死,铃声也闹不醒。等他自己醒来,已经快四点了,有五个未接电话,其中一个正是伊行长的。他坐在床上,马上给伊行长回电话,首先解释刚才没接电话是因为在外面手机忘了带。

对夏雪,则直说喝多了睡死了。

晚上,开完职工大会,方浩铭想到池子林那儿坐坐,喝喝茶,聊聊天,放松放松,突然又想得给林冬武挂个电话。

说起来他们也熟,但以前林冬武只是县长,他多跟李书记打交道。有些地方的县委书记跟县长面和心不和,李书记跟林县长私交如何不得而知,但他很注重这种微妙,不想给人划到县长的圈子里头去。原以为李书记在这当一届是起码的，而他只想在这儿待个两三年，没想突然发生这种变化。他是李书记的红人这是公开的，问题是林县长现在如何对待这红人。人亡政息，继续让他当红人的可能性不大，倒是很有可能在否定前任政绩的同时也否定前任的红人。如果是这样，那么他就惨了。

理论上，方浩铭不用怕地方政府。能对他命运起决定性作用的是市分行党委而不是县委或者县政府。然而，地方党政要员如果不支持你，你的业务不可能有大发展，也就难有像样的业绩，同样升迁无望。特别是在眼下，如果一个个项目随着李书记倒去，那后果不堪设想。他不甘就此认输。今天上午紧急会上，林县长特别强调了"红军巷"旧城改造项目，这是一个好兆头。他应当抓住这个机会，尽快让林县长继承起李书记与他的特殊关系。但他对林县长缺乏进一步接触的诸种基础，不知道如何着手。他想先利用这种非工作时间打个电话，汇报一下市分行对当前清溪形势的关心，试探一下私交的可能性。

林县长一接电话就说："我刚打开手机盖子想打电话给你，没想到你就挂过来，我们真是心有灵犀啊！"

当即说定，到春兰轩茶馆喝茶。

方浩铭喜出望外。这表明，林县长也非常重视他。他想一定要充分利用这个机会，尽快跟他建立起一种特殊的关系，事半功倍。他还想，"红军巷"旧城改造项目是他要求我的，我要借此机会敲他点什么。这样想着，他马上叫夏雪出来，一块赴茶馆。

春兰轩茶馆在县招待所里头，全县一流。方浩铭要了一个最好的包间，包括好茶好酒好菜。不一会儿，林县长带着"红军巷"旧城改造指挥部的财务科长谢东生到来。一见面，方浩铭打趣说："今天要是见不到你，我可要一个晚上睡不着！"

"彼此彼此啊！"林县长使劲地握了握方浩铭的手，转而对谢东生说，"你跟这位漂亮小妹很熟吧？"

"我们跟教育银行天天打交道，亲如一家！"谢东生笑得挺甜。

林县长长脸突然一沉说："难怪你们眉来眼去！"

"哎呀，县太爷！"夏雪立即作秀起来，"民女冤枉啊！"

谢东生乐呵呵的："是冤枉。不是她跟我眉来眼去，是我跟她眉来眼去！"

"好吧，让你们不冤枉一回——给你们半小时！"林县长仍然开着玩笑，"也成全一下我们，我和方行长也有几句悄悄话！"

谢东生和夏雪马上退出，坐在大厅喝茶。

方浩铭想，林县长是乡镇出来的，酒好拳好，谢东生的酒量也不是没见识过，得赶紧调兵遣将。

于是，借口叫服务员，到大厅把夏雪叫到一边，要求说："你赶紧再叫个把人来，不要多，但一定要把县长放倒。放倒了，我发奖金；没放倒，我叫你们排末位！"

林县长跟李书记不太和谐是真的，但共事不久，也差不到哪去。现在李书记出事了，如果落井下石，对他并没有什么好处。该否定乃至处理的，有组织和司法机关去做，说长道短也自有其人，用不着他抛头露面，画蛇添足。何况李书记的问题目前只涉及骗税，可能并没有贪污受贿之类的个人问题，这样在干部群众心目中很容易成为"英雄"。他觉得倒是应该继承其事业，于公于己都有利。

"红军巷"旧城改造项目是本县"天字号工程"，不搞则已，既然开工了就不能让它停下。停下了，固然有人会归咎于前任，但更多人会说现任无能。因此，不仅不能停，反而要更快更好！而这项目的关键，一半在新世纪房地产公司，另一半在教育银行。方浩铭不会像王庆华一样跑人，但他的心很可能会跑，他的贷款可能会跑，那样也将导致工程瘫痪。因此，他在上午的紧急会上就强调这个项目，并显示对教育银行的重视。

开完那个会他想单独找一下方浩铭，只是市委领导还在，还得开县委常委会议，实在抽不开身。晚上，刚开完"红军巷"旧城改造指挥部会议，他想见方浩铭宜早不宜迟。至于地点，就不必拘泥于办公室吧！如果不是因为身份毕竟悬殊，在多数场合还得讲点面子，他完全可以先到恭候，完全可以由他请客买单。现在包间里，没有别人，架子完全可以放下。

于是，他亲自开了酒，又亲自斟好。方浩铭一回来，他便端杯提议：

"来，先搞它一小组！"

方浩铭马上回敬三杯。

"实不相瞒，王庆华联系上了！只是目前不太方便，不然他也会出来喝几杯。"林县长说着，掏出手机就拨。

方浩铭接过电话，果然是王庆华的声音："方行长，实在不好意思！你放心，我跟李书记，事是没有什么事，我只是讨厌人家七问八问，不得不暂时回避一下。"

"我理解。"方浩铭说。现在的包工头滑头多了，要他举证跟要他的命一样，"实际上，我跟你差不多啊！那里我已经投了一千零好几十万。"

"你放心，明天就复工！"王庆华说，"虽然我现在还不方便出面，可现在通信发达，在哪儿都一样！只要林县长不叫停工，我保证一切照常进行！"

林县长收回手机，追问方浩铭："现在，你放心了吗？"

"当然放心！有你县太爷大块头在那里撑住，天塌下来我也不怕！"方浩铭确实放下心来。看来，这林县长不简单。问题是方浩铭心里头有他的小算盘，他不想叫林县长这么快放下心来，"我这里好说，吃了哪里的饭讲哪里的话。我们市里……我们市行可能……可能就不一定了。"

"你向你市里好好汇报一下啰！你跟你们市行行长关系怎么样？"

"那肯定没问题。今天一早，他就挂来了电话，他很关心这事。你想，我们现在是商业银行，那么多钱投在这里，而且……而且这里的资产质量已经出了那么多问题。"

"历史遗留问题很复杂，只能慢慢解决。现在……"

"问题是，有些可以解决的也没有解决好。像工商局那个案子，马上就要到强制执行时间了。"

"这个案子没解决，我也有一定责任。不过我已经表态，县里支持你们，不光是口头讲讲，还有实质性的东西。"

"我想是不是可以这样：换一种形式转贷，由你县里头一个信用好的企事业单位——比如水厂新贷一百万元，借给市场中心，还掉那一百万元，我把房产证还给工商局，以后跟他们就没关系了，全部转到你县里来。"

"这样……这样当然好。问题是……水厂它愿意吗？"

"还不是你县长一句话！"

"哎，那也不能这样说！企业有自主权，政府不能包办代替。"

"他敢不听你的吗？"

"哈哈哈，我们喝酒，不谈工作了！不谈了！"

差不多半小时，夏雪、谢东生等人鱼贯而入。一见银行多了一个，林县长马上叫谢东生也火速调一个。

两军对垒，旗鼓相当，个个精兵强将，但方浩铭先倒了。他上卫生间回来，大笑说："这里的小姐怎么吃错了药，老是跑男厕所！叫也不叫一声，推开门就进来，看到我了才不好意思。"

人们以为方浩铭故意说笑。有一趟，夏雪后脚跟去，发现是他进了女洗手间。

林县长终于也醉，当场呕吐。方浩铭则不省人事，被一群人慌慌张张送进医院。

下部 化蝶

初暄乍冷飞犹倦，
一蝶新从底处来？

——[宋]杨万里《净远亭午望》

第十三章
受伤的公牛

秦文公派人伐武都一棵梓树，口随砍随合，四十人轮伐不倒，后施巫术将树砍倒，树里头跑出头青牛。

　　方浩铭终于醒来，发现是在医院病床上，手上吊着瓶，马上意识到怎么回事。

　　这病房是单独的，静悄悄，只有夏雪一人仰坐在对面沙发上。她正双手举着一本特大开本的杂志看。那封面是个美女头像，似乎有意以此替代她的脸面。也罢，这样让方浩铭更好欣赏她的身子。

　　她穿着黑色的T恤，V形领口和袖口缀了几道雪白的边，把她的肤色衬托得格外皎洁。项链是大粒珍珠，银白色，显得高贵。下身是白色的紧身裤，腰身曲线分明，一点也不显肚腩。这样看去，与郭三妹的身子实在没什么两样。他还注意到她那神秘的部位，立刻产生某种危险的意念，但他马上逃避，自嘲道："出洋相了！"

　　"你醒啦，行长！"夏雪慌忙丢下杂志，坐正身子。

　　"我说我出洋相了！"

　　"不会哩，行长！我跟他们说，你在外面有事。喝杯水好吗？"夏雪起身走到床边，"哦，对了，林县长交代，你醒来给他挂个电话。"

　　方浩铭连忙拨过去："县长，我可是死去又活来啊！"

　　"我也只剩半条命啊！"林县长笑道，"我比你更糟，还得开会还得讲话。"

　　"找水厂是吗？"

　　"你不要逼我！这事要让我再考虑一下，商量一下，三天后答复你。你先休息一下，抽空我去看你！"

　　因为县长亲自交代，方浩铭住了最好的干部病房，跟家里的套房差不多，设施齐全，医生护士也特别漂亮特别热情。他无心"享受"，想出去上班，可是身子太虚，起来上厕所差点晕倒。

　　方浩铭边挂瓶边挂几个要紧的电话。先挂给陈一平，要求马上到"红军巷"旧城改造工地去看一下。不一会儿回话说，那里确实复工了，看不出有明显的异常现象。他感到欣慰，立即给伊行长打电话，如实说现在医院，具体说昨晚如何见县长又如何把县长灌得当场盘点。伊行长自然高兴，连连表扬他工作抓得紧，措施有力，但心疼地要求他注重身体。

不时也有电话挂进来，其一是信贷科长说中午要请一个客户吃饭，问方浩铭能不能去陪一下。方浩铭说："这么重要的客户，我当然要出面。问题是……问题是今天中午，我确实不能喝，去了不喝又不好。这样吧，你看能不能推到晚上，让我再休息半天。如果实在不能推，你就叫陈副行长去，叫他代我敬一中组。"

"你还想喝啊？"护士小姐忍不住插嘴，"真不要命了！"

"人在江湖，身不由己啊！"方浩铭叹道。

"你就不能关机吗？这是医院，不是你的办公室。"

"我知道！在单位要听领导的，在街上要听警察的，在医院就得听医生、护士的。可我脑子好好的，清清楚楚，你总不能叫我像根木头一样呆呆地横着吧！"

"可以看电视啊！"

"电视没什么好看的。"

"也可以上网啊，哎，笔记本，可以放到床上！"

"这倒是真的，等会儿我试试！"

中午，夏雪送饭到病房来，陪方浩铭一起吃，让他好感动。

爱是泉流，哪怕山再高，石再坚，它也要流淌出来，滋润大地。滴水岩洞中的清泉就是这样流出来的。方浩铭到清溪后，尽管工作忙得不可开交，他还是感到孤独和寂寥，日益强烈。同时，他强烈地感受到夏雪的诱惑。

对于他心里头跃跃欲试的东西，她显然早有感觉。现在，就他们两个，俨然是两口子。虽然没说话，但两颗心在交流。他坐在床头，她坐在床头柜边的小凳上，那柜子就是饭桌了。在咬嚼食物的同时，他忍不住欣赏她的面庞、脖子，甚至想往领口深深地探下去。她正视着什么，不动声色地接受他贪婪的目光。

他忽然问："你怎么还长瘰疬瘩？"

"你说呢？"夏雪惊鸿一瞥。

"有多少粒？"

"你想数是吗？"

"岂敢！岂敢！"

方浩铭逃逸了。他意识到，再不逃就来不及。对于这个风韵十足的女
人，他第一次见到就怦然心跳。

叶素芬有个秘密，脸上光光滑滑，背上疙疙瘩瘩。那么，夏雪是不是
正好相反，里头更妙，光亮如雪，如镜如凝脂？这问题一经产生，便像谜
一样吸引着方浩铭。还有夏雪的身材也太漂亮了，许多少女都没这么窈
窕，真不敢相信她生过孩子。

有天，她带她儿子到办公室来，那儿子已经高到她胸前，他觉得不
忍目睹：她那可爱的娇小的身子怎么装过这么不可爱的庞大的东西？
他批评她以后不要带小孩到办公室来，表面上是维护办公秩序，实际
上是维护她在他心目中的形象。他常常不动声色地欣赏她，边欣赏边
想入非非。

方浩铭有的是机会，也多次看到过希望。他多次想趁机掀开新的篇
章，可他想她跟上官副行长的关系非同寻常，便断了某种念头。旁敲侧击，
发现他们的关系仍在正常范围。他又觉得，他现在身上有很多目光在盯
着，她则比那些"小姐"还危险。如果跟她有某种关系很容易被发现，那
后果将不堪设想。即使没被发现，也难免不影响工作。要么让她做可爱的
情人，要么让她做得力的干将，这是不能一身二任的，千万要保持理智！

吃完饭，方浩铭说想睡一下，迅速支走夏雪。

这病房虽然有点小漂亮，但那吊瓶始终让人驱不走病魔的阴影。方浩
铭把心思从夏雪那里逃出来，跟家里挂电话。

"我正要挂给你呢！"叶素芬说。

"什么事？"

"那篇稿子的事，你有没有跟那个人说清楚啊？"

"什么稿子？"

"就是那篇啊……写我帮助老太婆的……你看你——你这个没良心的，

把我的事不放在心上。"

"谁说把你的事没放在心上？我早给你摆平了，"方浩铭的应变能力越来越强，"可人家报纸是全市的，不是你办的也不是我办的，你以为想怎么上就怎么上是吗？能让你上就不错了，再等几天的耐心都没有？"

叶素芬底气不足了："谁说我没耐心啦？"

"我还寄给茹茹呢，叫她在电视台播一下。"

"哇，你别吓我！"

"她已经答应了。不过，有一个条件。"

"什么条件？"

"你不能反对她来看我。"

"不敢哩，行长同志！你看人家布什、普京，还是总统，都只有一个老婆。你已经有我了，怎么还敢让茹茹来呢？"

"那不符合我们的国情。我们中国人爱喝茶，有个名人就说因为一个茶壶配五六个茶杯是必要的，所以一个男人讨五六个老婆也是合理的。"

"那些茶杯是给客人用的，你其他那些老婆也是给别人用的吗？"

方浩铭哑然，大感意外。他总觉得叶素芬文化素质低，头脑简单，只是淳朴得可爱，可以白头偕老，但不能共同谋事，没想到今天把一句名言给驳倒。他只好说："当然是自己用！你如果嫌太多了，那就少一点吧，三个也行。"

"你看我多好哦，一个就顶三个！"

"你好是好，就是旧了些。凡（房）事要推陈出新，总不能就一个老老婆吧！"

"你是新的吗？你也是老老公吧！电池也是，要老的就一起用老的，要新的就一起用新的，不能一个新的配一个旧的！"

"嘿哟，老婆同志，你最近到哪儿进修啦？"

今天他们饶舌饶得特别愉快，直饶到叶素芬上班。方浩铭余兴未尽，想再找个人继续饶，想了一会儿，居然想不到一个合适的人选，只好拿了笔记本电脑上网。

以往无聊之时，方浩铭也上过聊天室。然而，往往没聊几句就问他是男生还是女生，又问年龄多大，好不尴尬。这还容易敷衍，更难以对付的是对方动不动就搬出《哈利·波特》之类。那都是小年轻，甚至是少年儿童看的，他哪知道？话不投机，没几分钟就逃跑或者是被别人抛弃。就这样，他没了上网聊天的兴趣。今天再上网试试，他所碰到的网民仍然没有长大，仍然一个又一个聊不下去。

没多久，漂亮的护士又来了，可爱的夏雪又来了，重要不重要的电话又来了，头痛不头痛的工作又来了。

晚上请的客户是头回碰杯，方浩铭称不会喝酒，只是礼节性敬了两杯，其余由其他人上阵，斗酒也斗得酣畅。这时，市场中心主任小王给方浩铭挂来电话，说要请他和水厂陈经理喝晚茶，刚才他电话占线，便先挂陈经理并已取得同意。

县水厂经理才股级，跟村长一样，但是大根得很。他们的水永远不愁卖，在银行家眼里无疑是块肥肉，但清溪水厂的基本账户长期在其他银行。方浩铭到任不久，开始全面外交攻势，不论账户目前在不在教育银行，都上门拜访一下，陈经理被列为重点对象。

那天一早，方浩铭和信贷科长一起登门，他竟然手都不想握，像对待外来推销员一样只追问有什么事。信贷科长介绍这是新来的行长，他这才让座叫人倒茶。谈起业务，又是兵来将挡，水来土掩。真没见过这样的人！方浩铭在心里头骂道：要不是当这狗屁行长，我鸟都不理你！现在，陈经理同意跟方浩铭喝晚茶了，似乎一个"皇恩浩荡"，一个"受宠若惊"。

方浩铭马上明白：林县长已经做通工作了！一百万不良资产起死回生了！肩上的重担又减轻一大截了！在这种情况下，自然不能再计较那点面子，应当给他足够的面子。这么一想，方浩铭马上答应小王。接完电话，他再敬客人一杯酒，告辞离席，转战陈经理。

路上，方浩铭又想，最好能乘胜追击，再挤一笔贷款进去，夺它一部分存款甚至把它的基本账户抢过来！在这种思想支配下，他又像一头斗牛场上被引逗激怒的公牛，浑身每一滴血都沸腾起来。他对敬酒者来者不拒，又频频出击，直叫陈经理讨饶："今天我投降，投降！明天再喝，我请客！"

方浩铭又倒了，当场吐一地。陈经理也够朋友，亲自扶他回家。一手抓着他的手驮在自己肩上，一手搂起他的腰，半抬半拖。喝醉酒的人像死人一样特别沉，两个人走得趔趔趄趄。

已经是半夜，街上行人很少，但街边的大排档喝酒猜拳还热闹。池子林跟几个朋友喝茶刚散场，一出门就碰到两个酒鬼颠三倒四，觉得好笑。没笑几句，便有人认出这对难兄难弟一个是水厂的陈经理，一个是教育银行的方行长。池子林三步并两步迎上，一边抓起方浩铭另一只手驮到自己肩上，一边不停地叫唤："虾米——耗子——"

"他喝太醉了！"陈经理说。

酒醉心明，方浩铭清醒了一些："不许……不……许、许乱叫外……外号！我知道……知道你是……是是谁！"

"要不要再喝一点？"池子林故意问。

方浩铭吃力地说："不喝……我醉……醉了……我醉了！"

"不会哩，你哪里会醉！再喝！"

"你不要欺……欺欺负我，我知道我……我我……我我喝醉、醉了！"突然，方浩铭甩开陈经理，"我没醉！你回家，我自己……己……自己回去！老蕨送我！"

陈经理坚持一起送，方浩铭就是不让，差点摔倒。池子林一起劝，陈经理只好依了。

池子林扶着方浩铭继续往行里走。方浩铭更清醒了些，突然说："我今天……又出洋相了，你别……笑我！"

"几个男人没醉过？这有什么好笑的？"

"我今天确实太醉……太难受。现在，你送我去医院，不然我会死掉！"

池子林追问："真要去吗？还是回家，我给你弄些糖水？"

"我不喝……不喝水！"

"你到医院挂瓶也是挂葡萄糖，一滴一滴，活受罪！那种葡萄糖，可以自己撬开来，喝进去，直接到血管，更快见效！"

"我不要喝！你有葡萄糖……你有漂亮护士吗？你有吗？"

"那我是没有。好吧，我送你到漂亮护士那里去。"

"那里的护士真的漂亮。下午，我刚从那里出来。"

"你病了？"

"不好意思，也是喝醉……醉了。"

"那你晚上还敢去喝？你不要命了？"

"要啊！不要命干吗还去医院？医院也要去，酒也要喝。人在江湖，身不由己。你没当过行长，现在的银行不比你在那时候，你不知道我的难处。我的工作就是喝酒，喝酒就是工作。"

"那你工作是为了生活，还是生活为了工作？"

方浩铭一听愣了，再没有说话。他觉得这位老同学快变成哲学家了！

根据池子林的建议，"五一"一过，方浩铭戒完三天酒，一上班便到县医院进行体检。结果大大出乎他的意料，被查出问题一大堆：一是染上乙肝病毒，二是胆固醇偏高，三是血压偏高，四是血脂偏高，五是尿酸偏高。

他听了，觉得整个脑袋要爆炸。哪想才半年多时间，突然会冒出这么多问题？离开医生，离开医院，方浩铭的脚步变得沉重，眼前一片茫然。

以前行里每两年组织体检一次，方浩铭每一次都没任何问题，每次都要开句玩笑："又浪费公家的钱了！"在他心目中，死神遥远得很！病魔遥远得很！哪曾设想那可恶的魔鬼就这样悄悄潜伏到了自己身边……不，是悄悄潜入到了自己血液之中！现在，像孙悟空一样给戴上紧箍咒了！你再敢忽视它？它念一下紧箍咒，立即叫你滚到死神那儿去！面对病魔，我堂堂一条汉子竟然如此无奈，全世界千千万万的"白衣战士"也束手无策！他惊异于自己如此之孤独！如此之脆弱！如此之卑微！现在只能无条件投降，而且必须跪拜在它可怖的魔爪边，不可乱说乱动，不可乱吃乱喝，不可乱思乱想，而只能闭目养神，粗茶淡饭，清心寡欲……这是什么生活！这哪是男人的生活！

方浩铭想着想着便愤怒！然而，愤谁怒谁？谁传给你乙肝病毒？只有病魔知道。但很显然：酒是你自己喝下去的，工作压力是你自己找的，行长是你自己争的，咎由自取！只要你稍加注意，事先打个预防针，就不会染上乙肝病毒；只要你不想当这狗屁行长……

从医院回行里的路上，方浩铭边走边给叶素芬挂电话，如实告知查出乙肝带菌，要求她明天一早和女儿一起到医院检查，如果没有传染要马上打预防针。还有，买个消毒碗柜，经常消消毒。至于高血压之类，不会传染，他就不讲了，免得她过多担心。

给叶素芬挂完电话，走到一个体育彩票站，方浩铭记起本星期的彩票还没买。本来，他每次买复式票只加一个号，今天突然决定加两个号。他想，万一不小心中它个特等奖，扣除税收还有四百万元，好给老婆孩子多留点遗产……呸！怎么想到遗产啦？真该死！应当说，中了五百万，就不怕……就可以炒行长的鱿鱼了，就可以带老婆孩子到远处——到欧洲——到女儿向往的北欧去好好逛逛！他翩翩地浮想着，但对买彩票本身并不太认真。今天是二十二日，就选一个22，其余八个号随机——听天由命。票打出来，一眼也没看，折起来放进钱夹就走。

这是一条南北走向的大街。一过中午，太阳斜向东边街，给西边街留出阴影。街两边本来有足以拱街的法国梧桐，可是香港回归那年，市里领导说法国梧桐冬天落叶不好，便砍了梧桐改植紫荆树。紫荆树当然好，四季常绿，又会开花，又有纪念意义，只可惜三五年长不大。清溪县城大街也响应市里示范砍梧桐改紫荆了，现在方浩铭只能走西边人行道躲那炙人的太阳。

"性福小商行"在东边街，正值太阳酷晒，池子林便和几个男女在西边街一个发廊门口打牌。他面朝方浩铭走来的方向，战得正酣，根本没在意会不会碰到熟人。方浩铭远远看到他，走近牌局，悄然立在一旁观战。一局结束，池子林输了，边洗牌边抱怨"刚才算错一张牌，要不然……"突然，边上一个等客等得不耐烦的三轮车主故意撞一下另一辆三轮车，两人花拳绣腿嬉闹起来。这吸引了池子林的注意力，不意发现方浩铭："嘿，你什么时候来了？"

"刚刚，到前边办个事。"方浩铭笑笑，"你怎么不看店，东西给人偷光了都不知道！"

"嗨，我那些东西……这光天化日……送——也没人要。"池子林丢了牌，上前拉方浩铭入座，"来来来，搞两把！"

"不不不！你们玩！你们玩！我还有事！"方浩铭挣脱了，慌忙就走，几乎是逃。他嗜牌多年，要是以往不等他请，抢都要过把瘾。可现在他是行长，在这个小县城也是有头有脸的人物，在这街头，又是发廊和性用品门前，他站也不愿多站。但他想那样打牌肯定很惬意。可惜，他不敢去享受。人生，总是有得有失。皇帝有无比的自由，但绝没有池子林这样的自由。这么想着，他掏出手机，约池子林晚上一起吃饭。

方浩铭只请了池子林一个人。池子林感到奇怪："这么冷清，你喝得下酒？"

"我们可以好好聊聊。"方浩铭掏出手机，当场关机，搁在桌上，"天天'接客'，官大的官小的，男的女的，烦死了！今天就你我，喝它个尽兴！"

"喝得再叫我送你到医院？"

"料你没那本事！"

方浩铭点了最高档的菜，要了进口好酒，你一杯我一杯，你来我往。说笑话，也骂娘。回忆同学时候的往事，交流对当前国事、县事的看法。没有企图，没有目标。想说什么就说什么，爱怎么说就怎么说。唯有酒要求倒得两个杯子一样满，点滴不差，又一起喝得点滴不剩，就这样把一大瓶美酒二一添作五喝了个底朝天。

"怎么样，再来一瓶？"方浩铭征求意见。

池子林说："再一瓶是可以，要你喝两杯我喝一杯。"

"为什么？"

"因为我酒量不如你，而我年龄比你大一点儿，你得让我。"

"那……那就算了吧！我现在不贪杯了，也不灌人家了。"

"怎么啦？"

"不瞒你说，我今天到医院检查了，我有乙肝带菌，还有高血压、高血脂、高胆固醇、高尿酸，问题一大堆。我想今天好好跟你最后喝一次，明天开始戒酒。如果这最后一次会传染你，那就对不起了。"

"我不怕。我是搞饮食的，早打了预防针。你为什么不早打打针呢？"

"以前我有听说过，可是我想我这种人免疫力特强，再说我是个平民百姓没几次在外头吃喝，就没当一回事。当行长了，整天忙得要死，根本没空去考虑那些。"

"所以我那天问你：到底是工作为了生活，还是生活为了工作。"

"所以我听你的了，去体检了。"

"明天真的开始戒酒？"

"想是想，不过可能做不到。戒烟是个人的事，戒酒是大家的事。一堆人都在喝，你一个人不喝，多扫兴！特别是像我这样，当个什么狗屁长的，整天要求人家，不喝人家会说看不起他，你叫我怎么工作？"

"那就拿命去拼吧！"

"有什么办法呢？我的上辈和你的上辈一样，没有当官，也没发财，我们没有原始资本，只有拿命去换。"

"你也说得太可怕了吧！哪里都需要拿命去换呢？是你野心太大了！"

"嗯……是说重了些，不过就这么个意思！最早，我野心是大。你看那些什么大官，什么大富，什么大学者专家，像云絮样的挂在山巅，跑过这一段小路，穿过那一片梯田，爬上那一个山坡，再上一个山坡，就可以摘到它了！有什么了不起啊！过些年，我也可以！那时候，真像毛泽东说的：'粪土当年万户侯'！可是，千辛万苦奋斗之后，走过了那条坎坎坷坷的小路，穿过了那弯弯曲曲的田埂，爬过了那一道道峰回路转的山坡，到了那个山巅，才发现美丽的云朵还在更高的山巅之上，而你已经感到寸步难行了。工作这么多年，我棱角早给磨得差不多了，只想平平安安过小日子。突然捡了个狗屁行长当，又有点不知天高地厚起来。我想，人家朱老板五十多岁才当处长，没几年就升天到顶。我现在才三十多不到四十，混个正科也许两三年就够。混个处级，也许还不用到五十岁……嘿，还真有点'老夫聊发少年狂'的味道！就像彩票，只要求选那区区七个数字，多选它几次，还怕逮不到一次吗？可是，你去买了才会发现，要选三个半中个末奖都很难！等到钱包掏瘪，掏得你害怕再掏了，才会发现那区区七个数字也许这一辈子都追不到！"

"这么绝望？"

"人嘛，就这么矛盾，这么难以把握……难以把握自己的明天。"

"那你为什么还要拼命？"

"给踢下鳄鱼池了，我能不拼命吗？这是逃命！我只想尽快逃上岸！"

"有那么严重吗？"

"你没经历过现在的下岗威胁，没有经历过职场的竞争，夏虫不可语冰。有的时候，我真羡慕你，你信吗？"

"你既然这么说，我就信吧！不过，我真没想到。连你都不爱看武侠了，我想这社会是没人欣赏隐士了！"

"可惜一个人不能两次过同一条河。"

现在"接客"，方浩铭不会那么傻了，总是强调"今天不巧，正在吃药，不然好好陪你喝几杯"，留给手下去冲锋陷阵。

要是看样子要闹很久，他干脆借口县领导或是市分行领导那里还有一摊，提前离席。为把谎言变得更真实，他事先跟夏雪约好，开席半小时后不时地打电话催他赶到某处。

脱身出来，一身轻爽。以前要是有空闲，方浩铭会到办公室看看文件、想想明天该干的事，有的当晚就行动，该找谁马上挂电话，不宜马上找的到床上还盘算，恨不能马上就天亮。这一段时间，他买了一些书看，知道外国有个名词专门叫这种人："A类男人"，意味着压力过大，很容易导致心血管疾病。他不能再这样干——无异于自杀，下班后刻意回避工作。

现在，方浩铭也有放松放松的资本。可以说，李书记被"双规"造成的动荡基本上应付过去。如果不再出什么意外，今年的业绩应该不成问题。他发现，现在的官其实很好当：悬一把"末位淘汰"的剑在那里，有几个敢不听话？又有几个敢不拼命？上级给我压力，我为什么不像批发商样的分解下去？

下班后，方浩铭坚决不跑办公室了，也不搞"公关"。这么一来，又觉得无聊。去看朋友吧，少不了要喝酒。找人打牌吧，如果不赌钱也得喝酒。除此之外，还怎么能消磨睡觉之前这几个小时呢？

方浩铭漫步在大街，心像街道一样乱哄哄。那霓虹灯很耀眼但他不想看，那震耳的音乐颇动人但他不想听，那浓香的美食很诱人但他不想吃，那来来往往的美女令人怦然心动——说"清溪少妇最风流"真有道理啊，但他不想……

不，如果能有一个……那该多好啊！方浩铭恨不能马上揽到一个小鸟依人、楚楚动人的美女，感到无限悲哀：这满街的美女都是别人的！

人与人，尤其是男人与女人，怎么如此疏远！远得像浩瀚的星河，你是左岸的织女，我是右岸的牛郎……不，你我比牛郎织女还悲哀，因为你我之间连一年一度的鹊桥也没有！

方浩铭心里胡思乱想着，不知不觉踱到教育银行办公楼前。正要迈进门，不意抬头望一眼，发现整幢楼一片漆黑，心里不由一颤：回去干什么？睡觉，还早；电视，没什么好看；上网，没多大意思；看书，连武侠小说也没了兴趣。

方浩铭不想回宿舍了，他从来没有这样想过。以前，总是匆匆忙忙赶回去，只急摸不着枕头，常常洗漱都懒得，袜子都懒得脱。可今天太早，太无聊，他不想回去。他转回身，却不知道往哪儿走好。想了想，信步往河边踱去。

这时，刚好夏雪给方浩铭发来一条短信：

"读这信息，你已欠我一抱；删这信息，欠我一个吻；存这信息，欠我一次约会；要是回复，你欠我全部；要是不回复，你就是我的。"

这真叫人为难！想了想，他还是把这条信息发回给她，这不属于删、存、回复与不回复的范畴。

说实话，方浩铭心里仍然喜欢这个迷人的少妇，但同时他找到了许多理由要求自己别想她：比如她的手并没有叶素芬当年的手漂亮，又比如她的眉毛太淡硬画出来很恶心等等。夜里最想她的时候，他就想：我在想她，可她此时此刻呢？她老公虽然远在天边，可是她有情人吗？此时此刻是不是在情人怀里？说不定还正在跟情人做爱，而我却找她煲一煲电话都不敢。想别人的情人或者老婆，实在是太傻太傻了！

那么，叫夏雪出来散散步聊聊天，放松放松而已，应该没什么吧？

不行！散步更不行！这是小县城，随便一个行人都可能认识你或者她，你晚上跟某小姐某女士在某地散步的"新闻"很可能第二天就传遍全城。

还是喝茶吧！当然，不能到河边，应当到茶馆，要个包间，进去出来分开走，人不知鬼不晓。当然，也不全是喝茶，要点酒，随意喝，边喝边聊天，天南地北，海阔天空，什么也可以说，什么也可以不说，就那样咪一小口，就那样对视一眼，就那样会心一笑，那多美啊！想到这，方浩铭热血沸腾，马上就给夏雪挂电话，她一口应允。

方浩铭飘飘然，先到了茶馆，美滋滋地等着夏雪。这是个榻榻米小间，脚一伸就到了对面。他忽然想：心里本来就蠢蠢欲动，这样亲密地坐着，又喝了酒，我怎么控制自己呢？他冷静地想了想这个问题，觉得很没有把握，便果断地告诫自己：她只能做我的好秘书，千万不能让她把我的前程毁了！送酒水的小姐来了，他说："对不起，我有点要紧的急事要走！等会儿，请你转告来找的小姐！"

方浩铭逃出茶馆。拨涂长青，他在市里开会。再拨池子林，他关机——又不知躲在哪儿卡拉OK。方浩铭也关机，免得夏雪打过来。但他又觉得，这熙熙攘攘的世界居然找不到一个能跟他一起消遣的，真寂寞啊！

清溪河穿城而过，城分为水南、水北。水南紧依山，至今不够兴旺，可也不宁静，三五步就有一家OK厅，难怪人们会说"清溪少妇最风流"。方浩铭漫步到水南街，突然想去吼几声。尽管只有自己一个人，他还是要了一个包间。没人鼓掌，没人敬酒，没人帮助点歌，这种冷清很快叫他受不了。于是，他请一个小姐。

在灯红酒绿中看，这小姐不错。可方浩铭知道，如果在白天，肯定要大打折扣。如今小姐产业化，资源优化配置，像这样低档的OK厅不可能会有像样的小姐。不过，他今天无所谓，不想拿小姐贿赂谁，自己也不打算享用，纯粹是雇来解解闷，点点歌，捧捧场，也喝喝酒。现在他只是不能多喝,不是完全不能喝。那种为了一点业务拼酒的事他绝不能干了,但是像现在这样纯粹是助兴,当然要喝。喝高兴了,唱高兴了,也跟小姐跳跳舞。这种屁股大的地方能跳什么舞呢?只能是"两步舞",搂着小姐转几转就是了。再要发展,他不干了。小姐倒是大方,步步深入引诱。他明确说:"谢谢,我阳痿了!"可是小姐不肯罢休,伸手直掏他下身。他闪开,大怒:"你……"小姐终于蔫了,蜷缩在沙发上,撅着嘴,一动不动。方浩铭心软了,端了酒给她,笑道:"高兴点吧,好像我欠你债样的!"

"任务没完成,有什么好高兴!"小姐叹道。

方浩铭莫名其妙:"什么任务?"

"你不喜欢我啊!没完成指标,要扣工资……"小姐说着说着呜咽起来,"我知道,我不漂亮……"

"好了好了。"方浩铭连忙拥了拥小姐,"算我们做了吧,我等下给你算钱,算你完成指标了!"

方浩铭不停地叫小姐找歌,不停地唱。他简直有点惊讶,这里怎么有那么多的歌,而他也会唱那么多。他想起很多读大学时候唱的,读中学、小学时候听的。在他少年时候,还没有卡拉OK,难得唱一句歌,但是经常听。尽管多年没听,甚至从来没唱过,现在旋律一放,还是唱得上,并能让小姐叫好,叫他简直怀疑自己是不是有音乐天才。记忆深处,一曲一曲歌像一朵一朵的雪花飘出来:《妹妹找哥泪花流》、《我们的生活比蜜甜》、《边疆的泉水清又纯》、《泉水叮咚响》、《祝酒歌》、《心中的玫瑰》……对了,还有《年轻的朋友来相会》:

再过二十年,我们再相会,

伟大的祖国,该有多么美。

天也新地也新,春光更明媚。

城市乡村处处增光辉,

啊——亲爱的朋友们,让我们自豪地举起杯,

挺胸膛,俏扬眉,光荣属于我们八十年代的新一辈!

现在唱来，这首歌就像是昨天学的，可确确实实过了二十年！

二十年啊！二十年前，我是沿海山乡的一个穷学生，穷得连一个像样的书包都没有，用旧衣服缝一个兜，老是被人笑话。可那时候，我富有的是性欲，逼得你挖空心思想发泄，有时被逼得简直想自宫……二十年后的今天，我是一个行长！虽然是最小的支行，可毕竟是一行之长，掌握着上亿元金融资产！至于女人，如果不挑剔的话，可以说应有尽有。可是，我得志吗？我幸福吗？为什么在这儿借酒消愁？我究竟想要什么？

方浩铭不想唱了，端起一杯酒想喝喝不下，怔怔然。小姐连忙端起来敬："行长，你好像也不高兴？"

方浩铭吓一跳："你叫什么？"

"你不是行长吗？"

"谁说的？"

"那次，你和几个人来，他们都叫你行长。"

方浩铭想不起哪次，但没必要去追忆。在这种场合，男人们一般都不会叫姓名称职务，但完全有可能漏一两声。还好，他从没在这种场合太开放。他庆幸着，热情地敬她一杯："那是人家开玩笑叫的，你别当真，更不敢在外面乱叫。"

"不会哩！做我们这一行的，出门就不认识了。"

方浩铭付了小费，把小姐支走，独自继续唱，反复唱《年轻的朋友来相会》，边唱边想再过二十年又将如何？

照目前这样的改革形势，不要再过二十年，只要两年，还在不在教育银行都不知道！

照目前这样的身体状况，不要再过二十年，只要两年，还在不在人间活着都不知道！

方浩铭陶醉在自己的歌声之中。

卡拉 OK 实在是伟大的发明！

喉咙吼得有点哑了，方浩铭又放串烧，疯狂乱舞，让那刺激的乐声将心儿震得发麻……

这一夜，方浩铭失眠了。转辗反侧之际，他后悔没跟那小姐多喝点，喝它个半醉。

没 OK 没醉酒也没有工作的时光会胡思乱想，真糟糕！夜已经够深了，刚才听过几声鸡叫。现在川州听不到鸡叫，在清溪这样的小县城也不常闻，但不知第几遍，何时何辰。懒得看钟表了，反正够迟够迟，连OK 厅肯定也打烊了！不过，酒还是可以喝的，房间里就有，要啤酒有啤酒，要白酒有白酒。这种时候喝啤酒，酒没喝够肚子先大，水龙头关不住，那会折腾到天亮的。还是喝白酒好，几杯下肚就可以飘飘然，就可以安然入梦。

方浩铭禁不住想象的诱惑，立即开灯起床，直奔门边提白酒。这是昨天一个员工来拜访时送的，挺高档，当时拒绝不过。他绝不想沾贪污受贿之类的边，这酒还是要退的。可现在没有其他白酒，他决定先喝再说。

这是五十二度的名酒，一喝整个肚子都起火，方浩铭这才想起房间没有下酒的汤菜。现在酒已经在心里燃烧了，他连忙抓起冷茶喝。

第十四章
郁香的狗肉

国王告示，谁如果能破围城之敌，赏千金和美女。有条狗夺得此功。国王兑现奖赏，群臣反对，美女则劝告不要失信。

通过余明玄穿针引线，方浩铭宴请了方妮的老师，建立起关系。

星期四上午，方妮的班主任吴老师给方浩铭打电话，说在五月份考试中，方妮的总分在全年段又掉了三十七名，掉在第二百零九名。如果这就是中考，按照以往的名额，她就上不了重点高中。吴老师还说，前两星期给方妮换了座位，同桌是一个比较文静的男同学，可她上课有时还会讲话，甚至玩前桌女同学的头发。他帮助分析原因，问："你们平时在家可能很少交流是吗？"

"那是那是！"方浩铭变得像吴老师的学生，"她作业多，功课重，我们不要影响她。现在更是，我下乡了，难得回去一趟，回去也是匆匆忙忙。"

"现在的孩子真孤独啊！国外研究表明，如果把一个人单独关起来，不让他跟人交流，用不了多久他就会发疯。孩子更是这样，天性爱说爱动。你家里不让她说，她到学校……跟同学就忍不住了。"

"回去，我会好好管她。"

"不是管，要引导，要真正地关心她爱她，跟她交朋友。"

"我一定会尽力！尽一切努力！"

方浩铭火冒三丈，恨不能马上把女儿抓过来狠揍一顿。他随即给叶素芬挂电话，转达吴老师的话，最后说："下午我就回去，我要好好修理她一顿！"

本来说好下午上班时间出发，中午稍微休息一下，可是方浩铭根本静不下心来。现在什么好东西都贬值，文凭也是。我们平民百姓的子女如果考不上重点中学、重点大学，根本不可能找到像样的工作，那就要误她一辈子。以前太宠她了，管教不严，父之过啊！这么一想，他躺不住了，腾地跃身下床，边打电话找刘金文边出门，恨不能三步两步就赶回川州，三秒两秒把她揪过来严厉地……

怎么严厉呢？所谓"严"当然包括动武，要让女儿留个难忘的教训。小时候，方浩铭是乖孩子，父母虽没什么文化却很少对子女动粗。最后一次挨打，好像是小学毕业那年。那时候，《少年报》每一期第四版有个叫

《社会主义好，资本主义糟》的栏目。有一次，这栏目有篇文章说美国小朋友连牙刷都买不起，通常是几个人共用一把，还配了图片。他就想给生活在水深火热之中的美国小朋友送温暖献关怀，回家偷了仅有的两元多钱，买了几把牙刷寄给美国驻华大使馆，请他们转给美国小朋友，害得家里买盐的钱都没了。母亲每回借盐都要生气一阵，有一天气不过终于将他狠打一顿。母亲用的刑具是小竹枝，那钻心一样的疼，但没伤及筋骨和皮肉。母亲威胁说，下次再不听话要脱掉衣服裤子，用竹枝狠狠地打，打得皮开肉绽，再用辣椒水搓。那一定更惨，但他没再不听话。现在，要不要对女儿试一次？那一定叫她终生不忘。为了她将来好，我就下一次毒手吧！转念一想，又觉得不妥。毕竟那么大，再脱了衣服打，也太……太过分了！不脱吧，那小竹枝打起来不够痛，更没法搓辣椒水，起不了作用。除了这些，还有什么打法，既能严加教训，又不伤及皮肉、不损体面呢？

一路上，方浩铭思绪纷飞。路边有一大片原始次森林。那大都是阔叶林，树种颇多，在车窗闪过，只见绿得深浅不一，看不出大小高低。据说那里有军事基地，难怪没人敢乱砍树。那么，能去玩吗？

方浩铭突然向往大森林。当然不是一般的玩，不想窥探什么军事秘密，而是想……想来点别的什么浪漫，比如彻底回归自然——裸奔！当然还要个女的，有男有女有阳有阴，像亚当与夏娃，一丝不挂，赤诚相处，让飞翔着的鸟儿，让奔跑着的鹿儿，让绽放着的花儿都来分享我们爱的愉悦。他还具体想到夏雪。他想象，她如果那样一裸露，那皎洁之躯肯定会像发光的宝石一样让整个阴森的树林明亮起来……那该多美啊！他有一种立即给她打电话的冲动。但这冲动只是一瞬间，他就理智起来，强迫自己去看树木。

大森林已过，眼前是一片竹山。方浩铭想起此行的目的，想到刑具的问题，马上叫刘金文停车，上山拾竹枝。

这竹山虽然在路边，可是隔着几丘水田，有一段距离。等走近了，山脚边还有一片浓密的芦苇丛，根本没有路。刘金文皱了皱眉，硬着头皮钻进去："方行长，我一个人去就行了，你在这儿等我！"

"没关系，我自己去！"方浩铭有点怕。这季节是毒蛇出没之时，到这种阴凉潮湿的地方可得注意。要是小时候，砍柴、采笋，不知钻过多少芦苇丛，好像没怕过，可现在……现在刘金文已经开路了，有蛇也跑了，还怕就说不过去了。

无法直接到竹上去摘，只能捡人家丢弃的竹尾。看到一段一米来长的圆竹，方浩铭想，可以拿这段竹子取篾片，留厚一些，下手重一些，再多穿衣服也一定很痛。于是他捡了这段竹子。

圆竹离作为刑具的篾片还有一段距离。现在家里，只有两把菜刀，破不了这么大的竹，怎么办？方浩铭到了市区才想起这个问题，满街去找竹器厂。想当年，他那半厘米小指头，就是在削竹片时削掉的。现在，在这座不小的城市里，大大小小的工厂很多，但要找一家象征小农经济的竹器厂可不是一件容易的事。他问了一个又一个人，跑了一条又一条街。

竹器厂找不到，方浩铭灵机一动，决定找花圈店。花圈店好找，哪个城市都设在医院太平房附近，而医院就好找了。方浩铭找了一家离太平房最远的店，请师傅破这段圆竹，削出三块篾片。

没多久削好，方浩铭问多少钱，师傅说这点小事随便算点。给一张十元的，找回七元。他想，这利润也可观啊！这种生意可以大做。拿方妮的学校来说，七百多个学生，重点中学只能录取二百来人，有五百来人需要往前挤——需要这类刑具来加强管教，那么全市是多少？每年都有人上初中，有些人可能从小学就需要，有些人到高中可能还需要，而有些人可能用力过猛用不了多久又需要新的，这该是一个多大的市场啊！

方浩铭回家，一手拎着公文包，一手抓着三条一米来长的篾片，又一副凶神恶煞的样子，叶素芬一看就知道怎么回事。他怒冲冲扔下包，直奔方妮房间，扑了个空，出来审叶素芬："你把她藏哪里去啦？"

"我哪里藏啦？"叶素芬很不高兴，"在洗澡！"

大卫生间的门关着，里头传出淋水声。方浩铭坐到沙发上，等方妮出来。叶素芬坐到他身边，关切地问："你想怎么修理她？"

"不知道。"方浩铭气呼呼的。他将篾片搁在沙发上，倒了一杯水喝，等得不耐烦，"怎么还没好？"

"像你们方家人啦，洗慢了'三朝'！读书、考试哪里快得了！"

"像我们方家人会差呀？我当年，高考全县第二名！"

正要展开舌战，方妮出来了。她只穿背心短裤，见了父亲也没打招呼，直奔自己房间。方浩铭一听开门声就伸手去抓篾片，但看她穿那样少，又不忍心。

许久，方妮还没出来——肯定开始做作业了，方浩铭有点不想打扰她。可是又想，如果不认真，如果考不好，天天读又有什么用？不修理修理她，只会越来越差。矫枉必须过正！想到这儿，他大声吼道："方妮，你给我出来！"

方妮肯定听到了，但还是久久没有出来。方浩铭又吼道："你听到没有？"

"妮仔啊，你出来一下，爸爸有话给你说。"叶素芬帮腔。

方妮意识到大难临头，像犯人上刑场一样艰难地挪着八字步，从房间到厅上走了好几分钟。

"考了多少？"方浩铭审问，像法官审案开头得明知故问一下。

方妮呆立在父母面前，头往下勾着，双手抚弄着胸前的扣子，声音低得几乎只有她自己能听清楚："语文，九十三；生物，九十一；英语，九十；政治……"

这小家伙居然会做文字游戏了！应该说——凭良心说——按道理说，这成绩是不错的。作为学生，十之八九学到了，就应该算优秀，绝不能算差。可是，从现实来说，这能算好吗？现实是讲竞争！不论你本身好不好，只论你比别人好多少。别说中考，连大学都一样。荒唐透顶！培养学生，应该是以合格不合格为标准。如果大家都考六十分以上，那么百分百合格，一个也不该淘汰；而如果都考六十分以下，那么该淘汰的就不止是末位，也应当是全部。可它根本不讲实际成绩，只讲末位不末位，长官意志！强权意识！大学也变官场了，变丛林了，真丢人现眼！然而，这是现实！是"人民群众"改变不了的现实！我方某人连川州学校的现实都改变不了，只能屈从！像屈从死神一样，绝对屈从！而你方妮，更必须屈从！这么想着，方浩铭心头的火越烧越旺。他从屁股后头抓出篾片，在茶几上像敲惊堂木一样狠狠敲一下："总分多少？排名第几？"

方妮整个身子不由自主地随着"惊堂木"跳动了一下，泪水滚滚而出："二百……零九。"

"二百……零九，你知道这意味着什么吗？跪下！"方浩铭怒火冲腾，抓起篾片冲上前，照着方妮的屁股就打。

方妮痛得趴下，在地板上直打滚，杀猪一般号啕。

方浩铭好恨啊，一下紧接一下打，边打边骂："养你这样的孩子有什么用！"

"好了好了，别吵邻居了！"叶素芬劝道。

方浩铭平时死要面子，讨厌叶素芬大嚷大叫，让邻里觉得没修养，可今天他全然不顾。此时此刻，他脑子里涌现一个个"小姐"，OK厅的，洗脚屋的，桑拿浴的……一个又一个年轻漂亮但是下贱的"小姐"。要是我女儿考不上重点中学，考不上好的大学，没有像样的工作，说不定用不了多久也会变成那样的女人……这样想着，他越打越狠，反反复复骂一句："养你这样的孩子有什么用！"

叶素芬忍不住了，奔上前抢夺篾片："你疯了！你要打死她啊！"

两个大人扭成一团。方浩铭仍不解气，将叶素芬的屁股也打一下，这才摔下篾片。叶素芬没跟他计较，忙着去安抚女儿。方妮不挣扎了，只是一个劲儿地哭。叶素芬想把她抱起来可是抱不动，抱着她半个身子哭成一团。方浩铭看不过意，回避到书房，鼻子一酸，泪水也涌出来。

不久，叶素芬抓着篾片冲进书房，照着方浩铭的下身连打几下，怒道："让你尝一下什么滋味！女儿给你打肿了，出血了，你说你狠不狠！对自己的女儿这么凶，你说你是什么人！"

方浩铭没有还手，也没有还嘴。等叶素芬不打不骂了，他这才淡然说道："你以为我爱打人？你以为打女儿我不心疼？"

第二天，方浩铭没回清溪，在市分行几个部室转。

他的工作怎么样，跟上级行部室的支持有很大关系。比如下任务的时候稍微少一点，你肩上就会轻松很多；而分配费用的时候稍微多一点，你手头就会宽裕很多。苦干还要加巧干，不巧干累死了都没用。因此，在抓基层工作的同时，他非常注重跟上级行的沟通。除了正常电话、报表、信息简报之类，他还注重利用自己本来就在市分行机关的优势，加强与几个重要部室主任、经理们的感情联络。他们下清溪支行检查工作，接待特别好点，吃好喝好之余也安排唱一唱歌什么的。还经常利用回家到他们办公室走走，约出来吃个便饭，情同手足。

晚上应酬完，方浩铭独自悠然踱步回家。路过彩票站，突然想起好久没头彩票也没对奖。一对，发现又白买了，但他一点儿也不觉得失望——似乎不会中奖是正常的，会中奖才意外。他还是充满希望。彩票就这一点好，虽然屡屡令人失望，但是永远不会让人绝望！它不像情场，不像官场，不像商界，只要你坚持买，希望也许就在明天！现在，我真的需要它五百万啊！中了五百万，我当天就炒行长，第二天就带老婆孩子到北欧好好休整它两个月。

方浩铭又买了一张复式彩票，飘飘然继续踱步回家。快到宿舍区大门口的时候，想到昨晚打女儿的事，他感到心里隐隐作痛。她的屁股和两条大腿今天还疼，上学是叶素芬打的送，佯称不小心跌了。晚上叶素芬也在外吃饭，方妮不便出来，一个人在家吃快熟面。他想以适当的方式表示点歉意，便回头上街买了一份西餐，回家扔在她书桌上。方妮很爱吃麦当劳、德克士什么的，一见两眼发亮，早忘了痛，连忙说："谢谢！"

"你妈买的！"方浩铭冷冷地说。要是以往，他肯定会待在她边上，一样样问炸鸡好不好吃，炸薯条好不好吃，汉堡包好不好吃，让她一遍遍说"好吃"，他也就像歌星获得观众一遍遍掌声样的陶醉。可今天他不，不能让她以为打错了。送上这份西餐是安慰他自己，而不是她。他能原谅她不是儿子，但不能原谅她不会读书。

叶素芬回来，跟方浩铭解释今天的事：下午，监察室主任景丽萍找她谈话，笑容可掬。她们住同一个楼道，又隔壁办公室，显得很亲切。

叶素芬从来没被找"谈话"过，所以开始时她还以为只是拉家常。景丽萍突然问："听说——到清溪滴水岩，你用人民币折纸船扔到水里？"

"是啊，真有意思！"叶素芬眉飞色舞起来，"是我家妮子最先想到的。"

"当时，方行长也在？"

"是啊，还有郭三妹，我们一起去的。那时候……"

"好了，这事不要再说了！"景丽萍的脸不知什么时候变得阴沉沉，"在这次排查中，有人反映这个问题。"

"这也算问题？"

"何止问题！《中华人民共和国人民币管理条例》第六条规定：'任何单位和个人都应当爱护人民币。禁止损害人民币和妨碍人民币流通'，你身为银行工作人员还能不知道爱护人民币？你却把它当做普通的纸糟蹋。"景丽萍像学生背书一样极流畅地一口气说完一个冗长的句子，说得有些累，喝了口茶，"这显然属于这个条例第二十七条之一'故意毁损人民币'。按第四十三条规定，要由公安机关给予警告，并处一万元以下的罚款。当然，我们对员工是爱护的，不一定都要弄到司法部门去，但必须提醒你，以后要注意点，不管工作中还是生活中，每一言一行，都要三思而行，都要首先考虑考虑会不会有损我们教育银行的形象。"

叶素芬被教育一通没事，郭三妹就没这么轻松了。有人说她出去坐台赚外快，连监察室的人都不敢相信。银行职员收入不菲，要说有人吃喝嫖赌不奇怪，要说女职员为娼那就笑话了。可是具体一分析，她家里很穷，她本人工资比正式工也差很多，上班下班路上都爱挂着个MP3听歌，那就不能说没有那种可能了。如果是真的，虽然不会影响行里资金安全，但会对本行的社会形象带来不良影响。于是，景丽萍也亲自找她谈话。

景丽萍跟郭三妹的妈妈差不多年纪，但是风韵多了。开始时，景丽萍也笑得很亲切，问："你家里最近怎么样？"

郭三妹戚然说："我爸还没回来，就靠我和两个姐姐外出打工供养奶奶和妹妹。"

"你下班后都是怎么过的？"

"我在读电大文秘，有空就上上网，自己买了台二手电脑。"

"跟同事合得来合不来？"

"应该可以吧！这里大家都合得很好，脸都没红过。"

　　闲聊家常一样谈了好一会儿，景丽萍这才一脸严肃地说："在这次排查活动中，有人检举你晚上到芳草地夜总会去坐台，有这事吗？"

　　"我怎么会去做那种羞死了羞的事！"郭三妹愣了一会儿才明白过来，脸涨得通红，"前些天我是有去那个夜总会，是碰到几个老乡，硬要叫我一起去坐坐，不到一个小时我就先回来了，没有半点越轨行为。"

　　"有没有去坐台先不说，我们再了解一下。不管怎么说，到这种高消费场合去娱乐也是违反本行规定的。"

　　郭三妹不知深浅，争辩说："行长带我陪客人吃饭，吃完饭有时也会去夜总会唱歌。"

　　"那是工作需要！"景丽萍厉声说，"那与你个人擅自去不一样！"

　　最后，还是要郭三妹先写检查。她哭了，找叶素芬诉苦，想辞职不干。所以，叶素芬今晚请她吃饭，劝她说："现在要找个临时工也不容易。在这里，你工资虽然比我们低得多，但是比其他企业高，你要珍惜啊！写检查嘛，忍一忍就过去了。你还年轻，来日方长。"

　　"我好说歹说，说到现在，她总算想通了！"叶素芬高兴地对方浩铭说。

　　"她怎么要去坐台呢？凭她那样子，太好的不敢说，一般过得去的男人随便都可以找到，还用那么下贱？一看也知道是故意陷害！"方浩铭分析说，"肯定是哪个人想打她的主意，没有得逞，利用这种机会报复！"

　　"可是监察室的相信。"

　　"他们……他们是变态！职业毛病！像卖药的只怕人家不生病，卖棺材的只怕不死人！现在给考核逼一下，更是喽！没人犯错，没人犯罪，就显示不出他们的业绩！"方浩铭越说越激动，"你看前几天网上，说一个什么法庭，为完成上级下达的办案指标，一口气捏造了二十五个假案；一个县的公安局副局长和缉毒队长为争取受奖指标，竟然制造运毒假案，把一个姓荆、名字还叫'爱国'的出租车司机判了死刑，差点给枪毙掉，她这点委屈算得了什么？"

　　"我们行……我们自己人……应该不至于吧！"

　　本行内部当然得收敛点，但也好不到哪儿去，纯粹是一堆虽然香郁但是趋炎附势、助纣为虐、欺软怕硬、落井下石的狗肉！现在银行违纪违法的事还少吗？高息揽储，开支作假账，搞假核销，营销贷款靠请客送礼洗桑拿嫖娼……哪一天不在做？哪一样是他们纪检监察不知道的？哪一次搞福利分钱分物他们没要？可他们有放个屁吗？他们只愁没人腐蚀他！只怕我们基层接待不好。带他们去"娱乐"照去不误，签起小费来还比别人更大方。但方浩铭觉得，这不宜对叶素芬这样还算淳朴的女人说。他只是冷笑："谁知道。"

"你去给他们说说哩！"

"我……我、我说什么？"

"就说你刚才说的啊！叫他们不要叫她写检查，不要伤人家的心。你看人家一个小姑娘多好哦，多可怜，多不容易。"

"这……唉——这倒是……跟他们说，倒是不大好说！瓜田李下……寡妇门前……你想啊，他们肯定会想：其他人都不替她说情，方浩铭为什么要跳出来？是不是跟她有一腿？这不是又多一桩冤案？"

"那……那我去说？我是女的，我不怕！"

"你不怕？你算老几？他们为什么要听你的？再说，他们会想：叶素芬为什么要包庇她？是不是她们一起去坐台了？"

"你胡说！"叶素芬吓了一跳。

"不是我胡说，是他们会胡说。"

"那……那照你这么说，冤枉也得让它去冤啰？"

"那有什么办法呢？你总不能把你每一个晚上怎么过的证据都找出来，然后证明你确实没去坐台吧？"

"这怎么可能呢？我学过法律，谁主张谁举证！"

"是啊！可是，他们没主张啊，只是说有人反映这样的问题，找你了解了解，有则改之无则加勉。"

"那为什么写检查呢？写检查不就等于承认有错？"

"可是你不认错不等于说他们错了吗？这怎么行呢？这是低智商的问题……你老问我干吗？是他们要她写，又不是我要她写！"

"你不是说问他们没用吗？"

"那你问我就有用吗？"方浩铭烦了，"唉呀，别说了！她不是我什么人，也不是你什么人！反正……碰上这种事，你叫她自认倒霉吧！"

"要是我碰上了呢？"

"一样的，认了吧！你以为你真是航空母舰——人家要怕你是吗？越辩越倒霉！"

"你……你们……你们这些当官的，都不是好人！"

"你爱怎么骂就怎么骂吧！再骂一万年，也还需要官。"

"你在那里也是这样搞？不管人家冤不冤，你只管你的乌纱帽？"

"我当然也要搞排查活动，方式方法也一样。不过，我那里应该会好些。说实话，我还是比较讲良心的。"

叶素芬不想说了。可她想想郭三妹，想想方浩铭，胡思乱想，怎么也睡不着。她忽然问方浩铭："老实说，你喜欢郭三妹吗？"

方浩铭正要入睡，支吾说："当然……喜欢啊……那么漂亮……谁不喜欢？"

"那你去找她好了！"叶素芬不高兴了，甩开方浩铭的手，转过身子，"林小茹太远了，郭三妹很近，你可以去找她！"

方浩铭的睡意全给弄跑了。他扳过叶素芬的身子，吻着她说："你呀——没醋找醋吃！我如果说不喜欢，你会说我不老实；我说喜欢，你又不高兴，你叫我怎么回答？"

"我要你说实话。"

"说实话，我有点喜欢她，但又不喜欢她，因为她的手没你的漂亮：皮肤虽然不错，可是又粗又短，特别是拇指，大大的，扁扁的……像没有脖子的大头娃娃一样，难看死了！"

"哇，你还真的看过她嘞！"

"都是你叫的啊，不想看也要看啊！"

"去看吧！去看吧！不理你了！"叶素芬满意地宣布休战。

生活中没有酒，就像没有鲜花，没有阳光，没有朋友，没有灵魂。方浩铭要控制喝酒，又要刻意回避夏雪，武侠小说再也引不起兴趣了，越来越感到孤独，越来越想上网——想找个不见面的红颜知己。

该起个什么网名呢？真名不能用，叫"虾米"容易给同学发现。"耗子"很少人知道，可是万一碰上老婆呢？对了，老婆有"红酥手"，我就叫"黄藤酒"。

"黄藤酒"在公告上一出现，马上有一个叫"红豆女"的像地下党对暗号一样发来"红酥手"三个字。没等方浩铭回话，她紧接又发来"满城春色宫墙柳"几个字。

方浩铭感到知音来了，非常激动，立即给她回话。可是，此时此刻这个聊天室在线人数太多了，三百多个名字堆在一列，他找了半天没找到"红豆女"三个字，无法点击。而这时，红豆女又发问："你怎么啦？"

方浩铭更急了。偏偏这时手机响，是水厂刘经理挂来的，说他现在省城出差，信用卡刚才被偷了，该怎么办。等他解释完回到线上，红豆女再也找不到。屏幕上的字滚动很快，黄藤酒闪亮登场的信息早不知到地球哪个角落去了。

再没人找上门。方浩铭主动出击，专找名字看上去觉得心仪的女性。也不容易，就像满街的美女大都已是人家的女朋友甚至老婆一样，人家大都已经在跟别人聊，而且没有移情别恋的打算。有的人不错会给你回个话说没空，有的则理都不理。他不气馁，瞄上一个叫"拒绝融化的冰女"，单刀直入："你为什么要拒绝阳光？"

拒绝融化的冰女马上回话："因为我没有感觉到温暖。"

"那是因为你躲在冰箱。为什么不走到外面来，你看外面的阳光多么灿烂！"

"不知道为什么。"

"你的名字让我想起拒绝被包容的沙粒。"

"什么意思？"

"我从一本书上看的。一粒沙对另一粒沙说：'让我包容你！'那粒沙说：'不能。沙粒是无法相互包容的。'这粒沙说：'能。我把我磨碎，磨成粉浆就能够包容你。'于是，这粒沙就在礁石上磨自己。磨啊磨，磨了很久很久，终于把自己磨成了粉浆……你猜结果怎样？"

"很有意思。但可惜我有点急事，得先走了，对不起，再见！"

"真的能再见你吗？"

"有缘自然能再见。"

拒绝融化的冰女就这样匆匆走了。方浩铭想，这小姐或女士（一定是）一定很有意思！可惜，她像流星一样消失了。然而，他似乎听到了她的心跳，也许真能再见。她很可能会想知道那粒沙把自己磨成了粉浆之后的结局。

现在，方浩铭有所寻有所觅。一上聊天室，他就挂上黄藤酒的名字，直奔"我是已婚者"，直接找拒绝融化的冰女。但很遗憾，缘分一次又一次没有再现。中国太大了，网上更大，大得像无边无际的天宇，而她真是一块冰，尽管一再拒绝，终归还是融化了，化成了水，流进小溪，奔到江河，汇入大海，然后化为雾，袅娜地升腾，升腾入云。

方浩铭为拒绝融化的冰女伤心了好些天，转而盯上"伤心女孩"。

开始他有点犹豫，心想人家已经"伤心"，你还去勾引人家，分明是乘虚而入、乘人之危，雪上加霜，不够道德。转念又想，这分明是虚掩着门，敞开着窗，请君入瓮，愿者上钩，雪中送炭，怎么不道德？视而不见，见死不救，那倒是不道德！

这么一想，他大胆发话："你伤心什么，能告诉我吗？"

伤心女孩反问："为什么要告诉你？"

"我想分享你的伤心。"

"只听说分享幸福，没听说分享伤心的。"

"美丽女孩的伤心就应当分享。"

"谁告诉你我美丽了？"

"我想象。如果你能让我分享一半伤心，你会更美丽！"

"你有点油腔滑调。"

"怎么能这样说呢？只不过是因为你，我突然这么想，怎么想就怎么说了。"

方浩铭跟伤心女孩交谈上了，越谈越投机。她说她在川州一家银行工

作，今年二十一岁。方浩铭说他也在川州一家银行工作，不过已经结婚并
有孩子。毕竟是在网上，又是头回交谈，能说到这个份儿上已经很不容易。
具体哪家银行，什么工种、姓名及电话之类自然没说。然而，他们的心有
点相向。夜深了，她提出下线休息。他问能否再见。她说当然可以。

　　第二天，方浩铭因空上网，伤心女孩便给他发E-mail，说有空可以给
她发E-mail。他一看，高兴极了，只遗憾没在聊天室找到她。他马上给她
回信：

快乐女孩：

　　收到你的E-mail非常高兴。请允许我给你改个名字，叫"快乐女孩"
吧！真的，没必要伤心。女孩的面前，应该充满阳光，充满鲜花，充满歌
声，而与伤心绝缘。

　　该伤心的是我。我在别人看来也许是不错的，甚至可能有人会羡慕
我，可谁知道我心里的苦楚？没人知道，一个人都没有，老婆也不知道。
在这个世界上，最孤独的也许就是我了。我真羡慕人家西方有牧师，什么
话儿都可以如实地对他说，把肚子里的话倒完就轻松了。可我们没有。在
我们的现实生活中，对谁都不敢说真心话。所以，我近来幻想在网上找一
个牧师。但愿你就是我的牧师。

　　我真想跟你多谈几句，可是一感受到你的纯真，我又有点不忍心了。
我不能把我的痛楚再传染给你，但我真挚地希望你把你的伤心分享与我。
而这对我来说，就是阳光，就是鲜花，就是歌声！

黄藤酒

　　隔天，快乐女孩给方浩铭回E-mail：

黄藤酒：

　　谢谢你给我改的名字。可是我的命太苦了，只有没完没了的伤心，难
得一点快乐。对于我自己的生活该何去何从我不敢去多想，有一点过一天

算一天的感觉，是不是很可悲呢？以前我是借酒消愁，现在是借网解愁。

有时我想：要是哪一天我未老先死，我一定不会很痛苦，我会笑着对我父母说："我是天堂里的一只小鸟，因为喜欢您们所以来到人间，但在这里我失去了翅膀，现在我要回天堂找我的翅膀，我很开心我将又要自由自在地飞翔了。"我是不是很消极？死对于我来说，好像是一种解脱。但如果真正要死，我想肯定很怕。其实现实生活中我也没干吗，只是生活得没有什么希望，不如意。在别人眼里，我很快乐，很幸福。我是生活在过去里的现代人。我过去的人生，打个比方说：我是曾经跑在同龄人前面的赶路人，因为欣赏路上的某一处风景，不慎被车撞了，皮外没受伤，受了内伤，耽搁了前程，外人看来没什么事，但一有天气等影响，内伤就会发作。内伤成了我心里的阴影。我从小就有很多的梦想。也都是这个原因，我变得消极了，梦想没了。我只希望能维持最低的生活状态——有饭吃，有衣穿，有工作，有人说我漂亮。参加工作了，有人把我拉回现代，却又给我沉重的打击，我又跌到最低点。

黄藤酒先生，生活好像很喜欢和我开玩笑，是不是我太可爱了，老天爷喜欢啊？想到这，我想哭。从小我是个不爱哭的女孩子，被父母打骂都不会哭，只会有泪水在眼眶里打转，在他们面前泪水还不会掉下来，因为我爱面子。

有点说得太多了，浪费你的时间，不说了。

快乐女孩

看了这个E-mail，方浩铭的心好像被灌了铅，很沉很沉。没想到，一不小心撞开这么一大块伤疤。分享伤心，说是容易做来难。面对这个E-mail，他呆呆地想了很久，想不出怎么回复为好。

方浩铭逃避了一天又一天。

第十五章
亲亲狐狸精

日本鸟羽天皇的嫔妃玉藻被誉为"自体内散发出光芒的贤德姬君"。不久天皇得怪病，一查发现她是九尾妖狐。她被追杀后，以杀生石的形态保留在那须野。

方浩铭决心今天晚上给快乐女孩回E-mail。不管怎样,简单也该回个话,不然太对不起人家。刚开机,还没进入邮箱系统,手机就响,是涂长青的,不能不接。他喝了点酒,更是颐指气使:"你在干吗?出来散步,我在南桥下等你!"

"我……我有点事。"方浩铭不大想去。

"有事个屁!酒又不喝,妞也不泡,还有什么事?快出来!不出来,你明天见不到我!"

"哎哟,堂堂的大行长怎么敢这样说呢?我们还年轻啊!"

"你明天见不到就见不到——见得到也不见你!快点,给你十分钟!"

被人这样勒令,方浩铭满肚子不愉快,但这是个得罪不起的朋友,只好依了。回信已经拖了这么多天,不差这么几小时。

天气一天比一天热,河边散步的人一天比一天多。涂长青坐在桥下的石条凳上,专等方浩铭。

"什么事啊?催命鬼样的!"毕竟算是朋友,方浩铭没给他好口气。

"我已经'刑满释放'!"涂长青说,"上海来人了,明天上午十点找我谈话,后天宣布。我在自己行里都没说,现在先跟你宣布。怎么样,够意思吧?"

"嗯,不错!祝贺你!"方浩铭笑笑说,但并不由衷,因为心里突然感到又被砸下一块石头:他还比我小两岁啊!他本来就比我大半级啊!"不是说要等下半年吗?"

"谁知道!官场上的事,不是我们能把握的!"

涂长青早列入培养对象,下来清溪只是镀镀金。央行体制改革,他们直属上海分行,因此提拔他也是上海直管的事。所谓"谈话",如果没有太大的意外,实际上就是对你本人宣布。方浩铭努力驱逐心里头的阴霾,连忙打趣说:"走,我给你饯行!这年头,拍马屁也要赶早!"

涂长青很爽快:"好啊!我今天晚上没喝够!跟他们喝没意思,还是要跟老朋友喝才有劲……你不是不喝酒了吗?"

"该喝不喝也不对啊！"

"那是那是，够朋友！最后一次了，叫几个小姐来，别把我放倒就行！"

"叫谁呢？"

"管你叫谁！叫你二妈、三妈都行，别叫鸡婆就行了！"

方浩铭想来想去，只有夏雪，再叫她带一两个。可是，打电话她家里没人接，手机挂不通。叫不到一个陪酒的女人是很丢面子的事。他自嘲地笑笑："书到用时方恨少啊！"

"小姐怎么会少呢，满街都是啦！"

"清溪这鬼地方，全县小姐加起来还不如一个杨美！"

"哎，对了，杨美，好长时间没看到她了！"

"想见吗？马上去！"

"好啊！"涂长青掏手机看时间。"现在……八点九分，到川州……算十点半，到一点……可以喝两个半小时；到明天八点……还有七个小时，行啊！真的走，怎么样？"

"今天晚上，你要喝到天亮我都奉陪！"

方浩铭和涂长青马上行动，并给杨美人挂了电话，说很快就到她那儿。考虑到后天是星期五，涂长青要回来宣布荣升，而方浩铭要等下星期一才回来，决定用涂长青的车子。

涂长青的车是奥迪，跑起来飞快。现在路修好了，晚上车辆交汇又少，开得更快。

"慢点，不急——安全第一！"涂长青要求司机小龚说。

方浩铭笑道："杨美人在召唤，你会不急？"

"该急的时候要急，不该急的时候不能急。在车上急什么呢？要快，一步到天堂，一秒钟把一生的路走完，那有意思吗？"

车子轻飘飘的，车灯像箭一般不停地向前飞射而去。

"小龚，前面停一下。"涂长青突然说，"妈的！刚才喝了啤酒，水龙头关不住！"

这是一段开阔地带，路面又平又直。一边是水田，一边是小溪，四处蛙声。涂长青内急得很，出车门没走几步就往溪里头撒。方浩铭和小龚不急，走开好几步，到车灯稍暗的地方。

这时，一辆大货车迎面驶来。与停着的奥迪交汇时，鬼使神差，那大车方向突然打横，将小车连同车边的涂长青一起撞到小溪里。

方浩铭和小龚吓坏了！借着星光，连滚带爬摸到小溪里头，想抬开那部压在涂长青身上的小车，怎么也掀不动。方浩铭急得跳上跳下，不停地喊："长青，你要挺住！你要挺住啊！"

还是小龚职业敏感，一看光靠自己没用马上打手机报122，紧接又打120。然而没用，救护车载了涂长青，直送火葬场。

这么好好的路段怎么会出车祸？如果那部大车不是外省远道而来，连方浩铭也会怀疑是谋杀。

方浩铭连夜接受警方的讯问。他如实述说车祸发生经过，与小龚及大车司机的说法相吻。第二天，他又接受市人行的调查。这次，他要了点小花招，说涂长青是怕第二天早上来不及，才连夜赶回川州。

"那么，你说杨美人召唤，是什么意思？"市人行监察室人员追问。

看来，小龚将什么都说了，但他应该不知道涂长青临时回川州的真实意图。于是，方浩铭壮着胆说："那是因为回到市里太迟，我们准备到蛟湖号去吃点点心。"

这说法成立。因此，涂长青之死被定性为因公殉职，其家属和方浩铭都得了点安慰。

等处理完涂长青的后事，方浩铭终于要回信的时候，快乐女孩追来了E-mail：

黄藤酒：

你好！

你怎么不理我呢？是因为我说太多了是吗？我能理解你的感受，你觉得不好说就不要说，最好你没什么好说的。因为如果这样，你的生活就只有快乐，那你就说说你开心的事吧！

其实我也糟不到哪去。我只要不去想，心情都很好。在我的心灵深处留了一个位置存放忧郁，我期待着有一个人帮我抚去忧郁，让我忘记过去，这个人就是我将来要嫁的人。所以我在平时生活中会突然想心事，叹口气。但总的来说我是开心的，因为我很容易开心。我有这样的经历：一分钟前还哭，一分钟后又有说有笑了。那种非常忧郁的日子已经过去了。时间的确是最好的创伤药。所以你不要担心我情绪不好，有什么话尽管说。

想你的快乐女孩

方浩铭立即回信：

快乐女孩：

您好！

两个E-mail都收到了，但我这一段出差在外，没能及时给你回邮，请求谅解。

这次出差，我算是捡了一条命回来。我和一个朋友一起去，发生车祸，他当场死亡，我安然无恙，但我的心像你一样受了内伤。我的年龄肯定比你大，但离"老"字还有相当的距离，总以为死亡对于我是相当遥远的事，没想到处潜伏着可恶的死神，稍不走运它就会降临到你头上。

这个朋友比我还小两岁，可在他人生最得意的时候却那么突然地走了！是我亲自送他到火葬场的。在那条小溪里，也是我亲手抬起来的。车子只是压着他的下身，按理说不会致命。我以为他只是给吓坏了，只是昏睡。抬起来一看，有一条鱼在他头上乱蹦乱跳。这是一条不大的刺鱼，它背上的刺不偏不倚深深地刺在他的太阳穴里。那条小鱼还活着，不停地蹦跳着，要挣扎回溪水里，可是我那像牛一样健壮的朋友却一动不动，当场死了，彻底死了！

现在医学发展了，工作和生活中各类安全措施大为完善，战争也大为减少，可是让人暴死夭折的因素并不见得减少。看看各种恐怖分子制造的灾难，看看飞机失事，看看娱乐场所的大火灾，车祸是每天都要发生的，看看这些灾难中突然死亡的活蹦乱跳着的中年、青年，甚至少年、儿童，我们还有什么理由不快乐呢？

但我们现在的生活确实太多因素让我们难以快乐。请允许我再谈几句我那刚死去的朋友，他连死都不得安宁。本来挺干脆，医院都不用麻烦，直接到殡仪馆。可是，遗体告别仪式结束，他妻子一个什么亲戚却突然要求送到几百公里以外一个县城去火化。原来，那亲戚有个亲戚在那里的殡仪馆工作，有指标任务，完不成要扣工资，所以很多职工只好到外地收购尸体。看他说这么可怜，大家不便反对，我那死去的朋友更没吭声。

你我都在银行工作，钱对于我们不能说很缺，可是我们快乐吗？说实话，我也不快乐，主要是精神上太压抑了。同事之间，看似有说有笑，可实际上你提防着我我提防着你，一到年底考核还得暗暗你死我活拼一番。朋友实际上很少，好一些的能说点，一般只能喝喝酒。妻子说起来亲密无间，实际上也有很多不能说。记得，小时候听过一个故事：从前有个麻子，娶了一个非常漂亮的老婆，可这老婆跟教书先生好上了。麻子知道了，对老婆说："我出个谜语，他如果猜得出来，我就把你让给他；如果猜不出来，就叫他把金笔架让给我。"老婆同意。麻子出谜语：两头尖尖，层层叠叠，散散乱乱，猜三样东西。老婆猜了老半天猜不出，央求麻子说："这么难猜。你说一下是什么。"麻子说："我告诉你是可以，你可不敢告诉他啊！"老婆发誓不告诉教书先生，麻子便说：两头尖尖是老鼠屎，层层叠叠是牛屎，散散乱乱是羊屎。第二天，麻子下田了，老婆又跟教书先生私通，把这事连谜底都告诉他。晚上，那先生来见麻子，麻子出两头尖尖，层层叠叠，散散乱乱的谜。那先生马上猜出是老鼠屎、牛屎和羊屎，说着就要拉他老婆走。没想到麻子留了一手，这时破口大骂："你这个先生，书不好好教，满嘴是屎！两头尖尖明明是五谷杂粮，层层叠叠是四书五经，散散乱乱是满天星星，你怎么吃屎、穿屎满肚子净是屎呢？"从此以后，流传下一句俚语："（对）老婆不敢真，真了打单身。"这当然是个笑话。可是，夫妻之间有很多不宜说这是真的，将来你肯定也能体会到，不信我们打赌！你还可以类推一下，你跟你父母、跟你兄弟姐妹（如果有的话）是不是无话不可说？

所以，我越来越想找一个地方能呓语，这就是网上；想找一个听众，这就是你，——不仅是个绝对可靠的听众，还是我的牧师！

你愿意吗？

更想你的黄藤酒

快乐女孩回函，只简单提了一个问题："牧师是干什么的，我不知道。"

"牧师是西方宗教中的一种职业，一两句话解释不清楚。以前，在大学时，我很爱看外国小说，印象最深的女人有爱丝美拉达、杜尔西内娅等等。你知道杜尔西内娅吗？她是堂·吉诃德的情人，他赞美她是'小溪边的光环，草原的花朵，美人们的榜样，优雅的典范'。其实他们根本不认识，他却无时无刻不沐浴在她的光辉里，就像在网上的你我。你的网名再改一个吧，就叫'杜尔西内娅'，好吗？"方浩铭发邮说。

快乐女孩回复说："外国人的名字很拗口，还是叫中国名字吧！"

方浩铭便提议："那就叫'狐狸精'吧！小时候，我上山砍过柴。有一回，在一个大山里头，看到一个穿红衣服的女人，远远的，隔了好些树，又有些雾，我觉得她像天仙一样，美丽极了。虽然看不大清楚，总共也没看几眼，但是深深地烙印在了我的心里头。很多书里头写的仙女、妖女，大概就是那么回事吧！我又想，她也许就是传说中的狐狸精。我曾想过，如果真有《聊斋》中那样可爱的狐狸精，那就让我遇上吧！以前我很喜欢看武侠小说，我也这样想。现在我又想在网上能不能遇上。我真希望你就是，来得那样突然，又如此可爱，如此美妙。"

快乐女孩还是不大乐意："在我们老家，狐狸精是骂人的。"

方浩铭坚持说："那是误解！因为北方多狐，南方多鬼，我们南方人不大了解狐狸精。其实，狐狸精挺好。我从书上看了好多狐狸精的故事，都说她们好（有时也会变男的）。比如有个男人上山打猎，碰到一个非常漂亮的女子，知道她是狐狸精变的，涂一点鼻血在她的额头上，她就没办法变回狐狸了，跟着他回家，做贤妻良母，生的儿子还特别聪明。邻居也知道她是狐狸精，但谁也不会看不起她。如果你嫌光这三个字不好，那就叫'亲亲狐狸精'吧！"

快乐女孩欣然接受。

他们 E-mail 往来越来越多，有时一天两份。然而，他们并没有再谈什么具体，倾诉的是越来越渴的思念。亲亲狐狸精写道：

——黄藤酒,这几天怎么没上网啊，感觉好久没见到你了，你很忙吗？别忙坏了身体，要注意休息！

——黄藤酒，我一直在等你，你去哪啦？我真的很想你！

——黄藤酒，最近很忙是吗？今天是周末，怎么没空上网？我去聊天室好几次，都没等到你，我每次都是失望地离开，现在有空吗？我们聊聊好吗？

——黄藤酒，昨晚我等了你一二十分钟，看你没来我就走了。后来几个朋友约我去 OK 厅唱歌，我就没上网了。我想你肯定又在胡思乱想了。我想我没来，你一定会替我向你自己解释一番的。我随便生生气而已。没什么啦！唱完歌回来就没事了。

——黄藤酒，今晚吃完饭我就出去了，天气太热，出去散散步，直到十点半才回来，看到你的邮件很高兴。可我一直上不了我们聊天室的网站，我很着急，可我拿它一点办法都没有，望您能谅解！不知你现在睡了没有，如果没有的话，请回话！

——黄藤酒:我在聊天室等你很久了。你还没回家吗？是不是又去应酬了？天气这么热，要注意休息，别累坏了身体。祝你做个好梦！愿好梦给你带来更多快乐！愿开心和快乐伴随你每一天！

——黄藤酒:睡了吗？亲亲狐狸精真的很想你！这几天没在网上见到你，更是加深了我对你的思念！能告诉我你什么时候有空吗？我真的、真的很想和你聊天！你不会让亲亲狐狸精失望的,对吗？我知道你很心疼亲亲狐狸精的，你会再和我相会的！愿好梦常相随！

　　她邮件的署名也迅速发生着变化，不光是"想你的亲亲狐狸精"，还有"为你疯狂的亲亲狐狸精"、"永远想你的亲亲狐狸精"、"不能不想你的亲亲狐狸精"、"时刻想念你的亲亲狐狸精"等等。

　　方浩铭又喜又怕。喜的是被这样一个女孩火热地爱着，而年轻时恋爱都是苦苦地追着对方，没有多少被爱的甜蜜。怕的是网上骗子太多，说不定这亲亲狐狸精是个五六十岁的老太婆甚至根本就是个男人，或者说对方有什么阴谋故意引诱。再是自己没什么这方面的经验，生怕他说错一句她就会像拒绝融化的冰女一样突然消失得无影无踪。他回复说：

小冤家：

　　我们不能发展太快，受不了的！我不能太多想你！你也说过，我们只在梦中，我也只想保持在此程度。

　　你有没有买过彩票？人家打牌爱赌博，我可不干，但彩票我每星期都要买一次。我梦想哪天一不小心能中它五百万，一辈子就可以自自在在地过。那中奖概率太低了，半年一年末奖也难中几次。但我仍坚持买，绝不放弃那个梦想。现在我想，你就是我的彩票。你能让我在梦中吻你——网上吻你就行了！

　　当然，如果你能真的做我的情人，自然更好！我等你结婚后更多点缘分，那样就公平了！

黄藤酒

　　两颗心一天比一天炽热，E-mail一天比一天显得笨拙，他们便改用QQ——

　　黄藤酒：越来越想你了，怎么办？

　　亲亲狐狸精：这么严重的问题应该男人来解决的。

　　亲亲狐狸精：别问我呀！

　　突然，亲亲狐狸精不见了，没一点预告就消失了，像拒绝融化的冰女一样无影无踪了！方浩铭急得要命，一遍遍寻找，一遍遍查看自己的机子。

　　偏偏在这时，叶素芬打来电话，先是抱怨方浩铭的电话怎么不是挂不通就是占线，然后告知今天的《川州日报》登出那篇表扬她的稿子了，叫他明天早上注意看报纸，并替她感谢夏小姐，然后说方妮这个月的考试又掉了七名。方浩铭听了很生气，但是心不在焉："怎么搞的！"

　　"我也不知道！不过，这次考不好，跟我有一点点关系。"

　　"你怎么啦？又是乱打乱骂我孩子？"

　　"不是！考英语写作文，写煮一样菜。女儿写煮西红柿蛋汤，按我做的：先放水，开火，切西红柿下锅，再打蛋进去。可是他们老师说不对，要先切好西红柿、打好蛋了才能开火，一下给多扣好几分。"

　　"这些老师也真是，太死板了！"方浩铭有点恼火，为女儿抱不平。

　　"当然，主要还是她自己考不好，不能怪老师！"叶素芬很急，"现在怎么办啊！骂也骂了，打也打了，你说还有什么办法？"

　　方浩铭的眼睛没有离开电脑屏幕："好了好了，我这儿有点事，以后再说吧！"

　　方浩铭匆匆将叶素芬打发。想来有点奇怪，这电话好像是冲着亲亲狐狸精来的，而她又好像是为了躲她样的。现代科学技术这样发达，男人女人要走点私实在是太方便了！

　　方浩铭继续等亲亲狐狸精回来。如果她是出于第六感觉躲叶素芬，那么现在叶素芬电话挂完她该回来了。她要是不回来，这机子就开到天亮。

　　亲亲狐狸精好像知道他的心思，没让他等太久——

　　亲亲狐狸精：黄藤酒，刚才我的网络出了问题，重新启动才连接上。

　　黄藤酒：我现在真有点怕我的亲亲狐狸精会像她突然变来一样突然变走，突然变得无影无踪。

亲亲狐狸精：你亲亲狐狸精是不会变走的，因为她已经被你点了鼻血。

黄藤酒：我也不知道。

亲亲狐狸精：相信我！

黄藤酒：因为有点心虚，我没法把握你。

亲亲狐狸精：我有时想，说不定哪天我会不顾一切地去找你。只希望那么做不会给你带来麻烦。

黄藤酒：我一定会紧紧抱住你……

亲亲狐狸精：那我会把你扔到河里。

亲亲狐狸精：然后我也跳下去。

黄藤酒：我会抱住你，然后……

黄藤酒：再也不放开你！

亲亲狐狸精：然后呢？

亲亲狐狸精：飞走吗？

黄藤酒：上天堂，还是下地狱？

亲亲狐狸精：都可以，只要有你陪着我。

黄藤酒：真的吗？

亲亲狐狸精：不用怀疑。

黄藤酒：吻你百遍！！！

亲亲狐狸精：我会窒息的。

亲亲狐狸精：今天就到这儿吧，太迟了。

黄藤酒：我还想聊。

亲亲狐狸精：改天吧，我也想！

黄藤酒：吻你一百下！

亲亲狐狸精：两百下！

黄藤酒：三百！

亲亲狐狸精：让你爱个够。

黄藤酒：爱你爱个狂！

刚下线关机，方浩铭就忍不住了，马上又开机给亲亲狐狸精发E-mail："我可爱的亲亲狐狸精：爱是这样无药可救，除了想你还是想你！吻你百遍千遍！！！黄藤酒。"

不巧，这几天市分行的人下来检查工作，事关重大，方浩铭得"三陪"，从早忙到晚，根本顾不上开电脑。这招致亲亲狐狸精抱怨："亲爱的黄藤酒：过得好吗？这两天怎么没发E--mail给我？我很想你！！！！！我真的不知道什么时候才能再和你聊天，我觉得自己快被这样的爱情折磨死了！想想办法吧，黄藤酒！不能没有你的亲亲狐狸精。"

爱情的问题还能有什么办法呢？

方浩铭和亲亲狐狸精约定明天晚上见一面,地点选择在川州苗芜区市郊不太显眼的榕荫宾馆,具体情况到明天六时再联系。

怕路上堵车,怕客满订不到房间,方浩铭中午一吃完饭就动身,到榕荫宾馆还不到三点。

方浩铭办手续入住房间,接好手提电脑,发现还差三个来小时。此时此刻,心火燎燎,一分一秒都难耐,可还有三个小时一百八十分钟一万多秒,怎么熬啊？他突然后悔,这么久没想到要个亲亲狐狸精的电话,不然可以叫她也提前到来。不过又想她比不得他,不是领导不便擅自提前下班,还是耐心些吧！

方浩铭伫立在窗口,远眺而去,高楼林立。可以望见两幢大楼顶上"中国工商银行"和"中国建设银行"的字样,他很自然地想:亲亲狐狸精究竟是哪家银行的呢？工行、农行、中行、建行等等,包括自己的中国教育银行,哪家银行都有可能,可这谜底还要过几个小时才能揭开。

人海茫茫,美女如云,究竟哪一个是亲亲狐狸精？

凭什么说她是美女？万一她是半老徐娘呢？万一她一点也不漂亮呢？她曾经主动提出视频一下,但他想他这种身份摆个摄像头在那里多不好,再说古人娶新娘都盖头巾直到洞房来露出真面目,那多让人更多想念。现在,他有点后悔。

我应该不至于那么倒霉吧！

时间尚早，方浩铭想该给亲亲狐狸精买束鲜花，立即上街。买多少呢？歌唱的是九百九十九朵玫瑰，真要是买那么多，得挑一大担，显然不妥。买一大把也不行，要是两手捧着，万一碰上熟人，怎么交代？他决定就买一支，并向老板要了一张大报纸，将它包得严严实实。

亲亲狐狸精五点半下班。六点整，方浩铭打开手提电脑，上Q同她联系。她等在附近的网吧——

黄藤酒：房间是607，我已经在这儿等你，好激动！可我仍然想问一句：你真的爱我吗？如果后悔，现在还来得及。

亲亲狐狸精：我可不喜欢你这么问。

亲亲狐狸精：你知道的。

黄藤酒：你知道我心里有多矛盾吗？

黄藤酒：我这才理解了什么叫叶公好龙。

亲亲狐狸精：那我可不理解。

黄藤酒：你感觉到我有多爱你吗？

亲亲狐狸精：不知道。

黄藤酒：我爱你，但不能娶你，怎么办？

亲亲狐狸精：你说呢？

亲亲狐狸精：现在你想逃了是吧！

黄藤酒：不知道，所以我很苦恼，很想见你又怕见你。

亲亲狐狸精：为什么怕见我？

亲亲狐狸精：你怕见了我，我就会逼你和我结婚是吗？

黄藤酒：我不是你心目中的"白马王子"或者"帅哥"。

亲亲狐狸精：你觉得这很重要是吗？

黄藤酒：我是怕见了会让你失望。

黄藤酒：我太爱你了，我怕失去你，连梦中情人都得不到。

亲亲狐狸精：你今天就想和我说这些吗？

亲亲狐狸精：你是在拒绝我吗？

黄藤酒：不，我更是在渴求你！

黄藤酒：我愿拜在你的石榴裙下。

亲亲狐狸精：我知道你还是不会相信我。

黄藤酒：是的，我也觉得我们特别有缘。

黄藤酒：短短几天，仿佛相知了几个世纪。

黄藤酒：生活中，我们身边的男女都很多，可能这么神速交心的，从没有过。

亲亲狐狸精：这几天，我几乎没怎么睡，就连午觉都睡不好，都是你害的！！！

黄藤酒：天啊，那就快进来吧！！！！！

在等待亲亲狐狸精进宾馆、进电梯、进房门的时刻，方浩铭心里仍然有些不安。他似乎仍然不敢相信真会有这等艳福，还仍然有点怕这亲亲狐狸精有什么阴谋。

媒体上经常报道，有人在网上利用色相勾引男人或者女人，实施诈骗、强奸或抢劫。如果是这样，那是可怕又可笑的。不过他又想人生难得一点浪漫，舍不得错过这艳遇。他早年就梦想过，只要是美美的艳遇，哪怕是狐狸精也好。现在真的要见狐狸精了，哪怕有性命危险也不惜一见。他已经做了另一手准备，钱包里头只留三百元现金，信用卡都不带身上。万一遇上不测，除了这手提电脑，还能损失什么呢？这样，他觉得自己简直英勇得像个深入敌后的战士，至少像个卧底的刑警。

然而，他到底更像一个偷香窃玉的情郎。他将包裹玫瑰的报纸揭去，坐在椅子里边喝茶边等待。那朵刚喷过雾水的鲜花就持在手上，准备一见面就献上。估计时间差不多了，他迫不及待地走到门边，一手持花，一手旋握着门锁，两耳仔细地捕捉着来自门外地毯上任何一点声音，焦灼地等了一秒钟又一秒钟，一分钟又一分钟，一小时又一小时……

第十六章
耳边红蜻蜓

水蚕死了变为蜻蜓,飞翔在花草之间,呼吸新鲜空气,仰观日月星辰,俯视虫鱼鸟兽,美不胜收。想返回告诸老友,不想游水的本领已经消失……

晚上，叶素芬"修理"方妮的时候，方浩铭回来了。她们两人正僵持。方妮抬着双臂擦眼泪，呜呜咽咽。叶素芬手持篾片，一副随时还要打的样子。方浩铭一开门便看到，鞋都来不及脱，连忙奔过去，将包往沙发上一扔，就抢叶素芬手上的篾片，厉声斥责："干什么哩？有什么不会好好说啊！"

"说了她会听吗？"叶素芬一腔怒火，"说了多少遍，洗了头要吹干，就是不听，随便擦一下，湿漉漉的，就那样子。到时候生出病来……"

"好了好了，别吵了！"方浩铭见没什么大事，将篾片扔到沙发上，顺手将女儿边劝边推到她自己房间。然后，到小卫生间泡澡。

叶素芬平静下来，开始整理家务。她本来就不太讲究，丈夫不在家，更是随意。如果他早说会回来，她会早整理。突然回来，让她措手不及。餐桌还没有收拾，她将剩菜盖一下，将碗收进厨房泡在那儿明天一起洗，先整理客厅。她将沙发上的篾片放回鞋橱，提起方浩铭带回的大包看适合放什么地方，发现包里有一支鲜艳的玫瑰！她的心怦然一跳。他们谈恋爱时，还没时兴送花。这些年时兴，又没那心情。今天他怎么会送一支花给我？她拿了花，马上奔过去，敲开小卫生间的门："今天为什么送花给我？"

方浩铭略为一惊：怎么把花带回家了？他躺回浴缸，装着闭目养神的样子，轻描淡写地说："晚上陪客人吃饭，卖花的小女孩一直缠着，只好买一支。又不好乱送，就带回来了。"

"谢谢！"叶素芬兴高采烈，上前吻他一下。

叶素芬找了个漂亮的酒瓶，将那支玫瑰用水养着，放在床头柜上。床头柜堆满了乱七八糟的东西，她三下五除二清理好。然后叠被子，将床头和电视机橱边上的衣物该挂的挂该丢洗衣机的丢洗衣机，整个卧室很快变清爽起来。左看看右看看，她觉得挺满意，但最满意的还是那支鲜玫瑰，不禁端起它吻了一下。余兴未尽，又端到方妮房间："你看，漂亮吗？"

方妮正在做作业，闻声抬头转过来看一眼，"嗯"了一声便埋回头去。

"你爸爸送给我的哟！"叶素芬声明说。退出方妮房间，她又找方浩铭，"你看用这个瓶子插怎么样？"

方浩铭也只是看一眼，"嗯"一声。

叶素芬根本没在意丈夫和女儿的冷淡。她想，今天方浩铭破天荒送了花给她，她该给他点什么回报。这么一想，马上到大卫生间去淋浴。

叶素芬淋浴出来，直接躺到床上。她淋浴用了温水，浑身都是热的，赤裸地躺着看电视。电视里有男人，她突然觉得那男人的两眼正色迷迷地看着她。她不好意思起来，连忙抓过毛巾毯盖住身子。不一会儿，她觉太热，不裹又曝光，只好开冷气。想当年，没有空调，她又怕热，真讨厌啊，有时都快吵起来。现在可好了，三伏天也不怕。

小卫生间就在主卧室里面。方浩铭终于泡够，出门一眼就觉得房间变了。叶素芬充满爱意地望着他，撒娇说："你要帮我拿短裤，不然我就光屁股！"

"光就光呗，又不是没光过！"方浩铭说着抖落浴巾，奔上床，挤到毛巾毯里头。

"吻我一下！"叶素芬要求说。

方浩铭闪电般吻了一下："没有茹茹香。"

"有哩，你多吻几下就有……等等！"叶素芬叫道。她跳起来，跨过方浩铭的身子。

叶素芬下床穿鞋的时候，方浩铭看一眼她的身子，偏偏看到那明显隆起的肚腩及其上面的妊娠纹，眼前马上幻现夏雪那玲珑的身子，甚至想起风月场所那一个个小姐的裸体……他不由轻叹一声，闭上了双眼。

叶素芬上卫生间不关门，大泡尿倾盆而下。方浩铭听得很反感，什么也给马桶冲光了。等她回床上，他一眼也没睁："我都快睡着了！今天真的太累了！"

"那就睡吧！"叶素芬说着吻了他一下。

早在小学五年级，方妮就有了"个人隐私"的概念，坚决反对父母搜查她的书包和房间，他们允诺，一般也遵守得不错。

这星期天下午，方妮补课去了，叶素芬搞卫生搞到她房间，发现她的抽屉忘了锁，忍不住翻了翻，居然翻出几张小纸条，有的写着明显出格的话。她大惊失色。学生早恋之类的话题，早已不新鲜，但她总以为女儿像自己当年一样规矩。当女儿学习成绩开始退步时，她也往这方面想过并注意过，但没发现什么可疑。今天偶然查一下，不想真查到了问题：藏了好多张靓女帅男的明星照。当然，认真说来这不算问题，但是算有倾向，有苗头，应当立即采取措施，防患于未然！

中午上学，方妮前脚走，叶素芬后脚跟上。跟出宿舍区，跟上街，可她一上公共汽车就跟不上了。

傍晚放学，叶素芬请假一小时，早早到学校门前埋伏。这种事说来轻巧做来难。开始，她站在公交车站边上，装着等车的样子，后来躲进边上小书店，拿本书装着翻看，实际上全神贯注学校大门口。

学生出校门像开闸的水一样，又像养鸭场的大门突然洞开，汹涌如潮，唧唧呱呱。学生统一着装，红女绿男，又差不多年龄，差不多个儿，远远望去，很难发现哪个是自己的女儿。

学生一出校门就往四面八方散去，叶素芬只恨分身乏术，只能盯住往自己家方向而行的一路。这一路的学生也很多，令人眼花缭乱。她感到视力差了，对关键的目标怎么专注也分辨不清。时间一久，视线模糊起来。

"妈，你在这儿干吗？"方妮突然出现在眼前。

叶素芬好不尴尬！支吾了好一阵，才回答："我到这边办点事，找本书。"

一连两次失败，激怒了叶素芬，她下决心把方妮的行踪搞清楚。她意识到，这靠自己是做不到的。她不敢请那么多假，也没有搞地下党那种本事。她想到从媒体上看的，现在大城市时兴私人侦探，好像本市也有。她立即打电话咨询，问了几家，跟一位叫童堂的律师联系上。

叶素芬上门找童堂洽谈。她要求把方妮十天内在家门外和校门外一切时空的活动搞清楚，重点掌握她有没有跟男同学接触，跟谁，怎么接触，必要时可以录音、录像。童堂要求每天支付三百元，如果有录音、录像另行计算。她嫌要价太高，他则说："这是最优惠的了！我跟其他人做，每天起码五六百元，多的上千都有。我还没有做过跟踪学生的，试做一次，象征性收点算了。"

"那就算实习啦，再便宜一点！"叶素芬要求说。

童堂推了推鼻梁上的眼镜，不急不躁说："一分钱一分货啊！我们要对你负责，把你所担心的问题弄个一清二楚。要是不负责任，随便应付你一下，当然可以更便宜。像这种调查，又不能公开，可不是容易的事，也不是我一个人能办得了的。我们的职员都是部队侦察兵出身，有很多现代化器材，你想这成本多高？老实说，要你这个价我们根本没有钱赚，只不过是想……像你说的实习一下！"

给这么一说，叶素芬不觉得贵了。不就是三五千吗？跟女儿考不上，跟要给学校缴两三万"择校费"比起来，这算得了什么？她利索地签了协议，交了订金。

走出童堂的写字楼，叶素芬如释重负。然而，一看到方妮她就变得不安。本来她还想晚上给方浩铭说一下，现在想被他知道了肯定要遭骂。他们会不会偷偷在女儿身上安装窃听器？如果有，安在哪里？她觉得女儿圣洁的身子被侵犯了，而这帮凶竟然是亲生母亲！

这天夜里，叶素芬做了一个噩梦，梦见自己被几个男人跟踪。她在车水马龙的大街上像老鼠一样蹿来蹿去，一会儿躲进大商场，一会儿躲进大宾馆，怎么也甩不掉盯梢者，最后不知怎么躲到了医院太平房，而这门突然关上，只好从后窗爬出去，掉进一条污水沟。脏兮兮地跑回家，急切切地关门洗澡，一丝不挂地冲着身子，却又发现热水器边上有一个微型摄像探头……

第二天一早，叶素芬在上班路上给童堂打电话，问他们具体是怎么侦察的。他说这属于商业秘密，无可奉告。她只好补充两条要求：一不许在方妮身上安装窃听器之类，二不许在她上厕所时监视。对方同意。

十天后，调查报告出来——

关于方妮活动情况的调查报告

受叶素芬女士之委托，我们于 6 月 7 日至 16 日对其女方妮在家庭、学校之外的一切活动进行了严密的监视（上厕所除外），未发现明显的异常行为。发现稍值得注重的情况有如下几点：

一、6月8日17时24分，在出校门北边约60米的街边，方妮和几位男女同学走在一起，有说有笑，其中一位男生掏出泡泡糖分给同学吃，方妮接一片并吃了，随后上公共汽车。在车上未发现异常。事后了解，那位男生是初二(4)班的张元生，但未发现跟方妮有特殊往来。

二、6月10日13时51分，方妮上学路过东新三路南边街道。这里有一家新开张的内衣时装店，门口赫然竖着一个比真人还大的美女像。这人像只着三点，一手抠着那条狭小的三角裤而且似乎要抠下来的样子，性感迷人。方妮驻足看了1分49秒才继续走向公交车站。

一共八点，另附了十页《每日活动明细记录表》。叶素芬看了这些材料，觉得挺满意。一是对童堂满意，二是对女儿满意。钱虽然贵了点，但是值得。女儿虽然不是至纯至洁，但是可以理解可以谅解。她想该买点好菜慰问一下女儿，当然不敢提半句雇私人侦探的事。

叶素芬想起方妮那丢失的笑，把她以前的照片全翻出来，找了那年跟浩铭回老家在海边戏水笑得非常灿烂照相馆都讨了去陈列的那张，放大了，装上漂亮的相框，摆在厅上大电视机上。她一回家，鞋都没脱清楚，便拉了她到电视机前，大献殷勤："孩子，你看——我把你的笑找回来了！"

"难看死了！"方妮瞥了一眼，居然没笑，一丝笑也没有，只顾卸双肩上沉重的书包。

叶素芬扫兴极了："这臭孩子！"

晚上开职工大会，传达上级行精神，动员全行上下投身到深化人事体制改革中去。

原来，随着国家在加入WTO时承诺对外资银行全面开放的时间日益临近，国有商业银行得加快进行股份制改造步伐。要符合上市条件，就必须大力降低不良资产比率，大力裁减冗员。根据上级行计划，川州教育银行今年得减员一百一十七名，比往年多一倍。减员方式也有所不同，第三季度主要是接受员工主动辞职，经济上增加补偿。如果能这样完成任务，那是最好。如果不能，剩多少得在第四季度完成。这后一次减员方式主要结合年度考核，末位淘汰。

为了体现公平公正，不以一时成败论英雄，以近三年的考核综合计算，其中今年占百分之五十，去年和前年各占百分之二十五。这次一定要减一定比例的市分行机关人员。为此，要求全行员工进一步深入开展"学理论，迎奥运，人人争当业务冠军"活动，深刻领会"甘蔗原理"的重要思想，高度认识这次改革的重大意义，热情支持改革，积极投身改革。

行领导作报告，会场秩序本来是好的。如果谁的手机忘了关突然响起来，会像炸药包的导火索一样被迅速而彻底地掐断。可今天不同，一听要裁到机关，像被撞的蜂窝一样嗡声一片。伊行长喝了几口茶，有意让大家舒一舒气。等抽完一支烟，他说："好了，散会后大家可以去讨论。现在，我强调几点……"

叶素芬没有加入身边的议论，但她的心再也没法平静。三年度考核综合，对有些人是公平，可是对她呢？显然太不公平！这样，她一下就给推到了被裁的边沿。除非她今年考核结果非常好，好得足以冲销去年的差。但她今年却违法了，干了"故意毁损人民币"的勾当，比去年旷工严重得多，可能考核得好吗？看来在劫难逃了！一散会，她就给方浩铭挂电话，转达会议精神，急切地问："你说，第三季度会自动走人走完任务吗？"

"你愿意走吗？"方浩铭反问。

"唉！那你说，真的会裁到机关吗？"

"我怎么知道？我又不是大行长！不过我想，既然说了几年，总有一天会是真的。即使今年没裁到，明年也会裁到。"

"照这么说……还说要算旧账，我去年那么倒霉，那我逃得过今年也逃不过明年。"

"那你今年就考核好一点啰！"

"工会这种鬼地方，怎么个好法？"

"那就努力啰！"

"怎么个努力法？"

"我怎么知道呢？"

"哦，你就不管我了！老实告诉你，我如果下岗了……"

"好了好了，别吵了！吵有什么用？怕有什么用？急有什么用？又不
是一天两天的事，还有那么大几个月。"

这一夜，叶素芬又失眠。本来她这一段睡眠好了点，现在又一下被推
到深渊底里。

叶素芬不知挣扎到什么时候才入睡，转入一个梦：人事部主任穆云一
脸灿烂地宣布叶素芬破格升为文明办主任，说是她的考核分数居全行第
一。她呆了足足十分钟才缓过气来，说："不可能吧？"

穆云激动地抓起叶素芬的双手紧紧地握了又握："怎么不可能？在这
改革的年代，什么奇迹不可能发生？"

穆云说着将那一张张测评表递给叶素芬看。果真，那堆表格中给她打
的全都是满分，没一张少于一百分。而她清楚地记得，她给自己打的分只
是称职中的最高分——八十九分，现在怎么连这一张也变一百分了？她歇
斯底里叫道："不可能！绝对不可能！一定是有人故意捉弄我！"

这时，突然有只红蜻蜓飞来，停在叶素芬的耳边，并且出现了"好好
先生"的耳语："接受吧，孩子！你爸我忍气吞声，积了一辈子阴德，现
在全给你了！"

"不，我不相信！我不迷信！"

叶素芬在挣扎中醒来。她想这梦如果是真的多好啊！听，还有鞭炮
声，庆贺我升官了……不对头！不是逢年过节，除了红白喜事，早上放鞭
炮那大都是新店铺开张，选择早上八点之类的吉利时辰……睁开双眼，果
然发现太阳正照耀着她的窗。她抓过手机看时间，发现果然已是八点。她
翻滚下床直奔卫生间，漱了一下口，顾不上刷牙，也顾不上洗脸，直接在
挂着的毛巾上搓了几把，简单抓了几下头发，拎起包就跑。她直接跑进郭
章楠办公室，检讨说："对不起，我今天睡太死了！"

"没关系。"郭章楠笑笑说。

"今天迟到……真不是故意的。今年，这是头一次，考核的时候你要帮我说一下。"

尽管郭章楠一再安慰，叶素芬还是不放心。她觉得现在没一个人敢相信，都是表面上和和气气，说说笑笑，背地里却排查你打你低分，把你往下岗深渊里推。

打完开水坐下来，叶素芬的心思死缠着那个梦。表面看这是个好梦，可实际上人们都说梦与现实相反，比如你梦到捡钱之类，那肯定不是好兆头。由此可见，梦到升官弄不好就兆示下岗。父亲特地来提醒自己，要早早注意。

叶素芬无精打采。杂七杂八的事一大堆等着要做，可她什么也没心思做。她想，反正要下岗了，做再多又有什么意义？都要赶你下岗了，干吗还要替他卖命？做好了这事，人家又能给我多打几分？

叶素芬心里乱哄哄的。再因为昨夜没睡好，脑袋像漏了气的轮胎，一动就别别扭扭，怎么也跑不起来。看报纸、上网，看了下句忘上句，看了半天不知所云。居委会来电话，催报这个季度的《文明单位动态管理》表。她当即填了，自己送过去。一来表示诚意，二来活络活络精神。

从居委会回行里，路过一个小诊所，叶素芬不经意瞥见里头有个男子很像于雨鸿。他侧对门外，正跟医生说着什么。以前，她对这个小年轻没什么恶感也没什么好感，通过换房一接触，觉得他不错。他不是远走高飞了吗？怎么会在这里？得什么病了？这么想着，不由回走几步，发现果然是他："嘿，小帅哥，你怎么会在这儿？"

"哎哟——，叶大姐！"

"好久没见你了！现在哪里发财啊？"

"一言难尽！你……你不错吧？怎么样，我那房子好住吗？"

"好啊！太谢谢你了！"

"哎哟，这还用谢！"

"真的嘛！我觉得是更舒服！"

"那就好！住了舒服就好！"

　　说笑着，两个人站到了门口，叶素芬还没有告辞的意思："看样子，你现在……肯定过得更滋润吧！"

　　"还可以吧！"于雨鸿脸色黑了点，但添了几分俊气，"这儿太热了！请你吃碗刨冰，怎么样？"

　　叶素芬望了望小街对面的小冰厅，随口说："我请你！"

　　于雨鸿还没有找到好的工作，暂时在推销一种保健品，生意挺不错。他说："现在，男男女女，老老少少，没几个活得轻松，没几个健健康康——看上去健康也是'亚健康'。你能说你的身心——生理和心理都很健康吗？"

　　"我……你说呢？"

　　"我敢肯定你有点问题了！不信你去体检一下，什么血脂、血压的，肯定有些指标不正常了！"

　　"你怎么敢说肯定？"

　　"因为现在社会就这样，没有谁能够逃得了，国家总理也难得睡个好觉。表面上看，你工作、生活都好好的。其实，你心里——内心深处，充满着某种恐惧。"

　　"嗬，你不是在摆摊算命吧！"

　　"比算命还准啦！别看你还在高楼大厦里上着班，优哉游哉，优优雅雅，其实你心里头跟我们这些下岗了的人差不多，甚至更糟。死亡恐惧，比死亡本身更可怕。一位专家就说过：'失去工作安全感比失去工作本身更严重——下岗和被解雇的传言跟实际的解雇一样压力大，甚至有过之而无不及。'"

　　"哇，你快成专家啦！"

　　"那当然，不然怎么推销我的商品？"说着，于雨鸿打开高级手提箱，取出大大小小一堆口服液给叶素芬看。

　　"那我买一盒试试。"

　　"真的可以试试，不骗你！"于雨鸿仍是蛮说的，不想叶素芬真的掏出钱来，"你真要买？"

　　"试一试啊！"

"嗯……如果你是出于同情我，看我……我目前是困难点，可是……可是我还不需要人家同情！"

"好啦！我是真的想买！你这会不会假啰？会不会有效啰？"

"我敢卖假的给你吗？至于效果，说实话，我也不敢保证，只能说……只能说理论上说绝对是有用的！"

"那就行了！"

中午，叶素芬想好好睡个觉，可是不行。眼睛一闭，老想起昨夜的噩梦。好梦醒来就忘，噩梦却一直缠绕在心，总也挥之不去。

叶素芬不想想了，想逃避了，起床找了一堆可洗可不洗的衣物洗。洗衣机是全自动的，调了中档水直接洗。盖洗衣机的时候，突发奇想，她不盖上，待在边上看着小水管注进水，然后看着水随衣物忽左忽右一圈一圈慢慢转，再看着快速转动甩干，接着看第二遍注水、洗涤、甩干。看着看着，不知不觉又陷入胡思乱想……

衣物洗完接着凉晒。挂晒完衣物，叶素芬就伫立在窗口。现在才三层，她不恐高了。看防盗网上新种的花草，看着看着又陷入沉思。突然，她悟出了一个要命的道理：要学会接受失败！

人生来就是要失败的。就说我这双手吧，曾经那样迷醉过方浩铭，也得过全省性荣誉，才几年工夫，就成这样的鸡爪了！再过些年，就要像松树皮了！再过些年，就要腐烂或是烧成灰了，连同整个我从这地球上消失得无影无踪。

想想这一年来，父亲去世，丈夫查出一身毛病，女儿学业欠佳，自己面临末位，这都是叶素芬所不愿意接受而命运要强加于她的，并且都是突然的。原来总以为生活是平静的，静静地成长，静静地衰老，静静地死去，没想命运根本不会按部就班，而要你跌跌宕宕。如今改革，更不会让你静静地退休！等着吧，下岗的厄运像地雷，遍布你的前方，稍不走运就会踩响。

"叶素芬！叶素芬！"

突然，窗下有人大声叫喊。叶素芬定睛一看，发现竟然是方妮：她怎么直呼其名啦？这孩子！她很生气，没好口气地回应："干什么？有事不会好好说啊！"

"快开门，我忘了一本书！"

现在课本很多，书包只能背当天上午或下午上课必用的课本之类。这天中午，方妮忘了下午还有政治课，出门下楼了才想起，跑回来，又发现忘了带钥匙。敲门叫喊，叶素芬没听到，她只好跑到窗下来喊。

"你好大胆啊，敢连名带姓叫我了！"叶素芬训道。

"我在楼下，对着那么多人家，怎么叫啊！"方妮边喘粗气边翻找课本，"我如果大叫一声妈，人家的妈也跑出来，你叫我怎么办？"

"这么说，你还是聪明啰！"叶素芬笑了。

"当然啰！"方妮自嘲地说："你不想我是行长的女儿！"

下午跟上午一样，像要发疯似的。如果有某种引信，这脑袋一定会立即爆炸。叶素芬想好好醉一回，想来想去只有找郭三妹。可这死丫头最近变了，上班不换行服，上厕所到七楼，偶然碰到也是一笑而过。有一回，她叫住她，直接问："你好像躲着我什么？"

"没有啊！"郭三妹矢口否认，但是脸红得很。

"那为什么……"

"我很忙……真的，大姐！这一段……哦，我得走了，不然主任会骂！"

叶素芬不相信郭三妹真是因为忙，心想她很可能看不起我了。那篇报道明明是表扬自己的，却要署她的名。当然，那篇报道基本是真实的，只是稍微有点"加工"。例如当她决定送老太婆到医院时，写着"叶素芬心想，自己是从事精神文明工作的，在全行'学理论，迎奥运，人人争当业务冠军'活动中，应当率先向北京奥运志愿者们学习"，明显是吹牛。当时，她根本没想什么应该不应该，只是觉得那老太婆太可怜，本能地想帮一帮。如果不帮这忙，她心里难受。最直接的原因就是为着自己的心灵不难受。可是，她却要吹嘘是出于职业道德。这样惹人嫌的文章，嫁祸于郭三妹，用俚语说是"抓人家的手指头去撩火"，太不道德！顺便做这么点善事就要吹，太虚荣！现在，郭三妹看不起你了！这么想着，愈发心虚，自己也有点怕见郭三妹。

再说，那次关于"坐台"的事太伤郭三妹的心了，好像再也抬不起头来，不光不换行服，也不再听MP3，整个人都没了光彩，整天蔫不拉唧。当然，也可能因为她谈恋爱了，所有光彩所有美丽都给某一个人了。朋友也罢，姐妹也罢，跟情人比起来，肯定平淡得多……但不管怎样，今天偏要抓她一次。叶素芬直言要求说："今天我心情很糟，你要陪我喝几杯！"

现在，方妮也不爱跟叶素芬出来吃饭，她不稀罕馆店的好菜好饭。叶素芬想想也是，跟大人在一起，没有共同语言，时不时说些色情话还令她难堪。也罢，就让她在家里自己煮西红柿蛋汤方便面吃。

今天，就叶素芬和郭三妹两个。叶素芬坦率地谈了对今年减员的看法和担心，但没有提及去年基本称职的事。她只是说："我们工会，比不得国外，谁看得起你啊！宣传部、文明办在中国是吃香，但在我们企业，也是说得好听，人家不嫌你碍手碍脚就不错了。现在改革，说是要体现多劳多得，一个机关分三类，公开着把我们划到后娘养的一边。考核投票，人家还不把我们往死里推？"

"应该不会吧？"郭三妹对这些问题没把握。

"怎么不会呢，今年是你死我活，肯定更多人落井下石！"

"我保证不会给你打低分！"

"我们姐妹样的，你可不敢背后给我一脚啊！"

"我要是会背后给你一脚，我……"

郭三妹想说什么又不说了，脸突然涨红起来。叶素芬没注意这些，只为她的肝胆气感动，举杯说："我也保证会打你优秀！"

干完这一小组，像男人高潮过后，再也喝不起劲了。

方妮考试结束，叶素芬多了一道不安：这么长的暑假怎么管她？思之再三，她决定再次雇用童堂，要求随时报告方妮暑假两个月里擅自跨出家门的一切活动。

上午，方妮要到学校开闭学式，叶素芬同意，但她不放心。她想，今天不要上课，女儿肯定会贪玩，弄不好还会跟男同学玩，那就功亏一篑了！上班的时候想起这事，她越想越不放心，连忙给童堂打电话，要求增加监视这半天。她说:"你帮我看好了,另外加点钱也行。"

"老顾客了,这么点小事好说,这半天就义务给你做了!"童堂挺爽
快的。

叶素芬估计:学校开个统一的闭学式,校长作作报告,书记讲讲话,
再表扬个什么的,两个小时足够吧!然后到班级开会,分分成绩册,表扬
表扬,布置布置暑假作业,大不了再两个小时吧,一个上午也足够!可是,
等她下班买菜做好饭,等到十二点半过后快一点,方妮还没有回家。她估
计一定出了什么意外,不能再等,马上给班主任吴老师挂电话,但他手机
关机家里没人接。再挂童堂,这才知道真发生了一件非常意外的事。

原来,吴老师所负责的班级历年在年段排前三名年年受表扬得奖金,
所以尽管年过半百仍然当班主任。今年期末突然掉到后三名,要在闭学式
上点名批评。他受不了这打击,开闭学式的时候从办公楼上跳下。闭学式
乱成一团,中断了个把小时才继续。从学校出来后,很多学生到医院看热
闹。方妮也跟去了,不过没什么异常行为,这时正在回家的路上。

"很奇怪哩!他们说,他平时好好的,只是这一段有时候闷闷不乐。"
童堂调查很到位,很能说,"昨天,他老婆去问仙姑。仙姑说他家里的床
没摆好。他不信,还骂了他老婆几句。今天上午,他还到会场,听了校长
讲话。老师们议论,今年'末位淘汰'怎么办。他还不以为然说:'那怕
什么!不当老师就不要活啦?我这把年纪更不怕,大不了内退,还会饿死
啊!'哪晓得,没几分钟却寻死了。"

正说着,方妮开门回家,叶素芬像小偷扔赃似的搁了电话,略显尴尬。
她咽了一口气,紧绷起脸来,想第一句话审问她为什么这么迟,话刚要出
口又想到一个更重要的问题:"第几名啊?"

"你猜。"方妮笑笑说。

叶素芬的脸马上绽开了花:"肯定不错!"

方妮抿嘴而笑,掏出《学生手册》往叶素芬手里一塞,直奔饭桌:
"噢,真好吃!"

"哇呀,不错不错!"叶素芬看了看手册上记载的名次,禁不住连连
夸奖,上前就给方妮一个吻,又帮她打饭打汤,"我的宝贝女儿,真是不

错！那怎么听说，你们班这次考得不好？"

"倒数第二。"

"你不是考很好吗？"

"几个尖子都考得不好，平均一下就不行了，我好有什么用？"

"他们以前都考得好，这次为什么考不好？"

"好马也有失蹄时啊！"方妮不耐烦了，"你去问他们吧！"

顾不上先吃饭，叶素芬马上给方浩铭打电话："我女儿期末成绩出来了，你猜多少名？"

"听你这样子，肯定不错！"方浩铭说。

"那当然！一百四十七，比上次进步了五十多名！"

"哦，那是真不错！我说了嘛，弯竹出好笋，你的女儿怎么不会读书呢！"

"是我管得好！我特地请了……你给她说说。"叶素芬连忙把电话递给方妮。

叶素芬一高兴，差点儿把雇私人侦探的事说出来。她想过，必要的时候，也要雇人探探方浩铭，不要什么时候跟那个夏什么的狐狸精私奔了都不知道，所以现在还不能跟他提这事。

第十七章
两只老鼠真奇怪

赵度家的米给老鼠偷吃了，用法术将附近的鼠全都圈来，宣布说："没偷吃米的走开，盗食者留下。"结果十几只老鼠自觉留下来受刑。

这个炎热的夏秋,叶素芬像北京奥运会运动员死盯对手一样密切关注有没有同事自动走人。观察了一星期又一星期,一个月又一个月,好不容易三个月过去,只走九个。这九个当中,四个是申请辞职的(还有两名因为是业务骨干没被批准),一名支行行长带着漂亮的储蓄所主任卷了三百万元储户存款私奔(迄今未抓获),因此开除两人,另有一名是年轻的副行长有天夜里莫名其妙暴死。这样,还有一百零八个指标要硬砍。

将这指标分解,市分行机关分得七个。更糟糕的是,在这个金秋,美国发生金融危机,度卷全球,东方西方大小国家都惊慌失措。银行业首当其冲,连世界老大花旗银行都惶惶不安。减薪、裁员、倒闭,这类字眼在《新闻联播》当中也难以回避。中国稳定压倒一切,当然有特色,国务院特别下文要求全国各行各业不裁员少裁员。然而,银行跟其他企业不一样,几大银行随便一家倒闭的后果都比汶川大地震严重得多。如果裁员能救银行,显然是最佳选择。因此,别幻想教育银行减员指标会减少。为此,川州分行又一次召开动员大会,继续鼓励大家自动走人,在被裁减之前主动报名的仍然可以享受优惠政策。

谁说裁员跟死神一样不容商量?川州分行够注重和谐,够"有情操作",仁至义尽了!

然而,叶素芬还是不安起来,空前不安。她想,看样子没什么人肯主动走了,再分解这七个指标,她所在的考核组少不了一两个。糟糕的是,到目前这一组好像还没人出什么事。于雨鸿那事算大,完全可以打他不称职,可是他早走了。郭三妹那事应该也算问题,可不是真的。如果凭偏见,再有那个"故意损毁人民币"的事,很可能还会给我打低分。再加上去年的,岂不是我死定了?

谁赶紧出点事吧!

你怎么这么心坏,盼人家出事?

可是人家不出事就要我出事啊!

叶素芬很为自己担心,但有时又觉得可以放心,吵着要方浩铭给她拿主意。说实话，这种事谁也不敢打保票，但他毕竟更了解那种圈子里头的事。他说："我想，我们该正规请郑吾华吃次饭。上次，借花献佛，人家不一定领你的情。要专门请他，直接谈你的事，当面敲定下来。"

"那好啊！"叶素芬欣然说，"只是……光他，能敲定吗？"

"当然可以！只要他跟他部下打个招呼，叫他们都给你打高点，你还能低到哪儿去？"

"真的！你怎么不早说呢！早知道，去年就可以……"

"不过，他这人很势利，看上不看下，请了几次请不到。"

"那……再叫你人行的朋友出面？"

"那不行！老是用官压人家，人家面上答应心里不高兴，还是空的。要换过一张牌，比如'白眉大侠'，听说他对父亲倒是挺孝顺。"

叶素芬几乎忘了郑兴哲，他好像也不愿见她，偶然碰上远远就避开。现在方浩铭一提，她欣然同意。当然，她没必要把性骚扰的事告诉方浩铭。她想，为了生存，多少人情妇、妓女都要做，我这么一点……这么一点算什么啊？他还会再打歪主意啊？我才不信！她亲自给他挂电话，热情洋溢。

地点还在蛟湖号游船。天气这么热，在上面边乘凉边吃饭多好。叶素芬和方浩铭早到了，站在船头等郑家父子，远远就发现目标——郑兴哲在儿子的护卫下，挂根拐杖，如期而至。

她心里不觉一颤：他现在真是老了——突然老了！他不再高高大大地腆着肚皮，而佝着身子，步履蹒跚。他的眉毛还是白白长长的，但没了半点"大侠"样子。她不由叹了叹，连忙跑下船，上前帮助搀扶。

上船顶，郑兴哲举目逡巡，不禁叫道："唉哟，这风景真好啊！"

"就是风大了点。"郑吾华说，"小叶，你要小心点，别像风筝样的给刮跑了！"

"哎呀，郑主任！你也太夸张了吧……哎，对了！"叶素芬却突然想：船顶有风，而现在的郑兴哲弱不禁风，万一出个事那就担当不起了。"船一开，风更大，郑行长会受不了……我们还是到里头吧！"

"还是小叶关心我啊！"郑兴哲感激地说。

里头也不错，透过硕大的玻璃照样可以欣赏岸边夜景。方浩铭请了杨美来，让她坐在郑家父子之间，让几个男人没喝先醉。

服务小姐送来菜单，请方浩铭过目。他看了一下，请郑兴哲定夺："我不知道您老人家喜欢吃什么，您看！您点，别客气！"

郑兴哲不客气，但他的手颤抖得抓菜单都抓不住，要左手抓菜单，再用右手死命抓住左手。

看着郑兴哲控制不住自己的手，叶素芬想起那不停地抖着的仙姑，又想起自己那些日子恐高，也是不能控制自己，不寒而栗。更糟糕的是，郑兴哲嘴角总挂着一点白沫。她想到即将要跟他一起吃饭，而且要跟他碰杯，直觉得要吐。她突然说："我头晕——晕船！我要到上面吹吹风！"

叶素芬说得很坚决，边说边起身。大家不便阻留，只要求她一会儿好受些就下来喝酒。

天上没有月亮也没有星星，漆黑一片，空空一片，但两岸彩灯如画，延绵不绝。那艳丽夺目的灯光不停地闪烁着，不停地变化着各种各样的画面或者文字，令人眼花缭乱，像叶素芬此时此刻的心。

事后，方浩铭告诉叶素芬，郑吾华在席间明确表态了：只要没什么意外，完全可以帮她通过今年的考核，并且可以为她多争取一个优秀指标。这显然是一大好消息。她高兴起来，双手捧起他的脸，连吻好几下。不想，他又说："但是，你要给我小心点！"

"小心什么？"

"不要跟于雨鸿来往了！"

"跟他……跟他怎么啦？"

"他现在在我们行跟瘟神样的，人家躲都来不及，你倒是跟他打得火热。"

"胡说！我跟他又没什么！我只是买了他房子，又买他的药，觉得还可以，就接着吃了，他按进价优惠给我，——就这么简单，手都没握，这有什么？"

"可是人家会听你解释吗？人家只看到你跟他又是电话，又是送东送西，又是吃饭，虽然人家不大可能会往桃色方面想，可人家很可能会想：

你是不是也对'甘蔗原理'不满,是不是什么时候也撞出一个大娄子来。"

"真的有人会这么想?"

"当然有啊!不然郑吾华怎么会特地交代你要少跟那种人来往?"

"这些人……讨厌!那……那……那我就先停一段药吧!"

方浩铭帮叶素芬分析,除了于雨鸿影响,其他方面应该不会有什么问题了。旷工之类的事她完全可以避免,她的工作性质即使出点差错也没什么大不了的,她不是领导别人犯死罪也不用承担连带责任,她向来与人为善与人无仇不大可能遭人报复,她不像郭三妹那样惹人忌妒或者由爱生恨受人陷害,而她今年受过党报的表扬,过关是肯定没问题。现在离年终考核只一两个月,就像船离码头只有几步之遥,完全可以放宽心来。

这天晚上,叶素芬做了一个怪梦:她竟然在大白天跑到郑吾华的办公室,要尽媚态,死磨烂缠,硬要跟他做爱,可是当他终于疯狂起来,她又挣扎,不停地叫喊:"不要……不要……我老公会休了我……"正缠绵着,景丽萍破门而入,吓得他们提着裤子满楼跑。艳梦醒来,她的心乱跳不已。她内疚地搂紧了方浩铭,一遍遍吻,直到把他吻醒。

这天上午,叶素芬的心情像八九点钟的太阳一样明媚得恰到好处,却不料郭章楠突然阴沉着脸叫她到他办公室去一下。她马上意识到又有什么麻烦事,脑子里将近期的日子快速扫描一遍,觉得应该没做错什么,心想:应该不会光凭去年的考核定下岗吧?

郭章楠在门口丢下一句话,掉头就走了。叶素芬不好多耽搁,忐忑不安地跟到他办公室。到门口,一看里头坐的不是纪检监察室景主任,也不是人事部穆主任,而是行政部主任周远华,心里马上放松了些。

"你坐一下,周主任有事要问你。"郭章楠淡淡地说。

"是这样的,"周远华在单人木沙发上本来是侧向郭章楠的,这时挪过身子,侧向刚坐到另一张木沙发上的叶素芬,"上个月,你办公室的电话费超支太多,行领导要我们过问一下,是怎么回事。"

这倒是意外。叶素芬支吾说:"不可能吧!我这人没什么朋友,很少打电话。"

"这么说有冤枉啰！"周远华笑了，从茶几上抓起一张长长的单子递给叶素芬，"这是你办公室上个月的电话清单，电信公司提供的。"

这张单子不会假，上面有邮戳。单子很大，密密麻麻地打印着叶素芬办公室电话上个月的使用记录，何日何时多少分多少秒打往何处，多少分多少秒结束，通话费几元几角几分，都详细记载着。让她一看就吓了一大跳，根本不敢看仔细的是，上面有好几条通话记录表明是打往国外的，一次就上千元。

"不可能！不可能！"叶素芬大嚷起来，"绝对不可能！"

"是啊，我们也觉得不大可能。"周远华仍然笑着，"我还特地叫他们到电信公司复核，可惜没错。"

"我在国外没有亲戚，没有朋友！我从来没有打过国际长途！国外电话怎么打都不知道！肯定是……肯定是冤枉！肯定是陷害！故意栽赃！"

"你安静一下！"郭章楠终于开口，"我们刚才也替你分析过，你应该没有打过国际长途，可是人家故意陷害你也不大可能……"

"平白无故遭人害也不是没有可能啊！"叶素芬怒冲冲地说，"像你走路走在大街上，好端端走在人行道上，可是有辆车要撞你！还有恐怖份子，好好的要抓你当人质……"

"好了，不要扯太远了！"周远华说，这回没笑，"就事论事说，没打国际长途，不等于没有国际长话费。比如说，如果上国际黄色网站，也有可能产生很高的国际长话费。你有没有上过，或者说你的电脑有没有让别人上过？"

叶素芬脸面顿时涨红起来，不知怎么作答。郭章楠和周远华一看这情形，马上明白怎么回事了，对视一眼，没有吭声，等她自己说。

叶素芬又能怎么说呢？只有泪如泉涌，忍也忍不住，捂也捂不住。

哭了好一阵，她才吃力地说："我是上过。可我不是故意的。那天，不知道怎么串到那种网上。我是看了一两页，没有多看就关掉了。可是，那网页黏住了，一个又一个黄色窗口自动弹出来，怎么也删不掉，关机也关不掉。过了几天，不知道为什么又没掉。没掉就没掉，我也没去管它，没想到会要这么多话费！这传出去,叫我怎么……叫我怎么……怎么……怎么做人啊！"

叶素芬克制不住了,号啕大哭,惊动四邻。有的人经过时,会在门口驻足,悄然问怎么回事。郭章楠和周远华不约而同摇摇头,也许表示不知道,也许表示不便回答。

哭也是一种激情,一久就淡。叶素芬虽然还紧捂着脸面,止不住呜咽,可是头脑清醒好多。她知道宽大的玻璃窗就在正前方,如果她腾地站起来,跨过这几步,往外一跃,所有的委屈与羞辱都将结束。可她马上又想到方妮,想到女儿正在窗下的学校,会像小鸟一样飞腾起来接她——女儿不能没有她。为了女儿,她不仅要继续活着,还要更坚强地活着,要赚更多的工资,让女儿更好地读书,更彻底地摆脱她这种命运。去年那考核像父亲口中的苍蝇还讨厌地盘旋在那儿,还有那"故意损毁人民币"的事也是一只臭苍蝇,吞不进可也吐不出,我不能再有一只臭苍蝇！想到这儿,她擦干眼泪,扬着头,字字铿锵地说:"算我叶素芬倒霉！电话费我出了,自己个人出,一分钱不少！只希望,行里不要再追究我！"

郭章楠马上顺水推舟说:"这样……应该可以吧,又不是故意的！"

"这……"周远华思索着说,"我先给行领导汇报一下。"

这回,叶素芬没瞒方浩铭。从臭蟑螂办公室回自己办公室,她立即给他挂电话,如实诉说,要他赶紧帮忙找人求情。她不求行里赦免,只想能够爽快地出掉这笔冤枉钱,破财消灾。

那笔冤枉的电话费,总共是一万三千零一十六元五角八分人民币,扣除包干费一百元,要硬掏一万二千九百一十六元五角八分,想想都心疼。

现在是什么时候啊,股市跌个不停,十元剩个两三元,不忍心割肉。现钱,也不可能有上万元在那里闲着。叶素芬只好拿一张还差两个来月的一万元定期存单提前支取,这又得损失利息一百多元。一百多元说大不算大,说小不算小,一个月能有几个一百多元？那么能不能求行里好人做到底,宽限两个来月？或者干脆让它直接在工资里扣,分几个月扣完？

不行！年终考核不会等你两个月,下岗裁决不会等你两个月。这种事要大事化小，小事化了，越早越好！这么一想，叶素芬不再心疼，中午一吃完饭就拿了存单跑储蓄所。

麻烦的还有这数目不刚好。是取了这一万元，再从储蓄卡里支取两千多元一并缴现金，还是把这一万元存入储蓄卡里头一并去转账？

转账很麻烦，得去行政部要账号，再跑一趟储蓄所或者ATM机，再到行政部交转账单，多出两趟，不如就这样取现金。但这也麻烦。因为有个八分零钱，身上没有——现在几乎没人用分币了，得找储蓄员兑换，可这总比多跑两趟省事些。

叶素芬咬着牙关支取一万二千九百一十六元五角八分现金，裹了沉甸甸一大包，带到办公室。时间还早，先休息一会儿。

叶素芬坐在办公椅上发呆，电脑也没开。她觉得很闷，起身开窗，坐回软椅刻意远眺窗外。没几分钟，不意发现钱包上有一只细小的蚂蚁，它在那缝隙处转来转去，像要钻进去偷钱样的。她生气了，伸个指头轻轻一按，把它给压死在指头上。弹出蚂蚁尸体之时，她想：这可怜的蚂蚁是为财死！这么一想，不觉多看了几眼那包钱，很心疼。太冤枉了！你看，这么灿烂的阳光——朗朗乾坤，我怎么能忍受如此之冤？

难道真没有法子了吗？叶素芬愤怒起来，抓起电话打方浩铭："我真要缴这一万多块冤枉钱了，你一个大男人也不能想点办法吗？"

"我能有什么办法呢？"方浩铭冷笑道，"我没本事当大官，我有什么办法呢？要么，我打个电话问问茹茹，看她能不能跟我们总行行长说说。"

叶素芬搁了电话死了心。

还差几分钟上班，叶素芬便下楼到行政部，把那大沓钱放到周远华的茶几上："请您点一下！"

"这么急啊！"周远华笑道，连忙叫对面办公室的小陈过来。

小陈应声而来，笑盈盈的，什么话也没说，只顾点钱。点完开出收据，热情地说："我马上到会计部那边冲账！"

叶素芬一听周远华叫小陈就毛骨悚然起来：这么说，小陈也知道这件事！而要到会计部冲账，说明会计部的人也会知道——很快会有更多的同事知道一条花边新闻："叶素芬用行里电话上黄色网"！

　　原以为交完钱一了百了，就像没发生这事一样。现在看来，这不可能。组织上是不会处理了，可同事们肯定会在私下里议论，肯定会在今年年终的考核中体现。这天晚上又看一条新闻，说四川两个人在家看浙江一个色情淫秽网站，属于违法，被警方抓了。人家在家看都违法，我在单位看，岂不是更严重？

　　叶素芬颤抖了！又开始失眠了！

　　失眠的时光，一切变得可怖起来。

　　尽管叶素芬超量服了安眠药，并且一再命令自己快睡快睡，决不能影响明天上班，坚决不睁开眼来，可脑子还是安宁不下，像是大海，波涛不息。尽管把一只耳朵死死压在枕头上，另一只耳朵用被子盖住，可还是听到里头总有声音，像一个人在铺着厚厚沙子的公路上行走，有节奏地沙沙作响，前一脚后一脚，一步接着一步，不慌不乱，但是绝不停歇。她由此感悟到：生命不正是这样行进着——消亡着吗？她不想想这么头疼的问题。她把被子掖到下巴，转过脑袋，把另一只耳朵也解放出来。

　　叶素芬听到窗外的声音。窗户都关上，拉上窗帘，隔一道阳台，还隔绝不了窗外的声音。夜一定很深了，可还有人在 OK 厅号叫，有人在街头巷尾喊拳。突然还有一声啤酒瓶爆破，碎片弹在什么玻璃上，紧接着激烈地争吵起来。她不由地想，这群狗男女一定醉了，那酒瓶一定是故意摔的，不知道有没有伤人。这些人真可恶，干吗要那么死命喝呢？

　　忽而，叶素芬觉得肚子饿。她想，这是条件反射，其实不一定饿。即使真的饿也不能起来吃东西，多吃了会胖，饿一饿倒是好事。再说，不能像那些馋鬼，养成习惯，这么冷的天，又下雨，半夜三更还在外头闹，像什么样子？

　　叶素芬的双眼死死闭着，又想到方浩铭。倒不是想做爱。媒体上出现一个新词"无性婚姻"，没想到她和丈夫真是这样。但她想这问题不大，一俟他们的生活安定下来，一切会正常的。无性也还是夫妻在一起好，特别是这样的冷天。一个人睡，脚一伸这也冷那也冷。两个人就不一样，到处是热乎乎。她可以枕在他的手臂里头，两个肩膀凉不着。如今一个人，两旁塞着衣物，两肩还是凉着，第二天不舒服，肩周炎疼得厉害。

此时此刻,方浩铭在做什么? 在睡觉还是在外头应酬? 在外头是真应酬，还是喝花酒，依红偎翠? 在房间睡是一个人，还是招了什么狐狸精? 叶素芬一会儿觉得他应该不会拈花惹草，一会儿又觉得他不大可能常在河边走就是不湿鞋。林小茹他是不可能有那个艳福的，可是张小茹、李小茹、陈小茹呢? 如今的年轻女人跟她年轻时不一样了,主动找他这一行之长的也完全可能有，他会是柳下惠吗? 特别在清溪那样的风流之地，还有那个夏什么的，那真是个狐狸精，他会无动于衷吗? 她想立即给他打个电话，问个究竟，又觉得这没什么实际意义。他如果左手跟我打电话，右手握着别的红酥手，我又能怎么样?

叶素芬转而想这房子太空荡了! 方妮也只占一间，还有厨房、客厅、书房和两个卫生间，那么多地方空闲着，老鼠都没有一只……

怎么会想到老鼠呢? 家里真要是有只老鼠,不把你吓死才怪呢! 叶素芬此时此刻想的是希望身边有点声音，没有男人的呼噜，有点老鼠声也好。以前，在乡下住那种房子，都是木板，一到晚上老鼠就来咬天花板咬地板,窸窸窣窣。爸妈醒了，敲一敲床头，老鼠不咬了，可没过多久它又开始，可恶极了。可现在，这个电视、电脑、电冰箱之类应有尽有的家里就是没有老鼠，一只也没有，只有讨厌的蟑螂。蟑螂倒是不少，但是太小了，不足挂齿，一点儿响声也弄不出来……

不对! 蟑螂一点儿声音也弄不出来不是因为它太小，而是因为它太笨。你看蚊子，比蟑螂小多少，可它不仅要叮得你不安宁，还要嗡嗡叫吵得你无法入睡。以前乡下住宿条件差，蚊子多，常是嗡声一片。现在城里房子很清爽，有电蚊香、灭蚊喷雾、驱蚊器，可蚊子还是像老鼠一样消灭不了。不用多，就那么一只就够了。它在你耳边嗡来嗡去，逼得你忍无可忍，耐心等它嗡声一息，断定它落脚在你耳边，便一巴掌盖去，震耳欲聋。你想那可恶的蚊子肯定见阎王了，那尸首在你巴掌上，稀烂一片，再不会嗡了，你可以安息了，甩自己那一耳光也值了。然而，没几分钟，它又嗡起来，而且仍然在你耳边，逼着你承认在这场战斗中失败，逼得你逃跑——拉起被子将整个头蒙住。现在是冬天，天收了蚊子。

她拉长两只耳朵仔细地听，一点儿嗡声也没有——什么声音都没有。

叶素芬刻意地寻找最近的声音。

她两只耳朵像探雷器一样，从自己床边开始，一寸一寸地探寻过去，连蟑螂的动静也不放过，终于在门口好像听到什么。那声音不响，也不脆，窸窸窣窣，微微弱弱，像是用小草悄悄地搔弄睡人的耳朵一样，很可能是在偷偷拨弄我家的门锁……

该不会吧！

叶素芬现在是真吓了，浑身发起抖来。如果不是睡席梦思，还是年少时那种木床，床架一定剧烈地摇动起来，那响声一定会让门外的坏人听到。现在的坏人坏极了！前些天前面一幢房子就出过一个案子，坏人晚上撬门溜进一户人家，把一家人都杀了，还把主人的女儿奸尸，然后把家里的现金和首饰洗劫一空，把定期存单、银行卡和赤裸的女尸扔进浴缸，到现在还没听说破案。报纸电视上看天天枪毙人，这些人怎么没杀光呢？此时此刻，真要是坏人在撬我家的门，怎么办？

当然报警！电话和手机都在床边。那么，马上报警吗？

当然不能等坏人进了门再报警！可是如果报错了，警察来一大堆，把邻居吵醒，坏人吓跑，说我报假警，怎么办？年终考核不是多一条罪状？

不行！不能再出问题！可是，坏人也不能不防啊！叶素芬把两只耳朵拉得更长，更仔细地倾听来自门口的声音。那声音太怪了，时有时无，好像有又好像没有。

这么久了，怎么还没打开呢？

呸！你希望他打开是吗？叶素芬心里头恶狠狠地骂了一声自己。她想，也许那坏人知道我在监听，并随时准备报警，不敢继续撬了。也许是我家的门锁特别好，他根本撬不了。我家的门有两道，外层是名牌铁门，内层是厚重的木门，又都用防盗锁反锁住……

哎——，今天有反锁吗？叶素芬认真地回忆了很久，居然想不起今天傍晚是怎么回家怎么关门的，也就是说那两道门在此时此刻是否反锁着，她无法作出肯定或者否定的判断。更糟糕的是，她觉得好像忘记反锁的可能性更大一些，也就是说让门外的坏人撬开门的可能性更大一些。值得欣慰的是，想到这里，她不是更害怕，而是变得勇敢起来，决心把坏人挡在门外！她马上睁开眼来，借着窗外映进来的微亮，室内大物看得到，不开灯也不用担心撞到桌子什么的，但她还是开了卧室的灯，到厅上又把大灯开亮，努力大声地喊道："妮啊，快起来读书了！"

叶素芬的喊声实际上不大，喊不醒方妮，但她想门外的坏人一定听到了，一定吓跑了。这么一想，她笑了，自鸣得意。这条妙计是童年从乡间学来的。精明的女人单身只影上山，碰上男人，就随便大喊一个名字："你快点跟上来呀"，把那野男人的色胆吓破在萌芽状态。

叶素芬照着壁上的大镜扮鬼脸，笑了几回合这才大胆去检查门，发现木门反锁着。她没有打开木门查铁门，心想木门反锁着铁门也一定反锁着，即使铁门没反锁也关系不太大。

叶素芬又笑了，这回是自嘲太怕死。银行的门，不是金库也不是那么好进的。除了自己家的门，楼梯口还有铁门，临街大铁门还有值班的经警，还有什么好怕的？如果这还要怕，那么普通居民的日子怎么过？

叶素芬觉得肚子真饿了，不再犹豫，马上从冰箱取一袋牛奶，用微波炉热。不小心多热了几秒钟，太烫，不能马上喝。晾牛奶的时候，叶素芬轻轻走到方妮房间，开了灯，坐在床头凝视女儿的睡相。女儿睡得很香，她怕会打搅她，替她掖好被角，顺便轻轻吻了一下，退回客厅，坐在沙发上吸牛奶。吸着吸着，想到早年的家。那时候都烧柴，生火要生半天。母亲在学校食堂做饭，每天天没亮就要起床，到柴火房抱柴，要不然怎么会给毒蛇咬……

那是过去的事，别去想了！叶素芬命令自己，抬头望墙壁上的钟，发现已经快三点快天亮，马上一咕嘟喝光，起身关灯，进卧室进被窝睡觉。现在不怕了，肚子也不饿，该好好睡觉了！

叶素芬觉得牛奶不仅在肚子里蠕动，好像还在全身的血管里头涌动，浑身热乎乎，暖融融。专家说喝牛奶有助于睡眠，现在该能好好睡了。

怎么早不去热一袋牛奶呢？用微波炉，手指头轻轻一揿，等一分钟就了事，多方便！可你就是不，就是懒，让它饿得你睡不着！懒人受苦，活该！勤劳些多好，喝了这袋牛奶，好像灌了水银，整个身子都沉下来，整个心都安宁下来，很快就可以入眠，可以好好睡一觉……

哎，不对头啊！前几天在网上不是看过吗？现在科学家发现微波食品本身是不安全的。食物的分子吸收大量的能量，足以分解蛋白质的分子结构，导致通常情况下不会发生的分子异变。结果，许多新的奇怪的分子出现。这些奇怪的新分子是人体不能接受的，有些还有毒性，可能致癌。因此，经常用微波食品的人或动物，体内会发生严重的生理变化，容易导致癌症，荷尔蒙失调，淋巴和消化系统紊乱，血液和免疫力异常，情绪低落，永久性脑损伤，甚至心脏病。难怪我的情绪越来越糟，原来都是微波炉害的！那天，我还把这篇文章下载了，决定回家就把微波炉扔了，可是一回家就忘了。今天中午，还用微波炉热过旧饭，晚上用微波炉煮过鱼，刚才又用微波炉热过牛奶，明天一早还得用它热牛奶，真糟糕！

如果不用微波炉，热牛奶得生火，得用煤气……用煤气就安全吗？用煤气热的食物没有危险，可是煤气本身有危险。如果让煤气泄漏出来，人在睡梦中吸入煤气，就会中毒，不知不觉地，连打电话求救都没力气，全家人死个精光。

那么，现在家里的煤气关着吗？这是跟家里那两道门有没有反锁一样的问题，叶素芬决心不再折腾了。她告诫自己：不要神经过敏！安心睡你的觉！再不睡，天真要亮了！

可是，叶素芬觉得闻到什么味道！她心里一惊，但很快明白：这是自己的屁，而不是煤气。在一次又一次失眠之余，她有个发现：夜里翻来覆去睡不好，肚子会漏风，很快就会屁多起来。两者关联的现象一再得到证实，但这是不是因果关系，她没咨询过。她还发现：失眠的屁虽然多但是气味比较淡，像淡淡的煤气。

又一个多余的担心排除，叶素芬的心又放松了些，真要入睡了。人不是铁打的，铁打的机器也要休息。胡思乱想也是费力的，她现在真的筋疲力尽，真的要入睡了，头脑昏昏然，没有什么念头，什么也没有，真的没有……

谁说没有！

叶素芬突然想起，今天下午起草那份"学理论，迎奥运，人人争当业务冠军"活动总结材料，她把清溪支行作为典型写了，肯定会让人说是出于私情。

说起来，今年清溪支行确实不错，存款、贷款和利润都大打翻身仗，被县委号召"远学孔繁森，近学方浩铭"。虽说李书记出事了，但现在县委仍然大树特树当地教育银行，并破格推荐为省级"文明单位"，这当然可以说是学习与实践"甘蔗原理"活动的硕果，上级行都肯定了，别人不敢挑剔什么。问题是，方浩铭是她的丈夫，这总结是她起草的，这就瓜田李下了。给你这么点办事权就要用以谋私，给你大权还得了？怎么不知道避嫌呢？得删掉！

还有，开头一句"在省分行党委的正确领导下"，"正确"两个字可能漏了。虽然没写这两个字也不算错误，但郭主任如果要加上去，就说明你……不行，得改！一定得改！

傍晚下班前，叶素芬已经把这份稿子发到郭章楠的电脑上，他说明天看。现在想来，太仓促了，得改！一定得改！得把清溪的例子删掉，随便换一个其他支行！再把"正确"两个字加上去！明天早上，得早点去，赶在郭章楠看之前把稿子再改一下……天啊，你快点亮吧！快天亮吧！

不，现在得休息一下！快睡吧！睡吧……

哎，刚才想改什么？叶素芬突然又发觉脑子一片空白，居然想不起来了，只记得那份总结材料有两个地方要改，具体哪两处怎么也想不起来。想问题如果能像拧毛巾一样就好了，那她会死命地拧，把那两个该死的问题硬挤出来，可这没办法，越是急越是想不出来。

不管它！叶素芬生气了，决心不想那两个问题，可它们偏偏又突然冒出来。现在得记住，别再忘了！那么，马上爬起来记在纸上？那样牢靠是牢靠，只怕那样一折腾，好不容易来的这点睡意又会跑光了。还是脑子记一下吧，很容易！一个是方浩铭，要删；一个是正确领导，要加。很简单：

方浩铭，要删；正确领导，要加！方浩铭，要删……

放屁！叶素芬发现不对头：要删方浩铭？真是放屁！方浩铭是我老公，谁也不能删。她想，简单记住"两处"就行了。这样，她一连几十遍记诵：两处，两处……

"两处"很快像绕口令一样变成"两只老鼠"了，并且变成儿歌：

两只老鼠，两只老鼠，
跑得快，跑得快。
一只没有眼睛，一只没有尾巴，
真奇怪！真奇怪！

叶素芬发现自己在哼歌，真想掌自己的嘴。她咬牙切齿地威胁自己说："再不睡，我就马上从窗户上跳下去，叫你脑袋开花！"

脑袋像小女孩一样吓怕了，不再信马由缰，不再四处漂浮，开始沉下，徐徐地沉静下来。

该死的，背上又突然袭来一个感觉：床好像在动——房子在动——地震是吗？

汶川大地震的画面一幅幅浮现，太可怕了！叶素芬也感受过地震。那是前年一个中午，她在办公室加班，突然感到整幢大楼在摇，膝盖碰得办公桌磕磕响。她意识到这就是所谓地震，马上跑出门，下电梯，问储蓄所的人，可她们都没发觉。她想，这高楼像树，摇起来梢动根不动，说明这地震强度不大。她返回办公室，又感到楼在晃，但这回她没有跑。她想，真要是碰上大地震，现在跑也来不及。说不定刚跑进电梯，楼就开始塌了，砸在电梯里更是死。而在办公室，还有些墙面，有些横梁，也许能留出些空间，也许能留给些希望。那是她第一次真切地感受到死亡的威胁，感受到人的卑微，感受到生命的脆弱。现在，难道又地震了？这次地震会是毁灭性的吗？

如果是，一样用不着逃。叶素芬紧闭着两眼，静听窗外的声音。窗外没有逃命的慌乱，倒是真有跑步声——肯定是天亮了，有人开始跑步锻炼了。

早上上班，擦完桌椅打完开水，叶素芬想打个瞌睡。昨晚几乎一夜没睡，十分困倦，好像除了放屁就没一点生气。她装着看材料看电脑，一手撑着脸面遮着眼睛打会儿瞌睡，只要不太倒霉一般不会给发现。可今天，臭蟑螂偏偏到她办公室来。

郭章楠说郑兴哲又发病连夜送医院抢救去了。上午十点左右，伊行长要亲自到医院探望，要工会准备一篮鲜花和一个红包。叶素芬马上表示等会儿跟他们一起去医院看。不知怎么，他今天话却特别多，红包包多大也要和她商量。如果是平时，多聊聊也好，可今天她屁多，怎么忍也忍不住，非常难堪。她明白，失眠的屁不臭，但这不等于不会影响别人的嗅觉。于是，她借口开窗，避到窗口再释放。这是个阴雨天。窗户一开，寒风呼啸着卷进来。

臭蟑螂仍没有离开。接着，他说郑兴哲这回是凶多吉少，后事也得工会负责，说起来又是一大堆。这可苦了叶素芬。寒风卷走——至少是稀释了屁味，但没有春雷来掩饰屁响。屁一响，风就失去作用。控制响声，就完全得靠自己了。她站到窗边，让屁尽量咝咝地徐徐而出。

这事说来容易做来也难。叶素芬实在没把握控制下去，只好逐客："哎呀——郭主任，我得下去取钱了，不然等下来不及，其他事等会儿说吧！"

其实，几百上千元现金叶素芬保险柜里随时有。既然找了这个借口，就得真去取，否则就是欺君了。她还想，到了一楼要顺便上街买一盒洋参含片，不然会一天没精神。刚才一上班，碰上同事，一眼就看出她脸色难看。都怪昨晚彻夜没睡，早上闹钟响了又赖床，起来太赶，来不及上点妆。让人说你上班没精神，多不好！

叶素芬填了现金支票，请郭章楠签了章就下楼。一到电梯门口，电梯就到，里头空无一人。她觉得今天会很顺，门一关上，就高高地跳一下。刚好又有个屁，她憋足劲来，狠狠地炸响，把刚才憋的满肚子气一泻而光。

刚下一层，有个人进电梯来。这是个糟老头，面色粗黑，衣着不洁，与这大楼很不协调。这不奇怪。银行有钱，厕所比许多人的家还漂亮。有的乡下人进城，就躺在银行屋檐下午睡。有的市民逛街逛累了，就进银行营业厅坐着吹空调。这个汉子，也许是来玩电梯的。不过，本行很多职员出身乡下。这人也许是来探望他的儿子或者女儿，而他的儿子也许还是管着你的大头目，他的女儿也许是个人人眼馋的大美人。人不可貌相，不可小视这糟老头。当然，也用不着刻意亲近这样的人。这么想着，叶素芬退到电梯最里头，两手叉在背后，紧贴着不锈钢壁面，立即有一阵冰冷直袭心头，使她发麻的脑袋清醒起来。

叶素芬暗自庆幸刚才那个响屁放得及时，如果拖到现在在他人面前放多不雅！然而，正当这样想着的时候，她突然闻到一阵带着温度的臭味，奇臭无比。小时候就知道，最臭的屁要么是吃多了洋葱，要么是吃多了地瓜，要么是吃多了萝卜。这显然不是自己刚才放的，肯定是这糟老头放的。她愤怒起来，当着他的面用那张小小的现金支票扇鼻子，又紧捏起来，恨不能立即止住下行着的电梯逃出去。

电梯很快停了，门开了，糟老头出去。叶素芬心里骂道："快滚！"

叶素芬也想立即逃出去，又想不能跟在这样的臭人后头，再说门开一下臭气该散差不多了，更重要的是一旦出去要等另一趟电梯。如果耽误了时间让领导生气那可不是小事。正当她踌躇着，电梯门要自然关闭之时，又一个男人进来，而且是周远华——同一个考核组的副组长。一见面，他热情地给她点了个头，但他很快又皱了皱眉，显然是恶心这里头的空气。

两个人没有说话，形同路人。这很正常，电梯比不得汽车、火车、飞机，相处也许只是几十秒钟，一般都不愿意打开话匣，能点个头就算不错了。真正难堪的是，里头的空气仍然难闻，臭得足以令人对这释放者生厌，——在这要命的时候，她怎么能让周远华生厌呢？

叶素芬委屈极了，又愤恨起来。她恨刚才那糟老头，他要是不出去，或者说迟那么半分钟出去，让周远华知道刚刚还有一个人，她仅仅只是百分之五十的嫌疑，那也好啊！可他就那么匆匆跑了，一点责任也不负。她觉得自己也可恨。刚才，为什么不果断地离开呢？一走了事，根本不用背这黑锅！可我优柔寡断，坐失良机。事已至此，我还能怎么办呢？

"刚才那人真恶心，污染空气！"

叶素芬决定这样说，让周远华明白刚才这电梯里头还有一个人，而且是那个人放了这个奇臭无比的屁。也许他不会相信，但不能排除他相信的可能。她拿定主意，决定就这么声明。然而，没等她开口，电梯门又开，他迫不及待地走——逃出去！

"我怎么这么倒霉啊！"叶素芬愤愤地大叫起来，还像男人发泄恶气那样狠狠地砸了一拳电梯那坚硬的不锈钢壁面。

第十八章
玉兔还兮

　　嫦娥飞上了美丽的月宫，没想会是那样清冷寂寞，真有点后悔，好在有一只玉兔每天陪伴在她身边，片刻不离……

年终考核如同我们每一个人的死期，一是不论你愿意接受还是不愿意接受、害怕还是不害怕它都要到来，二是它必然在大致某个众所周知的时候到来，至于具体什么时间则只有鬼知道。

全世界都出现暖冬现象，川州也是。忽冷忽热，这天下午变得特别热。好几个人忘了系领带，到会议室一看别人才想起，连忙跑回办公室去挂，以致会议拖了十几分钟才开始。

考核领导小组成员即五个部室的主任，威严地坐在主席台上，有如法官。这五个部室的副职包括主任科员、副主任科员跟大家坐在下面，但是位于前头，好比陪审官。其余就像被告了，不同的是坐在旁听席上，作述职发言时才上前，走到公诉人或者律师那样的位置。但同时要进行员工行为排查，在座领导也是排查与被排查者，谁也别想有古罗马斗兽场上的贵族那么轻松愉快。

叶素芬来得较早，坐在不前不后不左不右的中间。今年的述职顺序是事先按部室排好的，工会理所当然排在最后。一开始就给每个人发了几张表，张三李四谁都有，要求你边听人家述职边给人家打分，但实际上你爱什么时候打就什么时候打，到时候统一交就行。这样，整个下午她可以没事。她后悔没坐最后一排的窗口。前后左右都是人，她不敢偷看书报，不敢东张西望，只能在心里头开小差。

郭章楠端坐在那儿，呆若木雕。前两天，方浩铭还特地请他喝了晚茶，他答应一定会好好帮助叶素芬过考核关。认真想来，她觉得只有他和郑吾华完全可以信赖——今后真的不敢再骂"臭蟑螂"了！其他几位主任，包括这些部室当兵的到清溪支行检查工作，方浩铭都有好好接待，并明确请求关照她，他们都是边应诺边干杯的。现在，关键时候到了，他们会兑现吗？

也许会，也许不会。叶素芬反复想这个问题，一会儿觉得他们会给方浩铭面子会公正评价她，一会儿又觉得现在的人太虚伪该吃的时候吃你该坑你的时候照坑不误。一想到上半年排查中有人告她"故意损毁人民币"的事，她就毛骨悚然，觉得不知道谁可以信赖。究竟是谁，至今猜想不透。

这样更糟，逼得她除了郭章楠和郑吾华对人人都不敢相信。现在，她对人
人都想恨，想给除了自己以外所有的人都只打一个四分——去死吧！

叶素芬的心很乱，转头向窗外远眺，看到太阳正要从不远处的山头落
下，已经把山边房顶上的阳光收走，景象开始变模糊。有一趟列车在山麓
经过，汽笛清脆地高鸣起来。她莫名其妙联想到山上的庙，山上的父亲，
心想父亲在天之灵肯定会保佑她。

散会时，天已经变黑。叶素芬回到办公室，一看手机有个未接电话，
但想不起来是谁的，决定不理，拎了包匆匆回家。

电梯行至八楼，门开进来郭三妹。她也看见叶素芬了，但没有打招呼。
同事很多，不可能一一打招呼。叶素芬意识到的问题是：我是不是有什么
地方得罪了她？不然上次吃饭为什么别别扭扭，还要逃掉？是不是她知道
我想过要给她打不称职？不可能！我没有什么地方得罪她，也没真想要打
她低分。如果让她误解，今天打我一个低分那就冤枉了！不行，得找她！
出电梯时，叶素芬挤上前，拽了她到一边："去吃河田鸡吧！"

"我……我今天……今天……没……没空啊！"郭三妹居然像被当场
拿住的贼。

叶素芬见郭三妹鬼鬼祟祟，更不想放过她："大姐也请不动你啦？"

"好吧好吧！我本来是想……是想有点其他事。"

还在路上，叶素芬和郭三妹就聊开了，很自然谈起刚才的述职。郭三
妹属办公室，排在前面。她说："我紧张死了，头也不敢抬。我觉得我有
点结巴，会吗？"

"有一点儿。"叶素芬如实说。

"那……那这样……你们听不清楚喽？"

"还可以吧！我是听清楚了。别人有没有听清楚，我就不知道了。"

"唉——气死我了！气死我了！！气死我了！！！"

郭三妹气得直跺脚，惹了好几个行人回头看。叶素芬轻轻旋转她一
下，紧揽住，骂道："神经病啊！"

"怎么办哦，又不能重来。"

"其实，也没什么。你想，有几个人真的在听啊？你以为人家真的是根据你念的打分是吗？还不是根据平时的印象。印象好多打点，印象不好少打点，还不就那么回事！"

"那你说人家对我印象好吗？"

"你这么年轻，这么漂亮，印象能不好吗？"

"哼，人家跟你说真的呢！你还要笑我！"

"不是笑你。我是说真的，你信不过大姐吗？"

"不是信不过。我是想，你想啊，我出了那事，人家会不计较吗？"

"这倒是……我是想，你那件事，反正没那回事，人家说不定早忘了。倒是你……你干吗还要提呢？"

"我是想，我如果不说，人家会说我不诚实。"

"可是你这么一说，人家忘记的想起来，不知道的人也知道了！"

"哎呀，你怎么不早提醒我！"

"你整天躲着我，面都见不到，我怎么提醒你？"

"我有想到！我早写好了，改了几次。我本来也不想说，是今天上午又加上去的……哎呀，我现在怎么办啊，你快给我想想办法吧！"

郭三妹急得抓起叶素芬的胳膊直摇，好像要从树上摇果子。叶素芬想了想，想不出什么办法，只能承诺说："我保证给你打高分，给你评个优！"

"真的？哇噻！"郭三妹笑颜大展，灿灿烂烂，抱住叶素芬猛亲了一把，"大姐，我保证评你一百分！"

"真的哦？"

"骗你——我是……小狗！"

叶素芬今天想要的正是这句话。但她想不能表现得小年轻那样冲动，要有点城府，于是警告说："小狗算什么啊！你不要小小年纪学得跟他们一样滑头，当面一套背后一套！"

"哎呀，大姐！"郭三妹慌了，"你怎么还不相信我啊！"

"我相——信——你——"叶素芬夸张地一笑，并扮个鬼脸。

郭三妹觉得叶素芬这笑很可怕，心虚极了，急忙说："大姐，你要相信我！小妹我绝不会做对不起你的事！"

这是郭三妹的真心话，——她就是"亲亲狐狸精"！

那天，她很快到了榕荫宾馆。她是浪漫的，淳朴的，热情的，跟黄藤酒一样宁冒风险也不肯错过那令人向往的艳遇，但那天不知怎么突然冷静了一下。一进榕荫宾馆，她先到总台查这607号房客的登记资料。

当她看到"方浩铭"三个字的时候，联想到叶素芬，只觉得五雷轰顶，马上像兔子一样掉头跑了，让他再也见不到她的踪影。现在，看叶素芬没有任何反应，以为是在考验她，连忙进而表白："那天，我一看是方行长就跑了，根本没有见他，到现在还没见过他一面，也没再联系过。"

叶素芬本来想打个喷嚏，一听这话，张着大嘴转而张大两眼：郭三妹难道跟我耗子有猫腻？难怪！她觉得心头被人撞了一刀，真想当场甩这小婊子一巴掌。可她毕竟比郭三妹年长一轮有余，又经历了这一年的风风雨雨，学了些表演。她装着若无其事，大度地笑笑："没有就好，我不计较！我家耗子早跟我说了，我相信你！我们仍然是好姐妹！"

"开始，我真的不知道。"郭三妹想表白得更清白一些，"网上聊天，真的搞不清楚你是不是一条狗。我没用真名，化名叫'伤心女孩'，方行长根本不知道是我；他化名'黄藤酒'，我也根本不知道他是方行长。"

"好了好了，不要说了，我相信你！现在我们喝酒！"叶素芬怕郭三妹说出更令人难堪的事来，连忙打住。但她心里迅速充满了仇恨，除了恨眼前这个小婊子，更恨自己那个花心郎：一到清溪那个风流的地方果真变坏了，难怪对我越来越冷淡！我还以为真是工作太忙，原来是忙着寻花问柳！而且是跟这样的临时工——大头娃娃，真丢人啊！她真想马上挂电话大骂他一通，又想这两天要保持心地清静，不想在郭三妹面前失态，不想失去这一票高分。

叶素芬对郭三妹仍然亲热，帮她打鸡汤。郭三妹受宠若惊，连忙站起来，跟叶素芬抢勺子。叶素芬执意要先为她舀，舀了一勺又一勺。

叶素芬的手机响起来，一看又是下午那个未接电话，连忙接。原来是童堂的，说是调查她父亲的事有结果了，下午想请她过去坐，现在只好请她明天早上过去。她说下午在开会，明天早上也没空，还是现在，请他马上到文澜轩茶庄喝茶。她趁机跟郭三妹告别说："我有点私事，很要紧的，对不起了！回家我就填表，保证你一百分！"

从蛟湖号上下来，叶素芬立即用街边公用电话打给方浩铭，装出另一种声音，哆哆地说："喂，你是'黄藤酒'先生吗？"

方浩铭大惊失色。他好久没上网了，怎么还有人找"黄藤酒"，而且是电话，而且有点像老婆的声音？叶素芬发完一句话，不再吭声，也不搁机。到底还是他心虚，沉不住气："你找谁？"

"黄藤酒。"

"你挂错了，我不姓黄。"

"没错！我是'伤心女孩'。"

"伤你个骨头，——这个奸老虎的！"方浩铭终于断定是叶素芬，"你以为骗得了我啊？"

"那你以为你骗得了我啊！"叶素芬不装了，"哼，我要找你算账！"

"算什么账？"

"你自己干了什么好事还不清楚啊？我什么都知道了，——你等着吧！"叶素芬气呼呼地丢下话机，匆匆赶路。

叶素芬总觉得父亲是个谜，总想揭开这个谜。她曾把这希望寄托在郑兴哲身上。开始是他回避，后来发生性骚扰的事，她不想再找他了。目送他进焚尸炉，她想父亲的谜也彻底焚灭了。

没想到，没过几天，郑吾华忽然请她吃饭，明确说只请她一个人，有事要跟她谈，地点也是蛟湖号。她跟他父亲的关系有点特殊，但绝非人们想象中那种，不想还是让他误解了。现在，他要说什么呢？

这天又刮风又下雨，蛟湖号上的生意还是兴旺。包厢里，关上门和窗就不冷，可以透过大玻璃观赏岸上五彩缤纷的灯火。叶素芬的心也像那灯火，闪烁不已。偏偏郑吾华不急，说笑话，谈工作，感谢她对他父亲的关照，就是没说一句其他的，好像这餐饭只是为了表达一点感激。她心里越来越犯困，又不便追问，只能哼哼哈哈地应付着。好在没多久他接到一个电话，伊行长的，要他马上过去。他说正跟几位朋友在很远的地方，但马上会赶过去，半个来小时就到。他向她道歉，催小姐快上菜，尽量让她吃饱。差不多半个小时了，他从包里头取出一封信，交给她，说："这几天我们清理父亲的遗物，发现这封信。我们想，既然是父亲写了给你，就一定要给你。"

叶素芬伸出了手，但不敢接："给我？给我什么？"

"我们也不知道里头写了什么，但不论什么都该给你。"郑吾华不敢再拖了，将信放在桌上，边走边说，"你在这儿慢慢看吧，账我结了。等会儿回去打的，明天给我车票。"

叶素芬怔怔然坐在那儿。她想，这封信很可能真是情书。如果真是这样，她不想看。本来他们就没什么，现在他人都死了还看什么呢？难道他能写出什么感天动地的情话来？她连好奇心也产生不了。

叶素芬想，这封信也可能透露了父亲的秘密。她一再追问，他三缄其口，肯定有什么难言之隐。现在他死了……死了怎么写呢？她好奇了，抓过信来看，见信封上歪歪扭扭地写着："请在我死后交给叶素芬同志"。这就对了，是他生前写的，而且是一只手死死抓住另一只手颤颤抖抖地写下的。这么说来，这信肯定有什么非同寻常的信息，有关父亲的可能性更大。

船舱玻璃像整面墙一样宽大。但室内的菜肴热气腾腾，玻璃很快给镀上一层膜，把岸上的灯火模糊。叶素芬知道，这种模糊是一种假象。只要轻轻一擦便透明。小时候玩过，在玻璃窗上呵气，形成小小一片雾，用指头在上面写字。现在，父亲的谜也成了这样一种东西，但没什么诱惑力了。这种事本来就是历史，她想还是再品味一下谜，将那信原封不动收进包里，下船回家。

风挺大，叶素芬的伞像连人要被刮走样的。她吃力地抓住，跑着上桥，想拦一部出租车回家。鬼使神差，她突然又想那信是情书的可能性也许更大一些。郑吾华一定听说了什么，也一定认为这是情书，不便让她在办公室或者家里打开。否则，没有必要在这样一个鬼天里把她叫到这样一个鬼地方来。

叶素芬不想再让那封信折磨了，马上掏出来，站在桥上，借着路灯光亮撕开，双手紧攥着看——

叶素芬同志：

如果你不生气，那么我郑重地再说一遍：我真心喜欢你！

但我现在不想说那些没有实质意义的情话，你那一巴掌早把我打清醒了。我最后想说的是关于你父亲怎么被打成右派的事。你问过我几次，我都没有说。因为我不敢说，说了怕你会恨我。我不奢望你喜欢我这个糟老头，但也不愿意让你憎恨。今天终于说出这个秘密，是希望你能原谅我，让我的灵魂得到安息。

其实我早就后悔了，早就受够了良心的谴责，心灵深处是够痛苦的，夜深人静之时常常发作。所以，这二十多年来我总是主动地想方设法帮助你父亲和你。我总以为，这样能够救赎我的某种过错（或者说罪过）。你说，你父亲死后又会说话了，从那天开始我陷入了恐惧。我想，你父亲迟早会找我算账的。偏偏，我忍不住又冒犯了你，你父亲更不会饶恕我。从此，我每况愈下，离死神日近。我想这是报应。我早已得到了报应，看在这一点份儿上，请你宽恕我吧！如果不能，那就请你别往下看了。

你父亲的确很冤。当时那种形势你也知道，我就不多说了。只说评右派的那天会上——

读到这里，叶素芬的心好像被什么震撼了一下，又冷得发抖，觉得肩上的坤包带子要滑下来，便腾出一只手将那带子提回肩。没想到，就在这时有一股很大很冷的风袭来，好像要将她手上的伞刮走。她连忙两手去抓伞，手中的信被风卷走，往河面飘去，很快消失在死沉沉的黑暗里。

事后回想，叶素芬觉得那风有点不可思议。方浩铭说："妖风！妖风——！肯定是妖风！以前，我在武侠小说里头看得多呢！"

"当时，我想跑桥下去找，可那儿很黑，我很怕。"叶素芬悻悻地说，"我又想，肯定是我父亲不想让我知道那秘密，所以把它吹走。"

那天晚上，方浩铭还说："我倒是很想知道你父亲另一个秘密：他为

277

什么跟李玉良那么好，或者说李玉良为什么对你父亲那么好？"

"那你就问他呀，他不是跟你很好吗？"

"我问了，他不肯说，所以我就更想知道。"

就这样，叶素芬和方浩铭共同决定聘请童堂调查这事。没想到，结果很简单。童堂说，李玉良可能没什么大事，但案子还没有结，一般人见不到，费了好一番功夫才见一面。他总共只说了几句话："叶首沛是个好同志，在特殊战线上做了重要贡献。我原来在公安部门工作。他曾经亲口跟我要求过，希望政府在他死后能送一个花圈，我答应了。他死的时候，我已经不在公安部门，调清溪了，那天刚好回去，刚好又听说，我觉得必须兑现我的承诺，所以我就以个人身份去了，去把过去埋葬。"

"别的一点儿也没说吗？"叶素芬追问。

童堂说："没有。多一句也没有。"

"那……我们还能去问别人吗？比如公安部门。"

"这我就不敢了。那涉及国家机密，你给我再多钱我也不敢。"

这么说，父亲有着惊人的秘密，我早年的猜测是对的，也就是说他几十年如一日只说一个"好"字是佯装的？叶素芬突然这样想，感到不寒而栗，但没敢对童堂说出来。

与其说这是结果，倒不如说是一个更大的谜。只是叶素芬现在没心思进一步去猜了，她今天晚上必须全力对付那该死的年终考核。毕竟还是活人重要，现实重要。

方浩铭接完叶素芬那个电话，心情糟透了。

亲亲狐狸精那天突然变卦，再也寻觅不到她的芳踪，真像狐妖一样变走了。然而，他哪里相信她真会是狐狸精！她在网上给他说过多少深情而又火热的话啊！随便一想，都能回忆起一大堆。她甚至立誓说过："你亲亲狐狸精是不会变走的，因为她已经被你点了鼻血。"这哪有半点虚情假意呢？她给他的 E-mail 至今完整保存在那儿，他一遍遍重读，一遍遍回味。水从沸腾到结冰总有个过程，他不相信她从一百度到零度一点儿过程都没有。她一定有什么非常奇特的原因。他曾对她誓言过，要像对彩票那样爱她，不能因为尚无回报而放弃。孤独无聊之时，读读她的E-mail。

曾经沧海难为水，除却巫山不是云。他不再上网聊天了，不想艳遇第二个亲亲狐狸精，不想再受一次伤。没想到，现在她突然又冒出来，而且是从老婆的嘴里。难道老婆就是亲亲狐狸精吗？完全有这种可能，但老婆那手虽然美丽却敲不出那么动人的情话，绝对敲不出来！当时，他还想过亲亲狐狸精会不会是夏雪，旁敲侧击了几天，发现也不是。那么，她到底是谁？他又想了很久，还是想不透，只好硬着头皮给叶素芬挂电话："你在干吗？"

"我在泡仔！"叶素芬在从茶馆回家的路上，一听方浩铭的声音就没好口气。

方浩铭知道叶素芬还在生气，但忍不住要问："你刚才说什么'伤心女孩'，我真不明白。"

"你别跟我装死！你给我老实点，别以为老娘我什么都不知道！"叶素芬果断地关了机。她今天不想跟他吵，要吵也得先把填测评表、念述职报告的大事办完。

十点多一些，叶素芬回到家。看方妮房间关了灯，上卫生间，洗净了手，只差沐浴焚香，正式开始填表。

首先是排查表。对照那些内容，稍微想了想，也想起一些事，但她不想举报人家。想到上半年自己被举报过，心里立即涌起一腔的火，很想报复一下。可她不知道那是谁告了她，她找不到报复对象，又怕伤及无辜。犹豫了十几分钟，她决定还是让排查表空着，集中心思对付自己的考评。

对于今天这场该死的考评，叶素芬心里已经做了三百多个日日夜夜的准备。怎么述职，怎么填表，给谁打优给谁打不称职，她早有主意，只要花几分钟填上去就是。当然，一想到要给一些同事打低分，特别是要给情同手足的郭三妹打不称职，她仍然觉得不是滋味，感到不道德，感到卑劣，感到……可是，不这样行吗？这是你死我活的，你不死我就不能活！生存第一！

郭三妹现在更不值得怜悯！这个小婊子，还想抢我老公呢！还有谁比她更可恶？叶素芬最后下定决心，不再犹豫，抓起笔就填。首先给自己打个优秀，然后给郭三妹打个不称职，接下来按顺序给其他人统一打称职。表格是一张八开大纸分三大块，每大块又分三五小项。不能简单地打钩打叉，实行百分制，每小项三五分，每个人的总分与定性要相符。这样写写算算，也花了半个来小时。

叶素芬伸个懒腰，打个呵欠，觉得可以安心上床睡觉了。两眼没闭几分钟，楼上响起拉尿声，像是要拉到你头上，恶心死了！那是男人在拉，还是女人在拉？是不是刚做完爱？有这种可能！楼上住的是小赵，还年轻……

叶素芬觉得自己也有尿意了，但不想起床，憋着不理它。小时候笑话过，尿会传染，看来是真的。长年累月住人家楼下，真是晦气。什么时候有钱了，要自己盖幢房子，单家独户，不要听人家的尿声，也不让自己的尿声骚扰楼下。她觉得尿意更强了，怕憋得睡不好，只好起床。出门上卫生间，却发现方妮房间灯又亮着，立即发火："都快十二点了，你还不睡呀！揍死你！"

叶素芬快步奔过去，旋转一把。方妮疼得叫了一声，丢了书，用被子捂住头，以免再挨打。

叶素芬没再打，也没再骂，替方妮关了灯便离开。她心疼起来：现在孩子吃穿是不苦，可是读书太苦了！我们大人考核每年一次都苦不堪言，可他们的考试像月经一样每个月少不了一次，要全年段排名，班上公布，还要拿回来让家长过目签字，这压力已经够大了！涉及学习的事，别说三次，每天一次她也不忍心再说了，现在骂她多半是因为她吃不多睡不多。这年头，没几个人活得轻松啊！

叶素芬回床上，不想方妮的事了，想自己的考评。她觉得这没什么好想了，想丢开它，遥控开电视。

一开又是世界金融危机新闻，要么专家预测紧接金融危机是经济危机，要么是哪家国外大公司裁员，国内新闻依然高调，但也只是政界要员或经济专家鼓舞人心而已。换个台是美容广告，说抹了什么就可以消除脸上的雀斑，吃了什么可以减肥……哄鬼！那做广告的美女妖里妖气，狐狸精样的，讨厌死了！她没情绪了，关电视睡觉。

懒洋洋中，叶素芬揿电视遥控器的手指头揿错了，转到另一个台。这台正在播夜间新闻，说北京一个女子监狱最近创设了"发泄吧"，女犯们在这里可以唱、可以叫、可以狂舞、可以不喊报告，尽情地娱乐、交流、放松身心、发泄自己。画面上，一大群女犯，或老或少，或美或丑，都热情高涨。突然一阵安静，紧接着所有女犯在管教队长带领下齐声尖叫，叫声划破夜空。漂亮的女播音员解说道："女犯们因节日临近思亲心切或刑期太长而产生的郁闷情绪，在这短暂的尖叫过程中得以消散。"

叶素芬突然觉得，她也很想很想这样尖叫一声，但马上又想这不可能。那样一来，邻居们肯定会惊醒，肯定会报110，不送我到派出所也会给送到精神病院……有时，我们的自由还不如监狱、不如精神病院呢！哪天，等这该死的考评一完，我要一个人跑到深山老林去，仰天长长地大吼一声，把这一年来的郁闷全都发泄出去，让青山绿水倾听，让蓝天白云倾听，让天国的爸妈倾听，——妈妈肯定会搂起我，帮我揩去泪，劝我说：睡吧，孩子！乖乖地睡吧，爸妈在保佑你……睡吧，快点睡！

睡吧，早点睡！教女儿都知道要睡好觉，明天上课才有精神，听得好课，做起作业考起试来才轻松，自己怎么不知道？睡不好觉，考评会上打呵欠，写得好好的述职报告念得无精打采，岂不是前功尽弃？真是该死！不要胡思乱想了，快睡吧……

不对头！一张表上十几个人，就我一个优秀，郭三妹一个不称职，不是存心跟她过意不去吗？她受害了谁受益，不是明摆着吗？这样的表是谁填的，不也是明摆着吗？想到这儿，叶素芬吓一跳，马上爬起来，披上衣服，修改表格。

应该有两三个优秀，两三个不称职或基本称职，上面要求也是这样。可是，该让谁优秀谁不称职呢？往年都是稀里糊涂填，现在冷静一想，叶素芬觉得挺为难。虽然同在一幢大楼，办公室也相隔不了多远，但毕竟是不同岗位，隔行如隔山。像办公室、人事部、监察室的工作好些还属于保密性质，我有什么资格认定他（她）称职还是不称职呢？

认真想想，一张张同事的脸像幻灯片样的放映过去，叶素芬实在评不出优劣。实在要，只好顺其自然，听天由命。她突然冒出一个绝妙的主意，两个手指头按住自己和郭三妹两栏名字，然后闭上两眼，轻轻祝愿说："祝你好运！"

叶素芬就这样凭着感觉改写。差不多该一个优秀了，差不多该一个不称职了，感觉着一个个格子，一点儿也不管是谁，一栏一栏填下去，根本不用思想。一口气填了六栏，睁开眼来看效果，不觉倒抽一口凉气：根本没按格子填，写得一塌糊涂，几乎认不出字。如此填表，不啻于恶意破坏！要是追查起来，不死得快才怪呢！

怎么办？叶素芬急得直捶自己的脑袋。

有了，重制一张！家里有电脑，依样画葫芦，足以乱真。即使知道是复制，只要没有恶意，应该不会追查！叶素芬立即行动，打开电脑，一会儿就画完。

叶素芬正欣欣然时，又冒出一个新问题：家里电脑没配打印机！

说实在的，等明天上班再打印出来填，并不会迟。然而，叶素芬现在的心理承受能力太差了，生怕又冒出什么上黄色网站之类的意外来。她现在大意不起了，觉得任何一点儿小差错都可能给她带来终生的遗憾！她马上出门，到办公室把表格打印出来。为预防再填错，一连打印了十来份。

再回家已是零点五十分。叶素芬毫无倦意，马上填写，但她仍然为填谁优秀谁不称职的问题犯愁。她冲了一杯咖啡，边喝边想。书房走走，卧室走走，又到厅上走走，偶然瞥见茶几底下的扑克牌，计上心来。

叶素芬回到书桌前，拿出一张测评表做草稿，给人员编号，除了自己和郭三妹，按顺序一二三四编下去。然后，拿过扑克，大洗起来。洗完，她轻轻地自语说："先抽优秀"。抽出两张牌，一张Q，一张6，相加十八。表上没有十八个人，便计为八。对照表格，八号是办公室的收发员邱如琼，——听说她上班都会跑去买彩票，让她合算了！再抽两张，一张A，一张K，相加十四，表上相应是行政部的司机张达成，那次去清溪路上还捉弄过我和方浩铭，大人不计小人过，让他走运了！

"现在抽一个不称职的",叶素芬这样指令自己。结果一张9,另一张还9,相加十八,与前头重复。重来一张2,一张A,相加三,表上是陈小军,办公室的文秘,今年他写了一篇千余字的报道发表在《金融时报》——属本行首次,真让他受委屈。

其余均为称职。叶素芬觉得这样公平公正。谁也怨不得谁。要怨只能怨自己运气欠佳,或者怨上头去:行长咋不轮流当一下?

叶素芬将测评结果麻利地填上表格,填完收进包里,倒头就睡。但还是睡不着。优秀、称职评错了还好说,伸手不打送礼人,不指望人家道谢,也没什么对不起人家。基本称职、不称职评错了可不是小事。想想自己一年来,伤了多少心!如果郭三妹、陈小军真给打成不称职,你过意得去吗?

管他呢!这点心都狠不下来,怎么对付这尔虞我诈的世道?我对人家好,可是人家会对我好吗?生存第一啊!再说,郭三妹还年轻,离开了教育银行可以到别的银行,还可以重新学习——一切重新开始也来得及,而且可能比待在这里更好。而我呢?已经快四十岁,属于甘蔗那后半段,离开了这里不可能找到像样的工作。原谅我吧,小妹!还有,景主任找你那天,你很伤心,自己说不想在这儿干了,是我把你劝留的,且当我没劝吧!她甚至想,如果郭三妹真的因此下岗了,她要通过邮局给郭三妹匿名寄几千元钱,以示补偿。

这么一想,叶素芬心安理得起来。但仍然睡不着,迟迟睡不着,辗转反侧睡不着。她觉得该吃点安眠药,不然明天真要误事。以前,她只怨自己贪睡,春眠不觉晓,夏眠、秋眠、冬眠也不觉晓,睡得太死。但这一年多,她跟安眠药打上交道。一到十二点还睡不着,就要服两三片安定。现在,她不得不起来再服三片,可是躺下后仍然迟迟不能入睡。她突然想,看来我这人做不了亏心事。当年想告父亲的密,才想了想都要折磨一辈子。如果说有鬼有神,那么鬼神就在自己心里,是会遭报应的。这么下去,日日失眠,月月失眠,岁岁失眠,怎么活啊?算了,我不管人家称职不称职了,只管我自己!

叶素芬当即起床,拿出一张空白表,在自己栏目里填上优秀,其余全都空着。

叶素芬的心安宁多了，睡意却还久久不来，只好再起床，再吞四片安定。吞完她才想起已经服过两次，超量不太多，死是不至于，问题是天亮起不来怎么办？

什么怎么办？那就真要下岗——直接下岗！叶素芬取来手机，开好早上七时的闹钟，放在枕头边。她关上电灯，欲擒故纵，不再急于强迫自己睡觉，而静静地坐着，静等药效发作。

一缕很强的月光从厚实的窗帘边隙间透射进来，刚好照在床上。不知出于什么想法，叶素芬踢了踢脚，被子更乱了，但那束月光依然那么皎洁，那么笔直。她傻笑了一下，下床来，猛地拉开窗帘，顿时觉得炫目。

一轮圆月高悬在天空，浑天的银辉洒遍了周遭。四邻楼院窗里黑糊糊，连对面日夜加班的工地也是一片寂静。叶素芬想起来了，前两天就通告过，因为设备维修，今天夜里两点到五点停电，可见现在已是凌晨三五点了，难得有这么静的夜，这么亮的月。久违了，美丽的月儿！

多美的月啊，我怎么会这么多年没在意呢？叶素芬坐回被窝，任大片月光洒在被面上。她不时地动动脚，觉得像是在清澈的小溪里头濯足，惬意极了。她闭上双眼，沿着小溪逆流而上，很快追溯到那叮叮咚咚的泉源，很快回到那远逝的年代。

小时候，在那个小镇上，一家人坐在晒谷坪中央纳凉。那时候的月格外亮，夜格外静。古人咏雪："江山不夜月千里，天地无私玉万家"，绝妙极了！完全可以说："江山不夜雪千里"，美丽的月也是无私的，一点儿也不嫌弃这个右派之家。夜深了，想睡了，可爸妈还不舍得回房。妈妈搂着幼小的叶素芬，边打瞌睡边用方言哼着歌谣：

月公公，月婆婆，
喊你下来吃块饼。
月饼香，配老姜，
老姜辣，配豆荚。
豆荚煮得艳艳红，

杨梅树上挂灯笼……

听着听着，月亮变成一个妈妈样的女人了。她穿着红裤子，裤管长长的。尽管脚步轻盈，还是给裤管带起点风儿，随着脚步有节奏地窸窸窣窣作响。

每到月圆的夏夜，妈妈都会带孩子们到晒谷坪中央赏月。妈妈还说："天上有条狗，非常贪嘴，常常会出来咬在月亮里面捣药的玉兔。你是个乖孩子，你要在这儿守着，别让天狗把玉兔咬了。"

听妈妈这样一说，叶素芬不敢打瞌睡了。不光听着月婆婆的脚步，还要睁大两眼盯着月亮。她见过狗咬兔子，但是狗怕人。她只要拍着小手大声一嚷："嘿——"，狗就怕了，不敢追兔子了。再赶两声，它只好三步一回头地走开。现在，她要这样守着月亮里面的玉兔。

妈妈没说假话，天狗真会来咬玉兔。叶素芬马上就发现了，用力拍手又大声叫嚷。天狗不知躲在什么地方，但是胆子很大，一点儿也不怕她，还是一口一口地咬，一会儿就把那整个圆圆的大月亮都给咬光了。她急得要哭，继续拍手继续叫嚷，天狗终于怕她了，把吃下去的月亮又吐出来，完完整整的，还是那么光亮，那么漂亮。她高兴极了，欢呼雀跃起来。

那是叶素芬人生第一次体会到成就感。后来，她还听过月。那是跟方浩铭初恋的时候，他抄了很多爱情诗词给她，边吻她的红酥手边吟咏《钗头凤》。他还会自己写一些给她，记得有首很长的诗，最后几句是——

消失了你的倩影，我还在说再见，
消失了我的声音，你心在说什么？
你说，只要你在心底里轻轻轻轻说；
你说，只要你让西下的月儿捎给我。
我在这等着，把月望着；
我在这等着，把月听着……

那时候，叶素芬和方浩铭都已在市教育银行工作，同住在老办公楼的单身宿舍，只隔着三间，却像隔了三山五水。在那段日子，他几乎成了半个李杜白。也奇怪，她觉得他的诗是世界上最美的诗。那天晚上，看了这首诗，她伫立在窗前，久久地凝望着西去的月儿，好像看到美丽的嫦娥了。嫦娥劝说道："妹仔，果断地去爱那爱你的人吧！"

叶素芬回答说："嫦娥姐，其实，我心里也是爱他的。"

就这样，嫦娥当起了红娘，一夜不停地传递着这对恋人的心声。从此，他们义无返顾地热恋了，结婚了。

然而，从那以后，叶素芬好像再也没见过月亮了，真如俚语所说"新娘进了房，媒人扔上墙"。今天，怎么又见到？

月亮渐渐地走了，太阳渐渐地升起来，世界渐渐地喧闹起来，叶素芬枕边的手机闹钟骤然地响起来，但她没有听到。她还在睡梦之中，在一片如雪的月光之中。

叶素芬的手机话铃响起来，一次次地响，她一次次没有听到。

叶素芬床头柜上的电话座机铃响起来，一次次地响，她仍然一次次没有听到。

叶素芬仍然沉浸在睡梦之中，陶醉在一片如雪的月光之中……

图书在版编目(CIP)数据

裁员恐惧 / 冯敏飞著.
—北京：中国青年出版社，2009.6
ISBN 978-7-5006-8706-1

Ⅰ.裁… Ⅱ.冯… Ⅲ.长篇小说－中国－当代 Ⅳ.I247.5

中国版本图书馆CIP数据核字（2009）第035589号

书　　名：裁员恐惧
丛 书 名：薪女性小说
作　　者：冯敏飞
责任编辑：庄　庸
特约编辑：叶　子
装帧设计：高永来
出版发行：中国青年出版社
社　　址：北京东四十二条21号
邮　　编：100708
网　　址：www.cyp.com.cn
门市部电话：(010)84039659
印　　刷：三河市君旺印装厂
经　　销：新华书店

开　　本：700×1000　1/16
印　　张：18.25
插　　页：1
字　　数：260千字
版　　次：2009年6月北京第1版 2009年6月河北第1次印刷
印　　数：1-12,000 册
书　　号：ISBN 978-7-5006-8706-1
定　　价：29.80元

本图书如有任何印装质量问题，请与印务中心质检部联系调换。
联系电话：(010) 84047104